恬静的溪流

张雁彬 著

中国人民大学出版社
·北京·

目 录

写在前面的话 …………………………………………… i

感知世界的清香
坐在水上的城市 ………………………………………… 3
波兰点滴 ………………………………………………… 7
漫长的旅途 ……………………………………………… 9
塞浦路斯的陶片 ………………………………………… 12
雷夫卡拉市 ……………………………………………… 14
夜游比萨 ………………………………………………… 17
艺术的真谛（外一章） ………………………………… 19
罗马古城 ………………………………………………… 22
窗口里的莫斯科 ………………………………………… 24
克里姆林宫掠影 ………………………………………… 30
圣彼得堡哲思 …………………………………………… 35
金色大厅 ………………………………………………… 37

身的体验与思索
点亮你心里的红灯笼 …………………………………… 43
生命的流程 ……………………………………………… 46
人，不过如此 …………………………………………… 48

不能忘记的日子 ………………………………… 52
地壳轻轻抖动了一下 …………………………… 56
若是天鹅也喝葡萄酒 …………………………… 58
村民的视角 ………………………………………… 63
回望那几朵远去的花 …………………………… 67
美梦也有新开端 ………………………………… 72

生的色彩与力量
谁画出第一张世界地图 ………………………… 79
拜谒人类祖先 …………………………………… 85
未开放的玫瑰 …………………………………… 88
如果 ……………………………………………… 93
去恩托托山顶看皇宫 …………………………… 96
长在沙漠里的神话 ……………………………… 101
关于骆驼 ………………………………………… 106
不朽的石头 ……………………………………… 109
变化的卫城 ……………………………………… 114

生的梦想与芬芳
儿女最是牵心的人 ……………………………… 119
赠予儿子的成人礼 ……………………………… 125
剪去多余（三章） ……………………………… 129
台前与幕后（九章） …………………………… 158
学堂加庙堂（六章） …………………………… 199

生的底色与质感

阅读的幸福 …………………………………… 231
深入草原 ……………………………………… 234
交友之道 ……………………………………… 241
人生景观 ……………………………………… 244
信任 …………………………………………… 249
抚慰心灵的创痛 ……………………………… 251
给自己提个醒 ………………………………… 253
当心油汗 ……………………………………… 257
割不断的痛 …………………………………… 261
辉煌的肩头 …………………………………… 266
给小人画像 …………………………………… 269
偶然的发现 …………………………………… 273
灵魂漂浮在人性之上 ………………………… 278
要有好的精神状态 …………………………… 281
宣传不是万能钥匙 …………………………… 285
塑造高尚的灵魂 ……………………………… 288
凝视两面旗帜 ………………………………… 295
精神是太阳 …………………………………… 302
请擦亮你的牌子 ……………………………… 309
草原之路 ……………………………………… 317

心的甜蜜与诗意

仿佛梦里的两个老人 ………………………… 327
李云迪钢琴音乐会印象 ……………………… 331

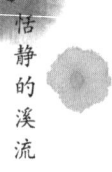

丝路花雨 …………………………………… 337
创价大学里的"中国馆" ……………………… 343
雨 …………………………………………… 351
雪 …………………………………………… 352
一株花的春天 ……………………………… 353
羊的感觉 …………………………………… 355
太阳下是生命的芬芳 ……………………… 359

后记……………………………………………… 376

写在前面的话

2012年11月16日　北京

生命如流水，又五年过去了。到了一定年岁，时间仿佛故意加速了。转眼间，从内蒙来北京工作、生活已十年了。正好是十六大到十八大。

孟浩然诗："人事有代谢，往来成古今。江山留胜迹，我辈复登临。"

那时，还是年轻的后生，孩子也才十多岁。现在孩子已大学毕业，上研一了，也该成家立业了。自己满头的黑发，岁月的霜花已开始攀缘上鬓角，好像有逐渐向上蔓延之势，开始向不太稀疏的头顶不屈不挠地挺进了，拽也拽不住。像是装成徐徐的劲风，非要把草原刮成沙漠、戈壁，露出生命的底色与原始，本真与矿脉。

一分一秒，就这样静静地流走了，悄没声息的，看也看不见，抓也抓不住。一白一黑，月圆月缺，花谢花开，太阳落下又升起。

在这个看似平常得不能再平常的过程中、日子里，其实无论国家、民族，无论自己、他人，都发生着巨大的变化，可谓风生水起，目不暇接。多种丰富的神情涂抹在每个人的脸上，像多色的胭脂，擦也擦不去。

个体生命的发展、变化，只有与国家、民族、社会的命运紧紧连在一起时，才更具有迷人的光彩和时代的价值。正像一桌花样翻新，色、香、味俱全，望之即胃口大开的好饭，自己独烹独食，和与众人一起加工、制作，并和谐地坐在一起欢声笑语、嘘寒问暖地共食共享，哪个更有意味和馨香，哪个更有欢乐和幸福，不言自明。人世间的芬芳与美好，是给众人品尝分享的。

每一个生命都是一株花树。人间烟火，是每一个人心思、气息的混合，世间就这样有序地排列组合成了男男女女、老老少少、七情六欲、百味杂陈的社会。

有的树，粗壮高大，花朵艳丽，香气扑鼻，沁人心脾，营养众人的心情和希望，又为他人遮风挡雨，福荫广大；有的树，纤细清丽，绿叶上也是风情如画，摇曳美丽；有的树，根深深扎进沙漠，伸进小岛深处，坚挺着腰身，日夜守望着重重边关、海疆……人间的百花园里，每一株都有独特的功能，昂首生长，面向阳光，伸展绿叶，感受温暖，散发清氧……

我也是一株成长的绿树。这五年，也在不断变化。办公桌从人民大会堂移到了老外交部院的楼上，办公室也由大变小，又从背阴的凉爽的房间，搬到有阳光雨露滋润的向阳的房间，花都开得更艳丽了。过去的经历和丰厚的积累，与现在的工作相得益彰。国内国外，四处奔波，虽费神耗时，操劳不睡，但几多思索、几多谋划，又几分突破、几分创新。真是一份辛劳、一份收获。

我虽小，但事大，关乎民族和国家。这份重托，这份责任，时时萦绕，从不懈怠。回首五年的历程，充实而饱满，时光虽去，并未虚度。

我没有什么金贵的东西回馈生命中那些好人、善人、恩人、贵人，只有以自己的心血、汗水、勤奋，感恩颇为

幸运的人生！

  谨把过去、现在这些零零总总，走过的日子里留下的文字，真实的生命印记辑为一册。如一株花的四季，心语与气息。以此献给予我关心、爱护、培养、支持的人们，献给那些愿意与我分享这点滴感知的朋友，为生命的百花园添上一棵绿草，为温暖的人生洒下一滴爱恋的真诚！

感知世界的清香

　　湛蓝的天空，无垠无际。机窗外，白云滚滚，似溪水，似波涛，或静止，或汹涌。万米高空，偌大的机身，如何驰骋在浩渺的烟波里，快速而且平稳？每次坐上它，都会生出多少的不解，又惊叹于人类创造力的惊人与伟大。

　　枯燥的飞行，只有睡觉才觉得到时间的飞逝。漫漫旅途，就像人生，为了一个目标，不懈地追求、奋斗，时间中浸泡了多少道不出的苦和忧。隐忍、坚挺，一日一日，过去，换来又一个新的感觉和希望。有没有韧性，是衡量一个人素质的重要尺度。

——《漫长的旅途》

感知世界的清香

波罗的海湾　泊着文明的梦想　琥珀宫珍藏着
叶卡捷琳娜的高贵与肖像
教堂的钟声　洒下如花瓣的雪
戴着鞋套的脚　匆匆走进复制的帝国王朝
欣赏历史的容貌

留一声感叹　在涅瓦河　在列宁"打的"处
涨了彼得大帝的形象　褪了自然风景的颜色
美的奥秘在神奇　美的价值在智慧
绳索拴不住远征的帆船　气息却能淹没心灵的四季
色彩涂出历史的温度　造型变化了人生的起伏

——《圣彼得堡哲思》

坐在水上的城市

2003年7月21日 威尼斯

飞机抵达米兰国际机场,随即乘车赴威尼斯。领导乘小车,有驻米兰总领事陪同。我们与代表团其他成员乘豪华大巴,行进在米兰抵威尼斯的高速公路上。

道路的两旁不是葱绿的树木,便是长得整齐的玉米,与中国内地的农村差不多。不时,有一排排的红顶房屋闪现,像是村庄。房子都是二层小楼,装饰得雅致,花草环绕。最多的是小汽车,高速路边停的到处都是。有的有停车场,有的也是随便停放,村子里也是如此。偶尔看到一两户人家院子里拴着高头大马,还有就是面积庞大的储藏库抑或是厂房,盖得整整齐齐,有长长的货运卡车伸进尾部在装卸货物。各种广告牌,有轮胎的、有饭店的,矗立在路边，入眼但不扎眼。

总的印象是车水多而无马龙。繁华能感觉到，但很有规矩、很有秩序，忙而不乱。也许是管理得不错，但更重要的可能是自觉，习惯养成起了很大的作用。文明是在习惯中，也在点点滴滴的表现里。

下午，抵威尼斯。代表团分别乘坐两艘快艇环绕在大运河上。美丽的威尼斯渐次展现在眼前。河的两岸像两条长长的画廊：鳞次栉比的楼房，色彩艳丽；各种各样的雕塑镶嵌在脸上。各种内容不同的画面在阳光的照耀下，熠熠生辉，令人神往。楼的样式个个不同，风姿绰约。河面上波光粼粼，游船如梭。

环运河一周，一行人抵达宾馆。晚餐安排在宾馆附近的一家南京餐馆。

威尼斯最显眼的除了建筑，就是镶嵌在楼层下面的橱窗。各种各样的橱窗，典雅精致，展示的衣服、首饰、皮件，夺人眼目。

威尼斯是一个艺术化的城市。橱窗也是一个现代艺术的精品，一个个玲珑剔透、匠心独运，几近没有重复，堪称商业文明的展览或博览。看了橱窗里的东西，就会产生一种购买的欲望。当今时代不是说有信息流、物流、资金流等等之流吗？这流从什么地方来，又流到什么地方去？

在什么地方体现，又如何把握与吸引？我看如何调动人的占有欲、购买欲、投资欲是需要做的一篇大文章。

威尼斯是坐在水上的城市。水，实在是个很普通的东西，但又是非常奇妙的东西。有了水，人就容光焕发；有了水，城市就有了灵气。威尼斯的生机都是从水中而来。四公里长呈反转的豪华"S"型的大运河拥抱着艺术化的建筑。她像一个光艳照人的少妇，风情万种又典雅秀丽。船载着游人走，也托着城市飞。架在河上的大桥小桥，像开在水上的花。船就是水中的鱼。不时有会唱歌的鱼，从身边飞过，原来是贡多拉小船上的风琴手在演唱。与其说这些穿着华丽、头戴草帽、穿红条子衬衫的船夫是在讨生活，不如说他们是在生活。他们可真会享受生活！他们驾着这曾涂了七层油漆、两头尖尖、通体黑色闪亮、座椅装饰得富丽堂皇的小船，行进在画中，贩卖着独一无二的人间风景。

威尼斯是被无数条小巷托着的城市。威尼斯没有大街，也没有一般概念的路，所以也少有汽车。逛威尼斯，一是船，二是腿。乘船是走马观花，遛巷子是下马采花；坐船是买风景看，走小巷可就是购物了。小巷真小。主要是楼房林立，肩挨着肩，背靠着背，巷子就是楼房出气的地方，很窄。小巷真多。左也巷，右也巷，前也是巷，后也是巷，抬头上望，还是巷。当你觉得走不通的时候，又是一条小巷。威尼斯的小巷是四通八达的。逛威尼斯的小巷,没觉得堵,也没感到挤,奥妙可能就是通。所以四通八达应是交通首选的目标。通则不痛,实在是至理名言。逛威尼斯的小巷,是名副其实的转街,不由得你不转。小巷的两边全是橱窗,橱窗的背后就是商店。橱窗是脸,看了好看的脸,不看一下全貌的人,恐怕很少。如果看花了眼,也就只好货比三家,只有转了。

威尼斯是一个古老而又年轻的城市。威尼斯建城有十五个世纪的历史了。她是筑在一百二十个小岛上的城。岛与岛间,据说有四百座桥梁,四面临海环水,找一块大点的陆地也难。城边的圣马可广场可能算是一块新大陆了。这里是威尼斯的心脏,既是会客厅,也是艺术的盛宴,好多精华的建筑和辉煌的历史都聚集在这里。广场上的动物不怕人,直往人的身上站。成片成片的鸽子、海鸥,见你伸出手来,就来簇拥你。可能把你错认为是王子,也可能是为了你抓在手里的玉米粒。议会大厦宽大、气派,进去才知道民主是怎么回事,也才知道油画在这里不仅是摆设,也是生活的一部分。

开放的威尼斯,各色人等来此聚会。不知是为风景,为艺术,还是为商品。

总觉得能有世界的人来,才算是世界的城市。

波兰点滴

2003年7月23日　华沙

7月23日，波兰当地时间中午12点，我们飞抵华沙。议会副议长沃伊在机场迎接中国代表团的到来。波兰朋友非常热情，波中友好小组组长非要陪首长到宾馆。华沙的景致有别于意大利的城市。如果说意大利处处显得富有、精致，而华沙则显得豪放、粗犷。高楼挺多，但样式类同，有点像堆紧的火柴盒。但唯一相像的是树木、花草遍地，且保护得很好，像呼伦贝尔。

下午4点代表团赴议会大厦举行第一场会见。双方在融洽的气氛中谈得很好。我给录了影。

随后，代表团在使馆人员的陪同下，抵华沙琥珀博物馆。博物馆很小，但里面橱窗的琥珀在灯光的照耀下格外艳丽，熠熠生辉。大家边观赏边选择，购买了一些作为纪念。

晚上，副议长沃伊举行晚宴款待中国代表团一行。在植物博物馆里，碧草如茵、树木苍翠。好多波兰男女在烛光里对坐；老人们悠闲地在长椅上观景，一派祥和景象。

晚宴一直延续到晚上10点。话题从友好谈到经济，谈到肖邦。姜颖主任还与副议长哼起了波兰民歌，大家兴高采烈。我的印象是谈半个小时，上一道菜，共有四道菜。副议长说她的母亲是立陶宛人，曾在哈萨克斯坦生活了6年。正好周大使将赴任哈萨克斯坦大使，他说将去拜会、寻根。

中国代表团一行祝福感谢，祝中波友谊和两国人民幸福安康。

漫长的旅途

2004年11月15日　罗马

15日早8点,我们一行人从北京皇城宾馆出发,赴首都国际机场。

9点20分中国国际航空公司的747客机,载着代表团的15人向意大利米兰国际机场飞去。意大利与中国的时差是7小时。

湛蓝的天空,无垠无际。机窗外,白云滚滚,似溪水,似波涛,或静止,或汹涌。万米高空,偌大的机身,如何驰骋在浩渺的烟波里,快速而且平稳?每次坐上它,都会生出多少的不解,又惊叹于人类创造力的惊人与伟大。

枯燥的飞行,只有睡觉才觉得到时间的飞逝。漫漫旅途,就像人生,为了一个目标,不懈地追求、奋斗,时间中浸泡了多少道不出的苦和忧。隐忍、坚挺，一日一日，过去，换来又一个新的感觉和希望。有没有韧性，是衡量一个人素质的重要尺度。

飞行时间10小时，到达米兰机场中转休息。一个目的地达到了，但还不是真正的目的地。真正的目的地是罗马。

条条大道通罗马。我们选的是空中的道，是不是最快捷的道路？最快的路，是不是像这样，只为赶路的路？海路、陆路，虽可能漫长，是不是会多一些旅途的景致？

人心没足，可能就是追求。

当地时间下午4点30分抵达罗马。程大使献上鲜花迎接。入住罗马郊外的王子饭店。据说此饭店今年夏季失火，所以饭店不准使用电热水器，只好从大使馆带了一个暖瓶。

因急着要行李，看到了去年曾见面的牛主任。他正随着行李车过来，工作很是认真细致，印象很深。

下午6点45分，代表团一行8人乘车赴意大利众议院。路上到处都是小汽车，开道的警车鸣笛不断，车里的警察，不时伸出STOP的警牌，请别的车让道。

众议院门口，警卫森严，好多警察穿着带着羽毛饰物的警服。我拿着准备留些资料的摄像机、照相机，也被礼貌地扣下，不准带入。怕是出于安全的考虑，只好遗憾了。

议长卡西尼进到会见室，全体起立，一一握手。开场说了一些欢迎的话，特别说到意大利与中国比，只是一只小蚂蚁或小知了，但在许多方面应加强交往；提议两国议会应共同成立两个委员会，在军控、反恐等方面进行磋商；提出最好在他明年1月或3月访华时，能签订一个协议。

他说他今年之所以没能实现访华，是因为生了一个小女儿。

他说上一次也是在这里，会见了中国总理，并提出了加强两国议会间交往的意见。

最后他说，如果允许，他要参加一个讨论财政预算的会议，并邀请代表团前往看一看，议员会热烈鼓掌的。

短暂的会见结束了。

代表团成员走到议会大厅的旁听席。一声手摇的铃响。议长介绍了一下来的贵宾。满场的掌声响起来。我们都站起来示意、回礼。

随后，去大使馆。程大使设便宴招待代表团。因时差的关系，今天一天吃了四顿饭。

真是漫长的旅途，短暂的会见，不停地吃饭。

印象最深的是会见室的油画：正面一匹高头大马，油黑雄壮，上有一妇人。光与色搭配的真绝。感觉骑着它，人生路上再无险关。

塞浦路斯的陶片

2004年11月17日　尼科西亚

早晨8点15分驱车赴塞浦路斯总统府会见总统。

从总统府出来,即到议会大厦。说是大厦,其实并不大。与议长先生举行了会谈。会谈毕,举行记者见面会。对出访塞浦路斯进行了评价。

下午4点,赴塞浦路斯博物馆参观。看了博物馆的陶器和雕塑,一下子感觉到塞浦路斯不仅是一个现代而富裕的岛上小城,历史的血脉也源远流长,立体的塞浦路斯才出现了。东西方文化的交汇与冲撞,在那些陶器上已留下了真切的痕迹。

文化是一个民族、一个城市的真正底蕴。从哪里来,为什么走到现在这个样子,还将到哪里去,便分明有了线索。看得人心里马上踏实下来，而不是吊在空中的感觉了。

一个民族再穷，也要高度重视对历史文化遗存的保护。留住记忆，就是留住了血脉，创新才有可能和依据。

记忆深刻的雕塑有两件，一件是汉白玉石雕的断臂维纳斯，线条流畅，形态逼真，美丽而忧郁，感觉很好。另一件是罗马王的雕塑，一个雄壮而矫健的男人。力量在肌肉上发出吼声，动感很好。

后又赴拜占庭博物馆参观，看了一些油画，都是历史古董，价值不菲。反映了不同时期塞浦路斯与叙利亚、威尼斯、伊拉克（古巴比伦）、法国等文化的交汇，也是外族入侵占领这一东西方交界地的重要历史见证。

还有一些磨砂画。说是被土族人盗卖给美国，在得到贩卖的信息时，塞浦路斯起诉法庭，据理力争，又物归原主。但这些从墙壁上被切割下来的马赛克拼贴成的人面画，此物已非彼物，看了使人发痛。

历史，其实是被人改写过的。

留下的物件是历史的真实，还是当时人民的感觉才是历史的真实？

历史是一些记忆的残片。

恬静的溪流

雷夫卡拉市

2004年11月18日

从塞浦路斯首都尼科西亚市驱车55公里，就是雷夫卡拉市。

车行一路。窗外，一幢一幢别墅红顶白墙，饰以鲜艳的花草，欧式风格凸现，干净漂亮。有的顶上，装着很大的太阳能热水装置。据说，塞浦路斯有三大亮点：阳光、土豆、骚老头。充分利用太阳能，正是发挥自己的资源优势吧。

公路两旁，除了一些橘子树、橄榄树、柠檬树葱葱绿绿外，地里已是一片荒芜。有的地已翻过，并不肥沃。树也长得稀稀拉拉，东一棵、西一棵，干虽粗，但并不高，都像老头树。看不到牛羊，更不见鸡鸭，农牧业都不发达。看上去缺水、干旱，怪不得当地人说阳光是最大的资源，一年365天，有300多天阳光明媚。降雨很少，云雾天气也不多。没有可卖的，只好卖阳光。卖阳光，倒卖出了名堂。当地旅游业十分发达。更兼地处亚、非、欧三洲海上交通要冲，是地中海第三大岛屿。周边富裕的国家，特别是欧洲人，多来此度假、休闲，拉动了经济。80多万人口，人均GDP 1万多美元。

仿佛高速公路在车上头，一段一段往上爬，但车子快捷平稳。这一段是丘陵山地。感觉好像，爬上去，又走下来，就到了雷夫卡拉市。

说是市，其实就像中国的一个袖珍小镇。古朴的小镇上，商铺很多，一间连着一间。但卖的东西似乎只有两样：一是手工的银器，一是手工的刺绣。各式的项链、手镯、胸针、耳环、戒指、手链，白光闪闪。还有老匠人亲自坐店，打磨、镂花。我们进去的一家店，一个老者正在赶制银质的香笼，形状像鹅蛋大小，外饰很多图案。店的门口，不时坐着一个老太太，手里拿着白布织物，一针一针刺绣着各式花样，有的是台布，有的是装饰的布画，有的是织的衣物，各种各样。人也热情，但文明、礼貌，没有强卖的意思。

街道干净、整洁，铺着当地产的白石。巷子也不宽，高低起伏，随势而建，自然而安详。行人也少，散漫，悠闲，恬静，安详。偶然也看到着一袭黑衣的老太太，躺在一把棕色的躺椅上，晒太阳。对于我们这些日日匆匆的来客，这也是一种难得的幸福，是另外一种生活吧。

我们跑来跑去，到底在追逐什么？

生命原本该是什么样？

夜游比萨

2004年11月19日

早晨9点多,从塞浦路斯机场起飞,向意大利方向出发。下午1点多,抵米兰国际机场。

本来按计划是从米兰转机飞往比萨的,但正赶上米兰国际航空公司的员工罢工,航班取消,无论如何也飞不走了。在机场吃了比萨饼、意大利面条等,只好乘汽车走。

从米兰机场乘一辆豪华大巴向比萨走。

高速公路上的小汽车,一辆接着一辆。两边的田园风光不时映入眼帘。先是平原,有拖拉机在翻地。土,黑油油的,甚显肥沃。树绿绿的。收割的土地平平整整。接着就进入山地。山上,层林尽染,黄的黄、绿的绿,像堆上去的油彩。有点像我家乡的秋天。天下的农村一个样。不一样的是，这里的山腰到处都是红顶的二层小楼。高速公路很发达，一路走来看着这里的人就是过着一种富裕殷实的生活。

晚6点多，汽车抵达比萨。直奔比萨斜塔。天已黑下来，但斜塔周围都开了灯，还能看得分明一些。斜塔，斜斜的，立在那里。底部用栅栏围着，正在修复。

斜塔原来是教堂的钟楼。远远地望了望塔，照了相，就去游大教堂。教堂里的油画和雕塑真是精湛。教堂气势很大，空旷、高远，人站在里面，显得渺小如豆。人，创造了震慑自己的建筑，使自己小心从善。教堂的前面，还有洗礼堂，巍峨高大，装饰精美。

夜色中的比萨斜塔，孤寂、清冷。像梦幻。凉风爽爽，夜色蒙蒙。印象中美轮美奂的比萨斜塔，就在这匆匆一瞥中，定格在夜色中。

天已不早，急急的一行人登上汽车，赶往佛罗伦萨市住宿。

艺术的真谛（外一章）

2004年11月20日　佛罗伦萨

上午9点多，先赴大卫雕塑馆参观。大卫的雕塑，早在美术史的书上看到过。但见了原件，却有心灵的震撼。什么是艺术？过去学教科书有像抑或不像、形似神似之说，影响人几十年。

过去也一直被传统文化、教育所浸染，形成一套习惯性的价值标准或认知。自以为，我们的是最好的。封闭培育自大，保守产生愚昧。再加上自欺，人便更加无知。

雕塑大卫保罗是艺术精品。佛罗伦萨画廊里的油画，使人为人类的创造力发出惊叹。

中国传统的文化是伟大的。眼前看到的一切也是伟大的。

人，应该确立世界眼光。要深入地了解世界。世界在融合，世界是丰富多彩的。不能蹈入盲人摸象的泥淖。全面地看问题，使我们能发现优劣，找到差距；动态地看问题，使我们能树立信心，扬长避短，缩小差距。

突然想：穷，可能是一切丑陋的根源。文明，从发展而来。人的文明，随着生产力的发展、生活条件的改善而逐步提高。当然，暴富的人，也不会一下子脱胎换骨。文明的养育，还要有日积月累的教化。

制度与规范也很重要。但制度要建立在客观条件具备而人又不太自觉的基础上。不然，文明不见，却到处看到了废人。因为他们被无端地捆绑了手脚，不知所措，情形会更糟。

美的东西，令人神往，也使人升华。文明的东西，本身即是价值，应该追求。

社会的发展，既要满足人的物欲，也要满足人的精神需求。营造一个让每个人充分发挥自己创造力的社会环境，是社会发展的重要前提。每个人也要有依靠自己的力量和智慧去开创新生活的理念、不懈奋斗的精神和行动。

世界是精彩的，生活是要靠自己去奋斗的。

画像花儿

佛罗伦萨的画廊，是灵魂的天堂。

每一幅画都像一朵花，人走在里面，就像走进春天。听得到春天的声音，闻得到春天的气息。

暖融融的心境里飞翔着洁白的蝴蝶、红喙蓝翅的小鸟。浅绿的流水，掬一把，洒下如白雪，甘洌清爽。

灵魂是花中的蕊，挺挺地探头在清风白云蓝天间，举着花粉，蜜蜂唱着爱情的歌曲，像弥漫的白雾。

创造的人，才是真正幸福的人。能创造的人生，才是真正有价值的人生。把心血化成瑰宝，让世世代代的同类，享受不尽。

艺术是永远活着的灵魂，是人内心的真理。它点亮了人类隐藏的光芒，以有限的文字、色彩、线条、声音掀开了生命千变万化、绚丽多姿的情感，诉说着自然的无穷秘密；它使人感到生命的丰饶、明朗、婉丽、莫测、神圣，以智慧和真诚的力量，悄然解开物质的锁链、世俗的束缚，给人生注入温暖、幸福、尊严、梦幻。

艺术是生命活着的另一种方式。艺术是心灵的镜子，也是精神的故乡。

艺术是无价的财富。真正的艺术家，不仅要受到世人的景仰，而且应当活得比别人幸福。这才是人类的良心。

罗马古城

2004年11月22日　罗马

小时候就听说"条条大路通罗马"。想象中，罗马是一个交通发达的地方。其实它也是人们朝圣的地方，梵蒂冈有世界上最大的教堂。西方人大都信教。可来到罗马，却不是自己儿时那种空幻的印象。

罗马是一个美丽的城市。

站在下榻的王子饭店8层的阳台上，放眼望去，满目的葱绿。绿海之中，有浮出水面的红屋顶，远远的，隐隐可见教堂的倩影。悠扬的钟声传过来，是上帝安慰人心灵的福音。

松树参天，棕榈繁茂。虽已是11月中旬，但罗马的气候据说冬季温热多雨，夏季炎热干燥。所以温带、热带植物都可见到。

天空明净，街道干净，人也穿得整洁。洁净是美丽的重要因素。罗马的建筑，独具风格。楼高不过六层。各是各的样，古色古香。建筑上几乎都有雕塑。门上、窗上、墙上，甚至屋顶上，人体的、花卉的，多种图案，透着艺术的气息。

罗马的建筑本身就是艺术的综合，也是艺术的重要载体。罗马的艺术集中在两个方面：一是绘画，二是建筑。博物馆里收藏着历代画家的经典之作，看得人心灵震颤，流连忘返。那种逼真的程度令人叹服，又给人以无尽的联想。比真的还真，可能就是好的艺术。

雕塑应是壁画的延伸。有座雕塑，是一位少女躺在一张床上。我原以为少女是雕塑作品，而床是实物。再细看，床也是白色大理石雕塑的一部分。纹理清晰，手感可辨，与真物无异。

三千年的斗兽场，气魄宏大，可容纳六万人同时观看。看了以后，总觉得古人的智力和今人差不多。

东西方文化是有差异的。环境不同、历史不同、心理不同、社会的追求不同，文化的表现形式和结果呈现各异的底蕴和色彩。研究文化要研究文化背后的构造。好的吸收，不好的抛弃。

罗马的美，浮光掠影中，也能感觉到，但真是说不出。就此打住。

恬静的溪流

窗口里的莫斯科

2007年5月10日　莫斯科

　　小的时候，从历史、地理书上，看到莫斯科这一美丽的名字。但一直不知道翻译成汉语是什么意思。也没有地方可问，或者也没有想到要问，就是一个地理名词而已。但一说到好像就能感到有好多的内容，仿佛真的看到过莫斯科的景，接触过莫斯科的人，仿佛真的看到了克里姆林宫，看到了红场、列宁墓、瓦西里升天大教堂，或者还有跳芭蕾舞《天鹅湖》的高雅、灵动、曼妙而又充满生命活力的俄罗斯姑娘。一个名字的后面，缀着一片的风景，拖着漫长而清醒的历史，更织进了我多少好奇的想象。

　　想象丰富了现实的单调，情感给枯燥和乏味涂上了美丽的色彩。其实，只看过有限的教科书上的文字，听到过《莫斯科郊外的晚上》，唱过《红梅花儿开》等老歌，看过《安娜·卡列尼娜》、《静静的顿河》，还有高尔基的《海燕》、普希金的抒情，记住了一系列的沙皇、大帝及一堆条约、协定，列宁、斯大林的语录，戈尔巴乔夫在天安门广场及新思维，后来就是叶利钦，还有年轻有为的弗·弗·普京，及普京与少林寺年轻武僧们在一起的新闻。

给我最真切的感受，一是我的故乡包头，城市规划是苏联老大哥设计的，还有包头钢铁厂等苏联专家援建的项目。那是在20世纪50年代，一群有为的红色革命者，把空想变成了现实，又为了更大更美的理想开始在各地行动。过了50年，城市的设计才在现实中看到了模样，管网、道路、园林，任一届一任的市领导尽情地施展抱负。有了一定实力的包头，被评为中国北方少有的、大气的文明城市，我总觉得文明的荣光里应该有高明的有远见的设计者的功劳。另有我的老师是研究苏俄文学的专家，曾做过我母校的校长。因着对老师的景仰，看了他写的关于高尔基的研究及俄罗斯的民族风情。

我突然想，除了生养自己的祖国，有哪一个国家和民族，对我这个普通的平民百姓，有如此众多而又丰厚的影响。真切地、零距离地看看俄罗斯，看看莫斯科，不曾是梦，但比梦更缠心。

莫斯科是俄罗斯的象征,圣彼得堡也是。

这是一个伟大的国度,滋养着伟大的民族,影响着世界。

"十月革命一声炮响……"多少人对这段历史耳熟能详。

"你们是早晨八九点钟的太阳……"毛主席坐了七天七夜的火车,经过我家乡的草原,在这里逗留了好长的时间。

真的渴望,亲眼看一看莫斯科。

去年,我们乘俄联邦委员会主席谢·米·米罗诺夫的专机,飞抵西伯利亚的伊尔库茨克,参加贝加尔国际经济论坛。

在我小的时候,冬天,天一冷,西北风猛烈地刮,就知道是西伯利亚的寒流来了,就要加上厚厚的棉衣。这就是西伯利亚给我的印象,那个冷啊。看了贝加尔湖,这个全世界最大的淡水湖,据说它储的水,能让全球人口喝半个世纪。看了周围婷婷的白桦,翠绿的松柏,起伏的山脉,没有庄稼的农场,还有热情奔放的俄罗斯人,心里好热。

紧接着就从伊尔库茨克机场飞到了莫斯科。终于来到了莫斯科,第一次来,美丽的莫斯科就在眼前。但遗憾的是,我们急着转机,没有走出机场。

第一次到莫斯科,给我的记忆,就是机场的餐厅和候机的大楼。没有看到莫斯科的花容月貌,我们就乘SU字头的飞机,飞向了法国。

今天是第二次来莫斯科。住在市中心的据说是直属总统办公室管理的总统饭店1209房间。

从机场到饭店的路上,看到了一片一片的森林,这是5月9日,树干发黑灰,还没有葱绿。莫斯科河波光粼粼,静静地流着。河面宽阔,偶尔有一艘大艇从河中穿过。路两边的新建筑缺少风格,跟国内普通的楼房差不多,偶有一座尖顶金碧的建筑,好像才是我心中的莫斯科特色。路挺宽阔,汽车挺脏。大使馆的人说,莫斯科洗车挺贵。楼价更是飞涨,有的每平方2万到3万美金。

车行至俯首山胜利广场附近,满眼拥堵的人流,像节日时的天安门广场。看到闪在车后的雕塑,仍是熙熙攘攘的人流,金发碧眼,身材巍峨。好几公里,都是这样的景象。有军人或警察模样的人,十米一人,八米一岗。原来今天是苏联卫国战争胜利62周年纪念日。估计有几十万

恬静的溪流

人，聚集在这里，缅怀英烈，尊重历史。

听说卫国战争，共有2 700多万的将士为国捐躯，英勇阵亡，人们从心底尊敬那些英雄。这就是民族的魂。健在的将士，胸前挂满了勋章、奖牌，年轻的后辈，为他们送上崇敬的鲜花，与他们合影，分享昔日的荣光。

站在房间的窗口，看到正对面微波荡漾的莫斯科河，有青铜般彼得大帝与帆船的雕像，站在河水中央，遥望圣彼得堡和他变成现实的梦想。旁边红色、白色、窄窗、尖顶、铺绿的俄式楼房，一座连着一座，像手拉手的俄罗斯少女在歌唱明媚的阳光。

远处有两座青色的摩天大楼，像两名卫士站在山上，守卫着美丽的莫斯科，还看到升在半空中的巨型吊车。人们说，距饭店不远，就是克里姆林宫和相当于天安门广场四分之一面积、但我一直以为广袤无垠的红场。

晚间，站在房间的窗口，又一次看着窗外的莫斯科。因为灯光照着窗下一块亮的地方，是一棵绿色的葱茏的大树，周围黑黑的暗淡无光。莫斯科河上的巨艇亮亮的，好像是游船，也是旅馆，黑亮的水面静静的，看不到流的迹象。

河的两岸，不时有亮着的两只灯在驰骋，不远处又是跑来的两只灯，近处的从正方向跑，对岸的朝反方向驰，是夜行的汽车。

瓦西里升天大教堂，乳白色的体，金光闪闪的顶，圆圆的，看得分明。从岸边通向教堂的桥，通体洁白透亮，如缀着宝石的弧线，是一条明亮的拱形的桥梁。梁上是弯曲的路，像人的一生，费力地走上去，再轻松地走下来，走进那个灵魂明亮的地方，心也变得圣洁、宽敞，人的皮也松弛，记忆里满是皱褶。

懂得了一切，人也就是清醒地活着，有时，还不如不清醒地奔跶。

对岸的楼房，整体长长的，窗口都亮着灯，看着光彩夺目，很温馨。再远处是裸出半身的楼，微亮的光，如迷离的少妇眺望夜色里的莫斯科河；后面有一面巨大的彩色的LED屏幕，闪着蓝的、紫红的光彩，一会儿一个颜色；白天看到的更远处那两座摩天大楼，一座通体明亮，另一座的顶上，不时闪烁着红色，像信号灯，更像夜色中飞动的精灵。

早间下起了雨，细雨朦胧中景物都是一堆模糊的轮廓，只有巍峨的彼得大帝，站在雨中，格外地分明，是一座铁铸的雕塑，立于船上，好像刚刚洗尘，却仿佛还要远行。

来了两次莫斯科，开发了两次丰富多彩的想象。窗口里的莫斯科，很袖珍，也很美。因为面积有限，所以记忆深刻。虽说一鳞半爪，可能也是浓缩的精华。

克里姆林宫掠影

2007年5月12日　莫斯科

距我们住的总统饭店不过几分钟的车程，就是著名的举世无双的克里姆林宫。

坐在车上，远远地望过去，一座座造型各异的塔楼，神态端庄，妩媚秀丽地坐在高大而宽厚的褐红色宫墙上。宫墙像红色的马队，昂首挺胸，一线排开，前赴后继，绵曳不绝。

壁立的宫墙，把一座座宫殿、教堂、修道院紧锁在里面，但仍有那些充满灵性的金顶白身、深绿色锥顶、花容月貌的人间奇景，不安分地探出半身的雄伟与瑰丽，伸向蓝天、白云、丽日里，夺目的璀璨，像是久囿深宫的公主、皇后和白马王子，也想看一看民间峥嵘的景象，听一听凄婉而动情的歌唱。

那种建筑的华贵和大气,摄人魂魄,就如美丽、典雅拉着你的眼神,一刻也不想让你停,一目也舍不得让你转,心被凝固,呼吸在减慢。

高墙里锁着绝世的灿烂。风景,像活的人,有色彩、有气韵、有思想、有感情。那戴着锥顶帽的钟楼,就是聪慧的王子,机警地观察着世界风云,随时准备敲响拯世的钟声,从地下汲取救命的圣水。那戴着金顶皇冠的教堂,就是圣洁而仁慈的母后,静洁美丽而宽厚,高贵里溢满善良,典雅中藏着温情,细腻地感觉着人间的饥苦和幸福,把单调刻板的时日,编织成超度灵魂的紫光白云红雾。

不知是天才的想象提升了艺术,还是现实的建筑艺术丰富了梦幻的想象。仿佛是天神,给人间创造了如此瑰丽的鸿篇巨制,让困顿的灵魂有了栖息的场所,让乏味的生活充萦着梦想。

车行至宫的门口,停了下来。有守卫的士兵仔细地验证,盘查询问。入口处的路上设置着现代的障碍物,使车道变成S型,转个弯儿才能进,是为了避免突发车辆的横冲直撞,保证安全的需要。等待的时间,才看清宫墙有的为红,有的为灰,高低错落,静中有动,而且绵延中,感觉没有了尽头。

呈三角形规划建筑的克里姆林宫，城墙和塔楼按利于作战的原则修建。城墙上有一条宽达4.5米的校场带，采用一些凿有小炮眼的雉堞加以掩护。三角形的每一个角上都建有两个圆柱形塔楼和一个十六面体的塔楼。沿墙的塔楼则是四方形的。角上的塔楼内皆有水井。塔楼也是通道，有的供出行和迎接外国使节之用，有的是通向莫斯科河的秘密出口。

　　塔楼的锥顶上有的竖立着双头鹰的国徽，有的饰着宝石红的五角星，有的装着时钟。塔楼的主体为红色，再饰以青绿、云白等颜色，主题鲜明，内容抢眼，文理顺畅，像横排着的灵动的华章、诗歌。

　　克里姆林宫怀抱着温柔的莫斯科河，筑在高高的波络维茨山上，随地势起伏而变化，顺着亚历山大花园和红场蜿蜒，像吐着的一条燃烧的红舌，透出点点的森严。克里姆林宫是保护皇族的军事要塞，也是艺术的殿堂。

　　进入城内，看了看伊凡大帝钟楼建筑群和新古典主义风格的行政大厦。在炮王和钟王前留了影。炮王口径890毫米，长5.34米，炮筒外径1.2米，炮重达40吨。安于1585年，由俄罗斯著名工匠安德列·邱霍夫在制炮作坊铸造而成。炮架上饰有浇铸花纹，旁边摆放着四个装饰性生铁炮弹，每个重1吨。钟王重200多吨，高6.14米，直径6.6米。

旁边有从身上掉落下来的一小块钟肉，重11.5吨。

规模宏大、气势雄伟、艺术精湛、装饰豪华的克里姆林宫大殿，就在不远处，因警备森严，只是望了望。底层是圆拱形的窗门，上面是瘦窄三角顶的窗户，窗口外嵌有白石台口线，上面雕刻着花纹，窗口中央向下垂着17世纪阁楼上富有个性的重锤。大殿中央顶部有一个方形阁楼。盾形装饰，雕刻着双头鹰造型，屋顶中央树立着旗杆。屋脊上装饰着花纹金雕。

大殿底色为米黄，间以白石勾柱滚窗，绿色铺顶，金镶石嵌，精致华美，富丽堂皇，庄重里有温情，威严中藏仁爱。建筑的风格是熟悉的俄罗斯味道。据说里面住着被无数女子崇拜的使俄罗斯复活、看上去没有任何多余东西的真正男人——普京总统。

后去珍藏馆看了身高2.04米的彼得大帝的甚腰粗的皮靴，一只里真能装下一个小孩。看了叶卡捷琳娜二世的马车，镶满钻石的皇帝宝座，华美的衣裙，盛食物用的金盘、玉器，征战的铠甲，至高的权杖，时至今日仍寒光闪闪的宝刀，各国的贡品、赠品，件件价值连城，皆为历史的见证。使人闻到了昔日的鼎盛、强大的奢华、骄横，越看越觉得每一件都是艺术的珍品。

看了克里姆林宫，饱了眼福，小了天下皇宫。

虽是不到2小时的浮光掠影，却像一个艺术的梦，沉重的，再也无法推动。

建筑是艺术的集景，承载着多少梦幻，激活了多少生活的热情，设计创造的人，永远没法享用，却让享受过的帝王，万古留名。人民是伟大的，能统治住人民的人，并能创造绝世的经典，也不能说是渺小、无能。

克里姆林宫，是俄罗斯和权力的象征，但也是人类共有的文化遗存。石材起了很大的作用。石头是平常的，变成艺术品的石头，是无价的。能被人收藏的艺术是有价的，收藏不了的，是无价的。

真的不知是谁创造的，可能还是人民是伟大的。

圣彼得堡哲思

2007年5月15日　圣彼得堡

碧绿的镜子里　映着你美丽的面庞
红霞在清晨梳妆　历史把风吹成美丽的皱褶

几朵风霜　几瓣梦想　纳税的石头
堆成艺术的殿堂　长出思想的翅膀
沼泽的梦幻　有瑰丽的光芒　古老和现代
如金黄的欲望鸟　像耐心的接生婆
仍在一声一声热情地呼唤着　彼得　彼得

阳光的子女太多　挤小了云彩　饿瘦了月亮
强盗从来都是在光天化日下掳抢

感知世界的清香

恬静的溪流

九百天的锋利也割不走顽强的悲壮

酒滋养着寒冷　诗歌使生命有了绿色

信仰才能描绘出不朽的时光

波罗的海湾　泊着文明的梦想　琥珀宫珍藏着

叶卡捷琳娜的高贵与肖像

教堂的钟声　洒下如花瓣的雪

戴着鞋套的脚　匆匆走进复制的帝国王朝

欣赏历史的容貌

留一声感叹　在涅瓦河　在列宁"打的"处

涨了彼得大帝的形象　褪了自然风景的颜色

美的奥秘在神奇　美的价值在智慧

绳索拴不住远征的帆船　气息却能淹没心灵的四季

色彩涂出历史的温度　造型变化了人生的起伏

金色大厅

2007年5月16日　维也纳

维也纳是一个著名的地方。蜚声世界、畅销不衰的名牌产品是音乐。这里丛生着国际顶尖的音乐大师,莫扎特、施特劳斯、贝多芬……光耀环宇、滋润千秋的巨星。

他们是制造美的巨型工厂,工艺复杂,全靠激情冶炼,想象淬火,思维锻造,耳朵打磨,心灵组装。几个缀在一起的音符,像会飞的花朵、披纱的姑娘、流泪的太阳、蹦跳的山峦,穿越了时空,风起云涌,天碧日红,陶醉了一个个肉身,野兔停蹦,公鸡羞鸣,蝴蝶立在绿叶上侧耳倾听。

他们用看不见的声音和旋律,激活了人心灵的光芒,抚慰那坑洼不平的人生,吹绿了多少无望的眼神,给平淡而单调的生活架起了彩虹,把梦幻和现实糅成和谐美妙的心声……

去斯洛伐克访问,中途转机,到了美丽的奥地利。宾馆旁边就是多瑙河,平静清澈,温文尔雅,不时有几只天鹅在水中嬉戏,异常美丽和高贵。河的两岸,树木茂盛,景色宜人,气候温润。

顾不上用餐,直奔金色大厅。在我的想象中,金色大厅是圆形的,也是豪华气派的,肯定是金碧辉煌的,透着的气息应是高雅而古典的。

走进去,才知,金色大厅,这个音乐家的圣地、天堂,原来是长方形的立体,有三层楼高。大厅也有装饰的几条金碧,淡而灿烂。几何图案的一边,顶头用雕花木栅围绕的舞台,是乐队演奏的地方,背景墙面上有雕塑,装饰华美。下面是座池,一排一排挨得特紧的小座椅,挤在一起,仿佛仅能呼吸,按顺序编了号。仰头可看到台上凸显的音乐指挥。就像匍匐在金銮殿的臣子,一抬眼,就看见了皇帝。底下拥挤,像蜂窝;上面空阔,如音箱。贴墙两个长边上的一层、二层,有露于外面的包厢,用绳索隔开,每厢有五六排小的木椅,编着号,陈设简陋。

坐在大厅任何一个角落,似乎针落地的声音也能听到。可能声音自然、效果好是第一位的。这里确实是个音乐的殿堂，音乐是这儿的主人。高雅的地方，其实都是朴素的。像真正高贵的人，见到了，都很随和、平常、真实，并不像名声一样虚拟、豪华、巍峨。高贵是做出来的品质，名声是传出去的声音。耳听为虚，眼见为实，虚与实，在无知里，就是迷惑。

看了金色大厅，得出一个结论，再美好的想象，也不是真的现实。

身的体验与思索

播撒种子的,是内心的希望,是生命源头汩汩滔滔、生生不息的爱恋。表面寂静的你,内心其实有无数的烈焰喷吐,但都是以淡蓝的紫光呈现,温度挺高,而火焰温存,是天然之气。

这是一种刻意的修炼。火眼金睛,满身慧气,直到从刻意走向自然之志,幻化为一种自觉不自觉的行动,全然没有了有意的痕迹,走向了大道之内,融化为常态之中。喜怒哀乐不形于色,悲恐惊慌不显于形,万念皆俱,万物成空。眼中来来往往的人与事,心中平平常常的情与真。有私念而忘我,观人事而宽宏。山头滚滚烟与云,若掌心起伏的沟与纹。

——《点亮你心里的红灯笼》

身的体验与思索

　　开，就是要用自己的双手，用力地掰开命运的门扉，命运之门就是自己的心。开启聪慧的心智，让她与自然和谐交融，就能明天地之大道；与他人与社会和谐交融，就能催化多氧多笑的情意；与自己的日子和谐交融，就能缔造平和、健康与事业的辉煌。千万不要封闭，不要紧锁。开放的是心胸，打开的是多姿多彩的人生，是又一条春和景明的通途……

　　端，就是要从自己立足的此处着眼、着力，就是现在的此地，是我们昔日无数奔波选择后，走到的立身之地。这是一块多年投注了汗水和心血耕耘经营、蕴含哲理的风水宝地，是真实属于自己的势力范围，是过去45年奋斗的结晶，是一个新的时段，也是开辟未来的坚实依托。

——《美梦也有新开端》

点亮你心里的红灯笼

2008年2月18日 北京

好暗的夜啊。一点风也没有,也没有月亮。像一块黑色的绒布紧紧地包裹住心灵摄影机的镜头,一切的色彩隐匿了,所有鲜活的物象不再呈现。

远离了嘈杂的繁华,只有一种色彩的沦陷,仿佛敌占区,无序地狂奔的人影悄悄地在潜逃。静寂得没有一点声音。

在黑黑的干燥的山顶上、悬崖峭壁边、其实是金色的洞里的某个角落,一只生命受到意外巨额惊吓的银兔,屏住呼吸,把自己深藏在无边的静默中。

这是一种心灵的逃避,也是一种心灵的厌倦,是看破红尘纷扰后的静思,是知晓生命本质后的豁然。思,如故

恬静的溪流

乡山涧的细水清泉，在乱石铺陈的河床下，清清地无声无形地独自诉说，流动不竭的希望，使人沉静而谦逊；思，是顶破土层的嫩芽，慢慢地由鹅黄、娇嫩，而淡绿；思，使迷乱纷呈无序的物事，剥去了虚幻、迷离的哄人的外衣，如擦去蒙在桌面上的厚厚的色彩灰尘，抽象出理性的纹路和本来的光泽。一切物事，不过如此吧。

小小的阳光，自自然然、温温暖暖地照着，渐渐的一层一层的金絮舌液般多情的浸润，思绪像渗进土层的水，点燃在绿叶上的火苗，闪耀，融化，吸收，在时间裸露的华光中长成一行一行绿色的文字、美丽的思索。

播撒种子的，是内心的希望，是生命源头汩汩滔滔、生生不息的爱恋。表面寂静的你，内心其实有无数的烈焰喷吐，但都是以淡蓝的紫光呈现，温度挺高，而火焰温存，是天然之气。

这是一种刻意的修炼。火眼金睛,满身慧气,直到从刻意走向自然之志,幻化为一种自觉不自觉的行动,全然没有了有意的痕迹,走向了大道之内,融化为常态之中。喜怒哀乐不形于色,悲恐惊慌不显于形,万念皆俱,万物成空。眼中来来往往的人与事,心中平平常常的情与真。有私念而忘我,观人事而宽宏。山头滚滚烟与云,若掌心起伏的沟与纹。

小自己而大天下,看离奇而知世间。

人间之道出于心,净心产善美,污心浊人性。

请点亮你心里的红灯笼,在精神的庙堂,在痛苦难解的时分。让红光照坦途,叫温暖驱寒气。如红日,以灼灼之灵光,把暗夜包容、消减,诞生铿锵的黎明,缔造红红火火的人生。

点亮生命的,是你自己。打开紧锁的心灵门扉,让才智闪光,让创造施福,让众多的人,感到活着的美好。

心,是感觉的屏幕。拉上是夜,拉开是春。人人一样,全在自己的认知与作为。

恬静的溪流

生命的流程

2008年2月22日

今天早早地坐在自己那张摆置在人民大会堂三楼3327高大房间里高贵的办公桌前。静静地思前想后,才强烈地感觉到,好长时间都在匆匆忙忙里白过了好多的时日。

因为细数起来,好像做了好多的事,但又觉得像风,琐琐碎碎里,刮过了,就刮过了,并未留下多少有价值的痕迹。似觉得有些空。

其实,自己心里也明白,人生的好多事,只不过是一种流程,一个又一个的过程,如随意翻书翻过的一页一页,一个章节又一个章节,只是看看而已,并非全有对应的实物留存。都是人人事事、一白一黑、吃喝拉撒睡的一天又一天,一年又一年。

平平常常地说笑，平平常常地生活、做事，这才是人生的常态。人，都是这么过的。

平常中孕育了多少看不见的奇特，点点滴滴中汇聚成值得回望的一生。

只是好久，没有写字了。从去年10月份起，经历了无以言状的悲，度过了身心伤感的最难忘的一段时光。生养自己的母亲，永远地离开了自己的儿子。这是怎样一种撕心裂肺、惊恐震撼、无以言表而又无奈无助的痛啊！人生的虚空，原来都在一念一瞬间啊！有朋友说，世界上最疼爱你的人走了。可……可……可我想把自己的爱再回报哪怕一丁点，给一生受尽艰辛的妈妈，却再也没有了机会和可能！可从此，就再没有写一个字。

没有写字的空白，生命仿佛虚化，有点心不在焉，有点不着边际，有点生得不踏实。

这是春节后第一天上班，无论如何也要动笔亲自写下第一个字，只有自己知道这对我意味着什么，这就是战胜自己的开始。

因为又一个春天来临了，自己总该做些什么吧，总不能永远悲不自禁吧，人总该有自我修复的能力，首先是把思想修缮一新。

永远记着：现在，就是开始。

人，不过如此

2008年2月15日

　　从今天开始，是新的一天。笔记本上写下了"我的新笔记"字样。新，就意味着告别过去，开辟未来。这是自己心里的界碑。

　　过去的一年，经历了人生的大悲，养育自己的母亲突然间离开了儿子，一下子陷入了生的迷茫与空落。茫然中精神找不到栖息的枝头，灵魂漂荡，寻找生的真谛。像云追赶着风，也不知何时何季，在哪个山头洒下聚集于心的悲雨。无可名状的痛与伤，不时噬咬虚弱的肉体，看病吃药，企图用外力来弥合心身的疾患，但收效甚微，仍整日笼罩在说不清、道不明的忧郁中。

咀嚼悲伤，是无奈的；能把悲伤化成力量，化成对生的超脱，是智慧之神给予人的恩赐与宽恕。

大悲过后，是大清醒。

人，不过如此。生生死死，谁也一样。可生，都有多种选择，是可控的。

可如何生，怎样活，是每个人需要时时刻刻解析的一道命题，也像一条鞭子，抽打着迷惘的自己。

在郁闷中成蛹的心灵，终于咬破了滴血的紧扎的缕缕丝线，羽化为新的希望，振翅而出，在自己小时候生活多年的陈旧的老屋顶，盘桓几圈，甚或几日，含泪而别，飞向湛蓝的天宇。

天空蔚蓝，清风拂面，阳光像纤纤玉手，公开公平地抚慰每一颗苦难而高贵的心灵。女神啊，涅槃过后，是对悲者的悯怜，是对智者的赞赏，是对弱者的同情，是对强者的公正，是对富者的肯定，是对穷者的痛心，世人皆为羔羊，善待他们吧。

每个人，都在啃食着自己遇到的命运之草。饱饥、瘦肥，仿佛冥冥之中的错爱，并非取决于自己善良的愿望和盲目的努力。

人，是情欲的智物。情欲使人乱，智教人规。无情欲者为物。有情欲者为动物。有情欲，又有智，方为人。情也如戏，欲也如戏，智把她们写成了剧本，有主题，有情节，悲、喜、正剧，轮番上演。

昨天看戏人，今日成主演。鼓掌、喝彩、痛惜、洒泪，千年万年，各色人等，如上央视的星光大道节目，多种才艺、绝技，各样神态、表情、姿势，竞相绽放，重复轮回，声声不绝。曲终人散，留一装饰华丽的空堂，一排排无人的座椅，曾经波涛般汹涌激动的人生记忆。

大千世界，阴晴圆缺、花开花落，原来都是自然的自然。

其实，人都是时间里的过客。

有的人，为后世留下了名声，留下了财富，留下了子孙，留下了著作，留下了建筑，留下了稀奇古怪的发明、创造……有的人，吃喝一生，用岁月送走了自己的生命……平平常常、微不足道、无人记起、无人再问。

人世间就是这样的演化，一辈又一辈，一代传一代。

情是人的灵，欲是人的根，智是人的魂。

感使人多彩，望使人愉悦，慧使人安全。

我把自己解开悲情缠绕的经历，描述为溅起在寒翅上的光芒，也是在深冬里营造春天，在冰天雪地里滋养春暖花开。唉，都是无奈的人，无奈的事。

新，并不是忘记过去，而是吸吮了往日的多种营养，孕育出新的亮丽、温暖的希望。活着，就是要珍藏过去，走向明媚的春光，一程又一程，一景胜一景。

人，总归该往好里过吧，也不枉在世上活一场。

恬静的溪流

不能忘记的日子

2012年11月13日

妈妈走了。就那样平静安详地走了。

孤零零的一个人，穿着儿女们去年就为她准备好的崭新的绸缎衣服——那是从北京的大栅栏瑞蚨祥老字号买的，妈妈在无数的丝绸面料中自己看中的最喜欢的质地和颜色。

在那样风和日丽的日子里，天那样的蓝，云那样的白，风尘尘不动。深秋已尽，初冬才始。树叶都落光了，草枯黄着，田里的庄稼早收割了，仅留着根茬，或裸露的土壤。白色碱土抹就的土屋，是那样的凄凉、孤寂。屋后的大青山分外的清冷，远远望去，仿佛缭绕着迷迷蒙蒙的悲，似有若无的气。穿着黑衣、围着白色围巾的几只喜鹊，站在屋子周围一棵棵老榆树上，流着眼泪，静静看着满院落的花圈和花圈簇拥中熟睡了的妈妈。像一个个曾朝夕相处过的邻居、朋友，站在灵前，无声地向妈妈作最后的告别。过去的恩怨、欢笑、苦恼、纷争、芥蒂，多少的家长里短，瞬时成了一滴咸涩的泪，挂在了生活的眉梢，化雾、成霜，藏在了人生无奈的感叹中，一声声化成沉默的星石，压得人心痛。

不忍再看，又不由得想看。看看过去生活的过程，看看生命的结局。

人，不过如此。

其实，人作为有思想、有情感的灵性动物，最可贵之处是有些东西会铭心刻骨、不能忘记的。

但我却忘了妈妈去世的日子。事过了一个多月，我坐在办公桌前，想妈妈什么时候离开了我们，却怎么也想不起。仿佛妈妈没有离我而去，而只是出一趟远门。但也该有个时间啊，越想越想不起。越想不起来，越想。最后只好给二妹打电话询问。

是公历2007年11月13日下午1点5分。农历十月初四。

这是个不能忘记的日子。这个日子妈妈在子女们的守护中停止了呼吸，撒手人寰，闭目睡去。妈妈……妈妈永远地睡去了。

妈妈走了，有人说，世上最亲你的一个人走了。我们都成了没娘的孩子。

可仿佛妈妈没有走，她的音容笑貌、言谈举止，她说过的话、做过的事、走过的路，她给予子女的无私的爱，她的艰难、无奈，她的希望、盼望，她的勤劳、她的苦难，她的点点滴滴的生命流程，如同胶片电影，不时地回放在我的眼前……

妈妈，三年后的今天（即2010年5月某日），当重温以上这段文字时，我又忍不住流下了眼泪，妈妈，我好想你啊……

自从2010年4月22日，来外宣办上班，已一月有余。妈妈我又换了一张办公桌，换了一个单位，现在我再也不能步行着去上班了，每天早早地起床，6点起，7点半前必须出发，不然就迟到了。每天你的儿媳开着她的轿车，载着你的儿子去单位，然后她再去上班……这一切的一切，我该给谁诉说？妈妈，真的好想你，想到，我就倍觉孤单和无奈……

妈妈，又三年了，上星期四，即2012年11月8日十八大正在召开的当天，我又从原来阴面的房间换到了一个向阳的、有阳光雨露滋润的房间，连办公桌、门牌号、电话号码都搬了过来。今天即11月12日，在整理书本的时候，不知咋的，就突然翻到了这一本的这一页，就是《不能忘记的日子》写于2008年1月2日至17日。而明天正是妈妈的祭日。那么多的书与本，怎么就这一本、这一页呈现在儿子的面前？妈妈，真的冥冥之中，有什么要告诉我、要提示我吗？是把珍贵的生命过得有意义、有价值吗？还是放心不下鲁莽、粗心的儿子，要提醒、护佑你的儿子吗？

此时，我正在核校自己为十八大献礼的新书《恬静的溪流》，十七大时出版了《温暖的麦穗》，五年了，自己又胡乱写了一堆文字，算是生命的记忆。正好收录这篇文字，是对妈妈的思念。

人们不是说，党的恩情比母亲吗？！

地壳轻轻抖动了一下

2008年5月13日

5月12日下午2点28分,我对面桌子上的瓷杯盖,突然响起了清脆的叮当声。我下意识地赶忙抬头看了看屋顶的吊灯。没有晃动的感觉。我当时想,是不是地震了。

不一会儿,妻子从沈阳发来信息,问:感到地震了没有?几级?我还说没有啊。她说她们单位的人都正撤离办公楼。随后,好多人都发来信息提醒注意安全。

打开电视,中央新闻频道、凤凰卫视都在直播震情。四川阿坝汶川发生7.8级破坏性地震,全国大部分地区都有明显震感,北京通州震波达3.9级。

报道说,中央首长正在乘专机赶往震区。责任重于泰山的中央啊,怎么有如此多的突发事件需要处理啊。

非典疫情、通货膨胀、冰冻雨雪灾害、骚乱、恐怖、口足病、又是波及如此广的地震，一个接一个，天灾人祸不断。偌大的国家，众多的人民，每一件事，都涉及国家、民族的利益，不能掉以轻心，都需全力以赴、众志成城、科学认真地处理、应对，妥善完美地解决。

为民不易，做官更难啊！因为没有人能知道他们的焦虑。

高处不胜寒。寒中之热就是责任。

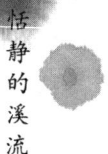

若是天鹅也喝葡萄酒

2008年7月13日　圣地亚哥

2008年7月10日下午2点30分，从北京机场乘CA1521航班赴上海，又从上海浦东机场乘坐NZ088航班抵新西兰的奥克兰。再从奥克兰乘LA800航班飞圣地亚哥。整整走了三天，除去停留、休整、转机，空中飞了二十几个小时，终于来到了目的地智利。

人，迷迷糊糊地坐上大巴车，往饭店走。

沿途树木枯黄，耕地无绿，此时是智利的冬季。落叶的葡萄树，织成一盘一盘的棋，整洁利索。远远看到一座一座的雪山，立在楼房的后面，成了城市的屏风。像是刚下过雨，潮湿的空气清新、干净，人有一丝丝的凉意。

这是南美洲的冬天。仿佛内蒙古兴安盟的冬，但并不寒。路两边的房子，不太新，像用旧的、浸水而晾干的火柴盒一样，半新不旧，黄不黄、灰不灰的色彩，发展中国家的城郊建筑，可能都大同小异。经济决定造型，也决定容貌，甚至影响气质和语言表达。

圣地亚哥，美丽、洁净、漂亮。几幢高楼特显眼，玻璃面墙，鹤立鸡群似的，站在山脚下。身后的雪山，如一条白纱巾围在颈上，飘逸而灵动。城中一条河流，水势湍急，但颜色发黄灰，如山洪，并不清澈的样子。水泥堤坝修筑得高而坚实。河床底部可见滚圆的石头，遍布河底。

印象深的是两次见到美丽的黑天鹅。一次是转机的间隙，在奥克兰的湖边，见到无数大大小小羽毛、形态、颜色各不同的海鸟，或成群飞翔、俯冲在蓝色的水面上，或浮游戏水、祥和美满、悠然自得，其中多只是天鹅。

步态优雅的天鹅，戴着美丽的红冠，穿着一袭整齐的黑衣，高贵而傻相，像古代文学名著里读圣贤书的中国相公，并不怕人，与人近在咫尺，还是一副泰然自若、旁若无人的儒雅神态。不像国内的飞禽，看见人，如闻到狼味，扑棱棱振翅而飞，避之唯恐不及，一点情趣也没有。

噢，还有就是距看到天鹅不远的一条小河，河里清澈的水流，水里有蜿蜒而动的条条鳗鱼，有了鳗鱼，小河一下子活了起来。河上有一小桥，水泥钢筋浇铸。站在桥上看风景，绿水绕树，群鸟翔飞，如茵草坪，人入仙境。低头看，一行醒目的红色汉字：不准在此垂钓。声声玩笑中，一丝凉意，不知是海风轻拂，还是其他别的什么。

今天在智利的一农庄，又看到两只坐窝的黑天鹅，人还未走近，两只天鹅便伸出长长的颈项，像两杆铁硬的长矛，刺向走近的人群，并发出怪异而恐怖的吼声。仿佛两位勇猛的斗士。但并没有离开巢穴，身下压着等待孵化的高贵的蛋。

未来的生命是如此重要啊！准母亲的护子天性是何等地强烈！看到并没有危险，三三两两的人，只在远处拍了些照片，两只天鹅又恢复了美丽的常态。

话说智利不仅是铜的王国，也是葡萄酒的生产大国。沿路的葡萄园随处可见，就像诸葛孔明以高超的军事智慧精心布阵，直道两旁是整齐的一方格一方格的葡萄园，汽

车拐一个弯，又是葡萄园，又拐一个弯，还是葡萄园。像迷魂阵似的，走了那么长时间也没有走出去。

此地气候适宜种植此物，温差大、凉爽、沙地适于葡萄生长，病害少。葡萄树冬季也不用埋。没有叶子的葡萄树像一把把伞的支架，相互勾肩搭背，蔚为壮观。如裸浴在河滩上排列有序的黑美人，搔首弄姿，翩翩起舞。

参观了葡萄酒厂。储酒罐，大腹便便，一个能装20多吨汁液，一个个像微醉的壮汉，上下一般粗地站在厂房里。

葡萄酒从罐里热情洋溢地走出，鲜亮、透明，如多情的小美女，妖艳惑众，色味十足。原来粗陋里孕育了精细，苦涩中诞生了美味。人间的事，说也说不清楚。人为智者，把有形的变为无形，把黑的描成了红的，把圆的榨成了扁的、碎的，把静的物，变成灵动、鲜活有生命的琼浆玉液，含到嘴里，还品出了活着的幸福，知道了生的美妙，成了生命的享受，交流情感的导体，软化血管的尤物，甚至因其价格和产地、时间长短的不同，成为衡量高低贵贱的软性尺码。

万里的奔波，那么多辛辛苦苦挣来的美元、华钞，错乱的生物钟，几多不眠的良宵，难道不也是为了饱这难得的有限的眼福、口福，品尝不同生命在异域的滋味，还有跨海搭建的语言里的友谊，增长异国他乡的见识？使那一

堆血肉毛骨包裹着的灵魂更显丰富、饱满、自信和多彩！

突然想，我们生存的家园，又有几处能看到自然中活得快乐的黑天鹅？好像在自然保护区。但更多的，是在公园的笼子里，欣赏她们的美丽与高贵，产生些美好的联想罢了。如果想象贫乏，很可能看到的就是一餐下酒的美味佳肴。

如果中国的天鹅们不是坐在长安街的酒吧里，而是在绿草如茵、波光潋滟的湖畔，举起一杯天然的红葡萄酒，含情脉脉地对饮而歌。

那是怎样一幅画啊！

村民的视角

2008年7月14日　圣地亚哥

看问题，既要明白你的立足点，也要看你关切的视角。立足点不同，视域不同。视角不对，看到的是另外一种景象。其间思想和态度，起催化或者媒介作用。

立足井底，无论是蛙，还是人，看到的仅是一线天空，时有白云、蓝天，时有夜色、乌云。

站在山巅，无论是人，还是蛙，看到的是辽阔深远，有时景色瑰丽，有时风云莫测，复杂中藏着简单，单纯里编织着深奥。

看了两个智利的小乡村。一个是名马的庄园，一个是工艺品的小村。

刚入庄园，即有男女混杂的乡村音乐表演，也是小型的欢迎仪式。六七个面颜棕、白，眼睛、头发亮黑，形体不同的人穿着色彩鲜艳的民族服饰，热情奔放，节目内容虽简单，但演员都很投入。真心实意地歌着、舞着，笑从脸上像一只只南美洲硕大的花蝴蝶一样，接连不断地飞了出来。使看着的人，也不自觉地受到感染，个个眼里都洋溢着花开的香味。看来，情绪是能够相互传染的。

接着进入马戏表演场。绿草地上，纯种的智利马，一匹一匹亮相。据说有一匹是智利的马王。马，有的已驯化，温良恭俭让，都会；有的仰头长啸，立地挺身，桀骜不驯，无法驾驭；有的随主人跳起盛装舞步，横竖左右，坐卧起伏。看得人觉得马不该是这样的生存方式啊，但它每天只能这样，一阵笑后的辛酸，一种欣赏后的悲悯，抹也抹不去。

生存的现实，不要说人，连动物也逃不脱。那挪着小步搔首弄姿的，是奔腾千里的骏马吗？

真是命运即造化，造化即命运，很无奈的事情！可，造就造了，为什么不化呢？为什么化不开呢？

但奇怪的是，在驯马师的驾驭下，它的每一个动作都很认真，表演精彩，招招到位，像人似的。外人的视角，并不是具体做动作的马的视角。马是真实的，而人被自己的想象扭曲了。无名的情绪扰乱了正常不过的现实。异化，原来是这样产生的。

工艺品小村庄，名副其实。蓝晶石是当地的特产。卖此石的小店很多，一个门面连着一个门面，里面摆的货品极其相似。耳坠、项链、胸针、手镯、戒指，各式各样。其实，质量好不好，颜色亮不亮，都无关紧要，名贵不名贵，价格合理不合理，都一样，买的人，买到了物品、欢笑、纪念，付了美钞、时间和精力，打发了时光；卖的人，把劳动实现了价值。背后的视角，都是生活，都是想得到自己想要的东西。

视角不同，结果不同。日子就这样一天一天在无声中过去了。谁也挡不住。像我一样，儿子高考在录取中，岳父住院在手术中。而本该在身边的我，却在万里之遥的智利，一个人坐在圣地亚哥的椅子上，写些不想写、但又不能不写的破文字，因为急切、忧虑的心情在无奈而孤寂的异地时空里，被无端地吊在空中，听不到，看不见，摸不着。最切身的利益，而我好像是个无用之人、不孝之人。

干着急时，要安定，写字真是个好办法。也是一种自我消减、发泄、安慰的心理医治、保健。事情越急，我越不急，就是多年写字练就的功夫和定力。因为越急越乱越易出错，会乱上添乱，更何况，你也没用、没办法。急，只是自己心里的一种反应或状态，与具体的客观存在关系

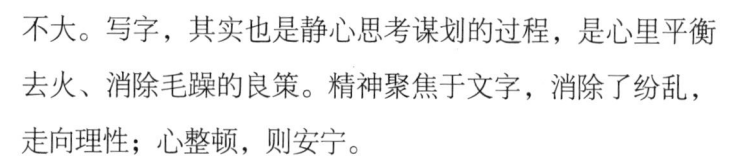

不大。写字，其实也是静心思考谋划的过程，是心里平衡去火、消除毛躁的良策。精神聚焦于文字，消除了纷乱，走向理性；心整顿，则安宁。

难挨的时间，变成了文字。太虚幻，太崇高，太无用。而乡村的一切才是真实的。

真实地活，是最好的视角。

回望那几朵远去的花

2008年12月25日　人民大会堂

最近的花,是昨天,仍清晰可辨。从早晨到晚上,一瓣一瓣,仿佛飘着馨香的分秒,弥漫在彩色的时间里。

早早起床,急急地往单位赶,一个一个的红绿灯隐在了身后,一排一排的汽车、楼房推向远方,在匆匆的人流里,像一滴小水珠流向了人民大会堂的3327办公室。

今天是人大的常委会全体会。国务院有关部门报告"十一五"规划《纲要》实施的情况,及应对国际金融危机的措施,听取环保部部长关于水污染防治工作进展的情况报告。收发公文,领了一沓贺年卡,设计得缺乏美感,更少艺术性。收到不知多少个贺圣诞、平安夜的信息,洋节日已深入中国百姓的生活中,说明经济富裕,求休闲、寻娱乐已成中国的内需。强烈、纷繁,不知不问缘由地过,消费升级了,生活内容多彩了,肯定是好事。

下午看《深入学习实践科学发展观,推动社会主义文化大发展大繁荣》一文,理论、政策、措施皆有,需再看。又阅杨牧之《在那恒河的原野》（载《新华文摘》2008年第24期,68页）,勾画出印度的风土人情、社会文化、历史宗教,生动理性,一幅生机勃勃的画卷。

晚间召开委员长会议。下午6点半妻子开车接我到鄂尔多斯酒店见富友,到俏江南聚会,过平安夜。后去蒙古人酒家与赵志相会,看胡忠新版诗集画册,见《人民文学》主编韩作荣等文艺界人士。听胡忠兄讲鄂尔多斯及成吉思汗陵等神奇之事。妻在楼下漫长地等待,我如坐针毡。妻仍在楼下等待漫长,我不知奈何。后妻怒,而冷曰:"你从来不关心我,多会儿也是牺牲我。"无情的男人啊!

好冷的天,好明的街。长安街灯光辉煌,像是过节。天天过节的长安街,像一条流动的河,多少惊心动魄的事件曾在这里发生,一幕幕历史影像的回放,仿佛昨天,但感觉一眨眼的工夫,流逝了,飘灭了。街灯亮亮的,照着道口黑白分明的斑马线、不可逾越的黄色禁行线。广场上没有了平日繁茂的人头,稀稀拉拉的几个人漫步在偌大的空间,人民英雄纪念碑亮亮的矗立在那里……

再往前即12月18日，是纪念改革开放30周年大会，锦涛深刻总结了我们走过的辉煌而不平凡的30年的路程，绝处逢生，沧海桑田，开放使我们增长了见识，懂得了比较，看到了先进，充满了梦想；改革使顽疾得到了治理，增强了活力，有了动力，确立了信心。两轮齐转，使古老的中国快速地融入了世界，走向富强。历史真的是不以某些人的意志为转移，她有自身无法抗拒的规律。

纪念会后的第二天上午，人大机关党组研究决定了我晋升的事，并随即公示。这是领导和组织信任的结果，也是自己长期努力的收获。值得高兴。

该来的总要来，该去的自然去，人生的法则，也是奈何不了的。自己能做的，只有自己把自己经营好、管理好。平日敬业认真，闲时读书学习，交友增识；特殊时日，坚守原则，以静制动，维持人生的美好与善良。人，不能做不讲原则的事，更不能做没有良知的人。感恩助人，不伤天害理就是底线。万事不可吹毛求疵，更不可斤斤计较，耿耿于怀。

再往前就是10月的奥运会了，我坐在能容纳10万人的鸟巢体育馆主席台右侧的座位上，全身汗水淋漓，衣裤水洗，很显湿润。几天来断续地听和看：美丽的银色五环飞天，舒展开的中华文明的画卷，广东那个憨憨的举重的姑娘，me和you的金属般的声音，各种肤色和服饰的运动员的笑脸和高高举起的握着鲜花的手臂，闷热中流汗的小布什，精美绝伦的大会堂欢迎各国元首的宴席……夜空中走动在中轴线上的脚印……熊熊燃烧的红色火炬……一枚一枚闪耀着自豪与骄傲的金牌、银牌……这是中华民族强盛的标志，多年的梦想成真……

再往前就是7月的出访，从上海到了新西兰再到南美的智利、委内瑞拉、哥斯达黎加……发展中国家，看不到工业文明，但却有纯正的自然美景……

夜晚的飞机上，俯看到一座灯光辉煌的不夜城，高楼林立，通体透明，彩光交织，虹蒸霞蔚，从来没有看到这么亮丽的城……洛杉矶，自然的黑暗里人造的美丽天堂。

这是第一次踏上美国的土地。记忆深刻。从机场到饭店的路上，高速公路宽阔、平整，汽车很多，而且车速很快；路两旁照明系统很齐全、明亮，指示牌显眼。

山地多，山上全覆盖着枯黄的厚厚的草被，生态保护得真好；后去了环球影城，参观了好莱坞星光大道等过去在报纸上描述的诱人的风景……其实，好多东西真的看到了，与想象的相差甚远，无论实物，无论美感……

但无论如何，看到了制造世界明星的工厂，生产精神产品的工业化的车间，这毕竟是世界一流的创意、人才、设备、营销……风靡全球的美国大片的源头……照了两张照片就又飞走了……

再往前推,就是"5·12"大地震,北川、汶川,生命在大地的一抖中,变成恐怖的场景,人间充满了悲惨的泪水和哭声。人的脆弱与生命的坚强相伴,人间的凄惨与人间的大爱共生,各种生命现象瞬间演绎出奇特的故事,温暖、慈爱、互助,人间的真情与自然的摧残抗争……

再往前,即是3月5日全国两会……

这就是一年。这就是我的难忘的一年。似水般的流年。花样的年华啊……

美梦也有新开端

2009年4月3日　广州

仿佛是人生的又一扇大门开启。前面景色瑰丽，阳光明媚，那条金光大道从脚底一直延伸到巍峨的山顶。

层峦叠翠、万花竞开，争芳斗艳、香漫天宇。琼楼玉宇，才俊荟萃，议天下之大事，谋百姓之利益，商应对全球危机之对策，振国人奋起复兴之精神；美人佳肴虽环身，重任江山不离心。登高望远方知天地之浩渺，俯首凝眸细察黎民之饥苦，七尺男儿刚毅之身影，纤毫毕至母性之温柔，攻坚克难、营造福祉，父亲之责任。

心如日，光暖洒人间处处；性如佛，慈悲及天下众生芸芸。春光融融照我行，一步一景走人生。

仿佛已经走过的都是铺垫，是逝去的风景，那没日没夜的奋斗的情景,那坑洼不平的泥泞的小路,那白雪封堵的拓荒的脚印,那孤独无助的咽到肚里的泪水,那左碰右突的无奈的抗争,那穷厄困顿的艰难的过去,那一字一思浸透纸背的血泪智慧,那无所事事空耗日月的悲怆,那母亲离去撕心裂肺的虚无与深痛……一页一页都成长为人生的营养,塑我成现在的自己。

如梦如幻的人生,如酒如歌的生活,如山之起伏,如海之波涛,似草芥上的点滴之绿,似一粒沙土的芬芳,林林总总铺就一条人生独特的道,一白一黑酿出无数飘馨的酒,向前走,向前走……人生虚幻,过程真实,真实了每一天,就是一生的真实,这就是虚与实的辩证。

开,就是要用自己的双手,用力地掰开命运的门扉,命运之门就是自己的心。开启聪慧的心智,让她与自然和谐交融,就能明天地之大道;与他人与社会和谐交融,就能催化多氧多笑的情意;与自己的日子和谐交融,就能缔造平和、健康与事业的辉煌。千万不要封闭,不要紧锁。开放的是心胸,打开的是多姿多彩的人生,是又一条春和景明的通途……

端,就是要从自己立足的此处着眼、着力,就是现在的此地,是我们昔日无数奔波选择后,走到的立身之地。这是一块多年投注了汗水和心血耕耘经营、蕴含哲理的风水宝地,是真实属于自己的势力范围,是过去45年奋斗的结晶,是一个新的时段,也是开辟未来的坚实依托。

她既是总结,也是开始,这是人生的一个高度,要站就站在自己的肩上吧,向着新的目标、新的美梦攀登。巨人的肩只可偶站,当他愿意的时候;自己的肩,才永远是你创新的支点。如是,人生的新开端就属于你了。

新开端,重在行动,当然也重在思想。想要什么,其实是最重要的开端,思决定行,行使思变得真实、有益,有了说不出的实践意义和动力。好的开端,是成功的一半,另一半就在以后的日子里寻找、兑现。不要懈怠,不要畏惧,世界上没有比自己更可怕的敌人了。战胜自己的一切不善,你就是善;战胜自己的懒惰,你就是勤奋……活着不能就知道吃喝吧?吃,最好也要吃成个美食家,吃出品位、文化,而不仅仅是一个名副其实的"吃货"吧?

看着山顶的阳光,起步,不懈怠,不偷懒,不退却。

目不斜视，心不旁骛，一步一步，扎实有为。遇沟架桥，遇壁凿阶，顺势而上，逆势而息，保存体力。

风雨前造屋，寒冻中积材，不逆天意，不违人愿，不强己意。汗成星，苦为金，人生就成自造的风景。

原来如此啊！

生的色彩与力量

我不知道怎样状写你的美貌与贫穷,也不知道如何能从心底,抽出丝丝缕缕的彩线,编织你的花衣旧裳,缝制你的金边银袖,更不知道如何渲染你夺目的鲜艳和飘逸、裸背与沉重。你像酣睡在我眼里的浓郁的喷嚏,急欲想打,又打不出,堵塞着、淤积着,要凭借怎样的神力,才能有一串响亮的美丽、欢畅的忧郁、爱恨相融的旧迹新履。印度,你让我无缘无故地倾心,又不明缘由地忧愁,你让我火热般地激动,又让我秋雨样地悲悯,人间物象,爱恨情仇,无来无由,笼罩在我心中的是怎样复杂而简单的团团驱之不去的迷雾,我该成为热风还是冷雨,才能化开你表里繁纷的纠结,解开那古今动人的歌吟,山川大地民族繁衍的故事传说?!

仅仅去了新德里,去了斋普尔。仿佛去了梦想中的孟买,看到了恒河里满盛着圣水的神奇的陶罐,仿佛整个印度弥漫心中,其实仅仅是一部巨著封面上的一角、一个汉字的偏旁、一个音符里幻飞的篇章。印度,一颗牙齿的化石,可否检测出完美的形体、娇羞的容貌?

生的色彩与力量

想写写德国,但直到离开法兰克福机场也没落下一个字。这是第二次来德国,在法兰克福机场起落过4次。第一次是访问斯洛伐克时过境转机,住了一宿,看了一个产啤酒的小镇,后在使馆人员的建议下,买了一堆质量上乘、标准高的大蒜素和泡腾片,据说维生素含量高,V_C、V_B、V_E……能V的都围在包里,带回家,至今还扔在那里,无人问津,像生活在大都市里的穷人。偶尔打开柜子,看到她们,才想起她们是我万里迢迢从德国法兰克福那个巨型超市里,花了好多彩色的欧元,买下,又不辞辛苦带回来的,记得当时我们人多,摆放大蒜素的货架都空了。说真的,我们也不知道该买什么,因为好多商品国内都有,又便宜。但出一趟国,好像不带回点东西,像是没出国。

这次来德国,走下飞机,接我们的是两辆高级宝马和两位端庄美丽穿蓝色制服打领结的德国姑娘,以为到贵宾室有多远呢,前一辆刚开就停到一个门口。眼看着仅有500米的路程,我说走过去算了,不行,还得上车,接的人也笑了。原来是贵宾室的车,多余的礼仪。其实也不多余,从飞机的侧梯走下来,机场不允许旅客步行,必须坐车。噢,长了见识。

写德国的什么呢?

谁画出第一张世界地图

2009年4月4日　亚的斯亚贝巴

2009年3月3日12点准时从家出发，赴北京国际机场T3航站楼V5贵宾室。因走的不是机场高速路，所以看到了沿途的另外一些风景，似有新奇之感。走到东北五环时，司机师傅说那可能是咱们单位新的家属房，我看了看，是正在建的工地，脚手架搭在空楼上，还看不出啥样。我说："这么远，人们可怎么上下班啊？"

从北京约3小时飞到了广州新白云机场。郑秘书长等来接，入住珠岛宾馆9号楼905室。稍休息即用餐。我早晨到现在还没有吃饭呢。上午本想在家准备，但有文件，又跑到单位，处理完已是11点多，从大会堂走回去，提了包下来，正好12点。该出发了。下午2点起飞，飞机上也没饭。

此时，真有点饿了。虽在机场吃了几块饼干，算是愚弄了一下自己的胃。

此时，服务员上一个菜吃一个。连小吃都吃光了。人啊，真是，人是铁，饭是钢，一顿不吃饿得慌。虽然我还没慌，但上的菜却一扫而光了。人，真是一个吃喝的动物，这才是人的本性。紧挨我坐的汪委员是原空军的副司令员，却吃的不多。我问他，他说晚上不可多吃。但他气色好，看上去比我还年轻。英姿飒爽，平易可亲的样子。我心想，老了来人大，是有福的。梁处长、张秘书已通知广东中医院的大夫拿来了通络丸及药芯。身体不舒，求之于药。真的，朋友，是个宝，离不了。谢谢你们的好心。刘科长跑上跑下，忙个不停。看着他比我还大，心里有一种复杂的滋味，每个人都要为生活奔波啊。可他笑嘻嘻的，感染着我的心情。

晚上8点15分从宾馆出发，赴机场，登上ET607航班离开广州前往埃塞俄比亚的亚的斯亚贝巴。埃塞的航班，都是埃塞人。黑黑的空中小姐，着白色披肩、裙裾，满脸的微笑，洁白的牙齿就格外地醒目。一个一个的黑美人，穿梭于几排座位间，发报纸、发装着洗漱用品的纪念包，还有一双顶拖鞋用的黄色粗线袜，还有眼罩。手托着放着几杯凉水、几杯橙汁的托盘，问这些尊贵的乘客，要否？这里是头等舱，乘客不多，显得服务员多。后面的舱位满满的，有黑人、有黄人，也有白人。

人生平等，每一时每一地却把人分开来。就连飞机，专机、头等、公务、普通舱，价格不一，人分九等，一目了然，没有一点含蓄、委婉。真有尊卑贵贱吗？没有。

只有钱的多寡，原来有些东西是可以买来的。真正买不来的只有每个人自己内心所拥有的东西。能买来的东西，人们追逐得多，买不来的却关注得少。人越来越分化瓦解。这就是当下，或者说当下的现实。世道的变迁，是不以人的意志为转移、难以迅速扭转的事。

没有可看的，就看自己随身带的北京大学出版社出版的《即说即用英语120句》，看了几句，注意力就被前面的航空大屏幕吸引过去了。

先是一个虚拟人物僵硬的动作，示范着如何扣安全带，又如何打开；反复几遍，就见男女3位乘客头顶掉出氧气面罩，拉下来扣在嘴上，如此类推，也都是没有表情的、虚拟的、手如蜡制的动画人，没有一点灵气。接着是时间、飞行的高度，随后就是飞行的地图。有山脉，有河流、湖泊。有一条粗而带箭头的红线，指示着飞机从哪儿飞到哪儿。全是英文，有Hong Kong，还有大部分不知的地名。

突然有一个想法，是谁绘制了第一张世界地图？这可真是一项了不得的创造。是有人一个国家一个国家绘好，拼成了现在的模样？当然现在有卫星，有好多想也想不到的高科技手段，绘一张地图不在话下，可最原始的世界地图是怎么诞生的？即使一个国家一个国家绘好了，谁又能是总的统稿？还是召开国际会议共同研究？还有无际无边的海洋怎么测量，浩渺的高空如何测定？那些图例又是谁的发明？是哥伦布，还是郑和？

谁绘制了第一张世界地图，我把问题推给了我的邻座，他笑笑，很惊讶，又笑笑。我也笑笑。但这个问题困扰着我。

看着红山绿水写着英文地名的地图，或者准确点可能是航空图，一闭眼就来到了泰国的曼谷。下了飞机，到休息室休息。和几个烟民跑到候机楼外的吸烟处吸了一支烟，跑回来，就又登机了。也是第一次来泰国，走到楼外的曼谷土地上，时间好计算，一支烟的功夫。也算是对泰国的访问。返回机舱，头等舱的座位满满的了。都是从泰国上的白人、黑人、黄人。

空中小姐还在，但已不是刚才的人。世界在转瞬间变了模样。

飞机向着亚的斯亚贝巴又飞了。飞，才是个使人捉摸不透的字眼儿。飞的状态，总给人虚空的感觉，这是农业社会留给人的一种错觉。

走，依托的是土地和体力，那是一种自然环境条件下，使灵智动物得以超度的生存状态，是在有限里得到了生的快乐。这种经验哲学，根深蒂固，实属生之小乐，是独斟一杯之悠然自得之乐。

而飞，依托自然资源，更多的是凭借智力与超智力而生的现代科技，在极大地改变生产力水平的同时，创造了新的现代文明，这种文明成为主宰世界的超霸权，渗透到生活的方方面面，时时处处淹没着美好的传统。使人从大地飘向空中，从生活的真实，走向虚拟，从虚拟走向功利，走向对金钱的物的崇拜。挥手即云，覆手即雨，经济与社会的瞬息万变，颠覆了过去，支离了人性，凸显着现代的离奇。心理和文化不知所措，矛盾与斗争时时上演，贫富激剧分化而且幅度之大，差距之远，不可想象，且会永远。

这是一个金钱与科技主宰人类的时代，如果稍加留意，看一看每家每户吃的、看的、用的、行的、玩的，甚至预期得到的，一切就不言自明了。

人类用自己的才智侵没了本真，人性的纯善成了稀有的资源，慰藉着被物所奴役的自己。贪是人类发展的动

力，也是异化人的祸根。而现代文明所带来的却是过去的一切文明所不可比拟的，也是不可抗拒的。时代的进步就是这样。

文明就是一种超越，文明就是即昏即晨时混沌状态中的那一片朝霞，就是新的开始。像我们所乘坐的飞机将要降落在亚的斯亚贝巴机场看到的天光一样，这是当地早晨6点，暗中微明，一切都在不知不觉中发生，飞机落到了地面，是沿着一条人划好的跑道。

但第一幅世界地图到底是谁绘制的呢？肯定是个高人、伟人。

拜谒人类祖先

2009年4月4日　亚的斯

早晨6点左右抵埃塞俄比亚的亚的斯亚贝巴，住喜来登饭店（Sheraton Hotel）的468房间。从北京到广州又经停曼谷再抵埃塞俄比亚，仿佛一瞬间，但却是10个小时的断续飞行，无法入睡，胡思乱想，头沉沉的，有点蒙，有点痛，但白日又不敢入睡，怕晚上睡不着，一切程序就会更乱。困乏之身，按点扑腾。

午后3点从宾馆出发，先去看圣三一大教堂。出宾馆时，天气有点阴，间或有零星的雨丝，漫不经心地飘落。此教堂位于尼日尔大街分岔口，埃塞有名的海尔·塞拉西皇帝及皇后的最后安息地。

教堂说大，其实与我之前看过的欧洲教堂相比并不大，也不豪华巍峨，看上去略显简陋，是东正教教堂。进教堂时脱鞋换袜，倒给人一种神圣式崇敬。染色玻璃窗鲜艳夺目，画着宗教壁画。封闭的一角，安放着两尊巨型的大理石石棺，棺底四角有狮子爪造型，是最高权力的象征。

据说塞拉西皇帝一家在多年前的政变中尽遭杀戮，惨不忍睹。是现政府在几年前恢复其名誉，并将其安放于此。

教堂的里门左右两侧，放着皇帝及皇后曾用过的宝座，扶手两边是木雕的狮子，座上有雕饰华美的盖顶，只能想象过去的威严，后在其国家博物馆又看到其穿过的皇服、皇冠、刀剑之类，联想到一块儿，也有了些许皇家的印象。

就在这个国家博物馆，看到了据说是我们人类的始祖。西非断裂带的大峡谷，出土了大量的史前类人猿及早期人类的头骨化石。生物学及史前展品陈列室里，排放着12种人类种族的化石，有头骨、牙骨等。

"露西小姐"的化石是馆内最珍贵的藏品，该化石于1974年由美国古人类学家唐纳德·约翰逊等人在埃塞阿尔法地区发现，是一具40%完整的女性骨架，生活在约320万年前。看上去个头并不大，但历史价值非同小可。后又发现一更早于露西的幼女的化石，前此100多万年。

电视专题片画面说明，最早的西非草木茂盛，大象、犀牛、猿猴遍地，其中公猴的体格一般是母猴的两倍，其他动物也类似……后来非洲板块断裂漂移，各类人种就到了世界各地，成为现在的格局。电视片里，由西非人变成中国人、印度人、欧洲人的画面，清晰地表明，这里是人类的起源，也是各人种的始祖。多彩的世界皆源于此。

无意中知道了这么久远的历史，知道自己是从哪里来的，也算是幸事。增长了生物学、人类学的知识。也拜谒了人类的祖先。这该是人类最早的文明吧。

离开博物馆时，外面下起了雨，因为伞少，专为出国买的新新的西服，被雨一下子淋得湿亮，虽有点心疼，但也算是离别祖先时一种悲情的渲染吧……

未开放的玫瑰

2009年4月5日　埃塞俄比亚

上午9点,从喜来登饭店出发,分乘几辆轿车赴距市中心约15公里、位于亚的斯南郊的恩尼玫瑰种植园。我们的驾驶员黑黑的,头发短而卷曲,像贴在地上的小毛草织成了纹理好看的毡垫,别有一种特色和情趣,人态度和蔼,车开得很快。

一路上,隔着车玻璃看到街上的无数行人,有裹着头、穿一身黑长衫或白色长衫的女子,有躺卧在街边的衣衫褴褛的老人,有趿拉着拖鞋的、穿着陈旧衣裤的众多行人。

公交车站牌前站着等车的长长的人流,人头攒动,肤色类似,衣服颜色鲜艳,大人、小孩杂陈,站、坐、卧皆有。轿车不多，满街停的、跑的，都是小型面包车，蓝底白顶相间的颜色，使馆的人说是拉达面包，30多年皆如此。这使我想起七八十年代北京满街的黄色面的，我们当时戏称其为黄虫。在亚的斯亚贝巴街头，除了行人，好像就是这种档次的面包车。

路上遇到几处羊的商品集市，羊棕色、白色、瘦瘦的，身材苗条，好看，一群站在铁皮屋的前面，观望；不时有驮着两袋水泥的小毛驴走过，后面跟着拿着小鞭的主人；毛驴真小，时有驮着麦秸垛的驴队，只看到麦秸和长长的驴头。

路况不好，坑洼不平，且大都是土路，刚下过雨，尘土还没有飞扬。但细致看了一路，没有看到狗。不知为什么。因为驴、羊、牛在草地上、路上都有，还有一群体型大一点的黑白花奶牛，就是没见狗。

埃塞是世界上最不发达的国家之一。面积110.36万平方公里，与内蒙古差不多，地势从海平面以下110米到海拔4 620米不等。人口7 700万，系黑非洲第二大国，农村人口占85%，有奥罗莫族等80多个民族，有83种语言，200多种方言。但通用英语。

经济以农业为主，靠天吃饭，5、6月份进入小雨季，7、8月是雨季，但粮食短缺，依赖大量进口。

埃塞是咖啡的故乡，是咖啡的原产地。据传，古埃塞西南部季马地区有一个名叫"卡法"（Kaffa）的山区，该地区长着一种有桔红色浆果的野生灌木。1 100多年前，一位牧羊人发现他的山羊吃了小红果后不停地欢闹。于是，他也好奇地摘下一些小红果放在嘴里咀嚼，很快他也感到精神兴奋。

消息传到附近的一座正教修道院内，一群修道士怀着好奇之心纷纷来采摘、咀嚼这种小红果，感受相同。当地人就以该地名"卡法"命名小红果。后来受到世界人民喜爱的"咖啡"之名就是从"卡法"演变而来的。大约在15世纪左右，咖啡种植技术从埃塞传到世界其他国家和地区。

埃塞约有100万家庭从事咖啡种植，全国1/4人口以咖啡为收入来源。咖啡也是埃塞第一大出口产品，2007、2008财年埃塞出口咖啡17万吨，创汇5.252亿美元。

只可惜生于斯、产于斯，滋养世界人民的咖啡，在众多喝咖啡的人那里，也许并不清楚咖啡的历史渊源。流布世界的小红果，也没有把埃塞3 000多年或更早的文化带给世界，也没有改变这些人的生存状态，倒是几枝玫瑰成了人们来此参观的项目。

走进玫瑰园，远远的就看到巨型的塑料大棚，一个挨着一个。进入棚内，极目远望，满目的玫瑰花含苞而立，隐约可见几位穿着彩衣的姑娘在压枝、掐芽,仿佛撒在棚子里几个彩点。棚子好大,一垄一垄标准化的玫瑰丛,框架结构能自动开合的高科技温室,上面有监察温度、湿度的仪器,有完整的滴灌系统。

据主人介绍,植物营养状况,采用测土配方施肥,所有这一切都在总控室的计算机上掌握着,根据情况,随时补给。玫瑰长得结实茂盛,亭亭玉立的带刺的杆上顶着一个个或粉红、或黄色、或紫色、或真红的花苞,但没有一朵开放的。这是些不能开放的玫瑰。

这里只生产健壮的、美丽的、像处女似的玫瑰蓓蕾。如母亲精心养育女儿,长大了,就要出嫁到远方。占地50公顷的温室,每平方米能产近200枝玫瑰。主要品种有Pascha、Circus和Shanty等十几种。

等到花骨朵长到足够大,欲开未开之时,就要剪下来,放在刻有高度的木匣上,以尺寸分类,再送到分包厂间,打包,穿上嫁衣,再放到4.2℃的冷库储存,后运往国外。

第二天荷兰、瑞典等欧洲国家,日本等亚洲国家的宾馆、饭店、家庭里就有来自埃塞的玫瑰,立于瓶中,放于枕边,或者出现在情人的手里了。

据说开放时间能有半个月之久。经销商也能赚到相当于产地价格5至6倍的利润。高投入、高科技、高产出、高利润，标准化、无污染，是现代农业的特点。

小小的玫瑰种植，在如此穷困的国家，却集全世界最先进的种植技术于一地，并解决了当地500多个就业岗位，确是值得一看。

只是贫困如此的国家，不可能像玫瑰园一样有如此巨额的资金支持，农业只好惨淡经营，农业国，没饭吃，也在情理之中了。

埃塞是个美丽的国家，历史悠久，生态多样性明显，劳动力又便宜，就像野生的玫瑰一样，也需要世界的呵护，如果能给以大量的资金、技术援助，也许有朝一日，也会富裕华美！

她们种植玫瑰，却让别人买去了鲜艳和芬芳，买去了最美的时光。

放大了，或者往远看，此时的埃塞，她还是一枝原始美丽但并未真正开放的、蕴藏巨大希望的玫瑰。真盼着她早日绽放馨香与美丽！

如果

——母亲逝世两年祭

2009年4月6日 埃塞

如果 雨

就是泪 母亲

你可听到儿 内心的哭声

在亚的斯亚贝巴 在中国的清明

桉树下静静地看雨

仿佛另外一个人 静静地想你

想你 想不出熟悉的模样

就想吼 就想哭 就想

飞回故乡的老屋

看小时候 与妈妈共同栽下的

那株海棠树

亚的斯嘈杂的街头　流动着
众多神情恍惚　色彩破旧的衣裙
贫瘠的土地上
一双双匆忙的裸足
如蘸墨的毛笔　生硬地勾画
生命的滋味

望着那些母亲
瘦弱僵直的微笑　如黑色幽默
心口的痛　如此狂猛地潮涨
卷我回童年　回　妈妈用爱
编织的从前

唉
多想摸摸　她们泥黑的手
想看看　岁月痂在心上的老茧
想尝尝　她们家门前咖啡枝上
苦涩的红果

静静地看雨　看异域风景的朦胧

今天　此地多雨

今天　是中国的清明

妈妈　真的想你

想你　我的心长满泥泞

在非洲　在亚的斯亚贝巴

在议联彩旗飘扬的会场

而此刻　该在您的坟头

燃一炷香　燃无数的怀想

母亲啊　如果

雨蓄成了湖　你是否画几尾红鲤

从淡蓝色的呼唤中　如一丛丛火苗

跃起　告诉我

多些富裕　少些贫困

多些相逢　少些别离

静静地看雨　静静地想你

静静地　不能亲自去拜你

妈妈

去恩托托山顶看皇宫

2009年4月6日　埃塞

据说恩托托山是亚的斯亚贝巴市的最高点,山顶有古老的皇宫。山高3 000多米,登上山顶,可一览全市的美景。刚到的时候就听说安排登顶,但因下雨没有成行,想看一看非洲皇宫的热望,怕是失之交臂了,很是遗憾。

今日,亚的斯亚贝巴市天晴。昨夜下过雨,地面湿湿的。空气格外的清新,像矿泉水。这几天当地进入小雨季,天空总是阴着脸,不时洒落一些小雨。登恩托托山的愿望一直没有兑现。但机会难得,还是盼着能登高一望。

难得今日天气好,我们也正好有空。天赐良机,按捺不住想看一看非洲的古迹美景。

走出市区,远望,是隐隐约约的山顶;近观,是更令人吃惊的贫困。离城越远，房子越低，人越瘦，穿的越烂，越是冷清。道路两旁满是行人，个个面黑肌瘦，衣服破旧，好多都趿拉着拖鞋在行走，看上去，人声鼎沸，很是热闹，可能是一个乡镇集市。随地摆放的，叫卖的，货摊上水果、西红柿看上去也小小的、瘦瘦的，充满病态，像是饿的。路两边林立着低矮的小屋，四堵墙、一扇门、铁皮顶，就是家。好像也无窗，里面黑乎乎的看不清摆设。门口不时站着一位瘦弱的妇女，衣着破烂，小小的孩子拉着母亲的衣角，惊奇地观望，眼睛格外的大。

仿佛转了几道弯，遇着几位身背一捆捆巨型玉米秸秆的穿着花花绿绿衣服的妇女，几对驮着劈柴的像小脚老太太奔跑似的小毛驴，车子就转到了山顶。

山是沙土石山，生长着巨大的桉树。新长出的桉树枝，青蓝滴翠，当地做导游的小姑娘，摘下叶子，撕开来，让大家闻，一股清凉油似的味道，很是强烈，怪怪的香味很沁脾。

站在山顶，因桉树长得奇大，挡住了视线，已再不能看到山下的景致。慢行至一块开阔地，就听大使馆张代办介绍当地的风土人情，远处的正教堂和近处的老皇宫为什么建在这里。

边走边聊，就见近处有一只棕黄色绵羊，旁边还憨卧着两只小羊。看见人来，急急地跳起来，跑到母羊身边。三只可爱的羔羊急着躲人，往远处跑，但一根太不像样的绳子拴住了母羊。母羊也不挣脱，就地寻着枯黄的草吃。拴羊的绳子，前半截是一种材料一种颜色，后半截是黄色的细细的塑料绳。三只羊安静下来，母羊身旁跟着两只活泼淘气的小羊，像母亲领着两个孩子，给我心里一种温馨的感受。

这是一幅画。我拍了照，命名为《亲情》。这种温馨的场景一下子扫除了我上山时看到的凄凉之景、罩在我心上的生命悲凄的情绪。一种童趣，一种兴奋，一种慰藉。

此时听得有人喊我照相。一转身，就看到下车时站在柴门口的那位看上去大约十四五岁的小姑娘，怀里还抱着一个小小孩儿。当时我还想，这么小的孩子不上学，就担起了看护弟妹的责任。小姑娘，小小的，瘦瘦的，黑黑的，穿得烂烂的。但人也长得周正，憨憨地，望着我们。孙大校要和这位小姑娘合影。合完影，问我有什么吃的没有，这时才知，小姑娘，已是三个孩子的母亲。怀里抱着的孩子刚一岁，另两个就依站在母亲身边。黑白的眼睛，睁得圆圆的，活生生的站在我眼前，望着我们，充满无奈，充满好奇，充满期待……看得我心里不是滋味，打开包，掏出两美元送给两个孩子，孩子给了母亲。导游从母亲手里拿过两美元，找跟随我们的埃方警卫兑换成当地的比尔。问我有没有她的份，并说身后的老者，是她的父亲，小孩里还有一个是她的孩子。啊，看上去的小姑娘，都已是好多个孩子的母亲，惊得我再也说不出话。看着近处的草屋，看着眼前像孩子一样的母亲，我心里异常地沉重。

这也是一幅画，我也拍了照，命名为《亲情》。

两幅《亲情》，二种感受：羊的，使我温暖；人的，使我难受。不知为什么。

本想看看非洲美丽的皇宫，但导游说，老皇宫现在是兵营，没法参观。看到近处荷枪实弹的士兵，我们真的无法走近。

去恩托托山，没有看到历史的皇宫，却看到了两位非洲的母亲，和什么是现实的贫穷。说真的，我去过中国好多穷的地方，但我真的想象不出还有这种穷法。我曾感受穷的滋味，但我真的说不出这种穷还有没有滋味。

回到宾馆，我后悔给她们的太少。哪怕给五美元，心里也会好受些。

恩托托山上，有皇宫，但我没有看到。

同行的外事局的姑娘王一星说，看了她们，我更加热爱自己的祖国。我想，这是真的。去恩托托山，也给我上了一堂生动的爱国主义教育课。对一个人来说，祖国的强大，是多么重要的一件事啊！

恩托托山上，有皇宫，也有人荷枪守着；没人守的，是这些多子没福的母亲，和那些风雨中摇晃的柴门！

长在沙漠里的神话

2009年4月8日　阿联酋

在我的心里，阿拉伯世界（沙漠居民）像彩色飞毯上燃着的神灯，明亮的光影里，一位穿着白袍的长胡子老者在空中飞行，拉着三角羊皮琴，琴声悠扬，一弦万里。另一位着一袭黑纱的女子，裹头，掩脚，在星光下，舞姿婆娑，与月共蹈，时隐时现，韵味迷离。眨眼间轻纱一抖，隐身而去，无影无踪。此刻举灯，满地红狐；拨琴，群驼飞尘。云端，一座金碧辉煌的阿拉伯古堡，移到沙漠顶上。一条街市，热闹非凡，大人，小孩，金银玉器，珍珠玛瑙，变幻莫测，神秘而真实，似梦幻，如人间。

此时，我们乘坐的飞机，从西非的埃塞，像一只飞鸟一样盘旋在迪拜上空。洪荒的沙漠，海浪般的巨型沙痕，看上去氤氲濛濛、热汽蒸腾，仿佛两翅的羽毛也被燎焦，隐隐能闻到烧毛绒的味道，贴着舱窗口的眼睛，有灼痛感，想看，又不能盯着看。再看时，飞机又下降了一段，黄色的沙滩上一条闪亮的河流向远方延伸，再近时，才看清是一条高速的公路，逐渐的，路多起来，房屋、高楼、海湾，飞机落在了闻名遐迩的购物天堂——迪拜机场。

走下舷梯的我们被一团热雾紧紧拥住，偌大的机场，新颖辽阔。此机场是目前世界上最繁忙的机场，全年进出港旅客2 000万人次。

车行在机场通往饭店的高速路上。现实让想象惊讶了，高速路12车道，平整、宽敞，车流如沙。路两边绿草坪、鲜花角、椰树，擦肩而过，远处摩天高楼林立，现代气息浓郁，无论如何与沙漠风景联不在一块。这是一个用金钱打造的现代化的城市。想象在金钱面前变得如此贫乏而无用。

听不到驼铃，找不到驼道。波斯商人仍在，英伦商人、印度人、叙利亚人、温州人、青岛人、苏州人，挤在座座摩天大厦里，在挂着中国灯笼的餐馆里，在12车道、如万马奔腾的高速路的高级轿车里。古城依旧，告诉我们什么叫民族；高楼林立，豪华游艇泊在七星酒店的门口，诉说着什么叫现代的奢靡。购物的天堂，黑、白、黄、棕色的人流如云，奇装异服，百语千声，现代与古老和谐如旧，富得流油。身价不菲的石油用黄金堆起一座沙漠的神奇——迪拜，比神话更真实，比梦幻更迷人。

走进MIRAJ（米拉吉博物馆），脱去身上的燥热，清醒的眼睛再一次放大了想象的婴孩。生命在一种感动中净化，像沙漠过滤后的清凉的泉水，在某一处古堡传出的敲打声中结冰化玉，成为永不消融的崇拜。那缀满七彩宝石的壁毯，那镂纹雕饰的巨型银器，酒具，咖啡壶，彩绘的印度大理石，逼真的玉雕大象群，原始景泰蓝的花瓶，刻工精湛的铜器，雪白的驼骨制成的方桌、座椅，蕴藏天机与艺术的星盘……如诗如梦，太过迷人，太过灵动，太过鲜活。

走进线条与彩色的迷宫，泅渡在造型与金属的海洋，浪花卷出艺术。碧蓝的深处，是生命灵光的清澈，律动与精彩，歇歇脚，歇歇脚，古老的亘古未变的沙漠，生长着千年不老的椰树和传说，凭着黄金和想象，又一个新的神话，拔地而起，阿联酋，该如何状写你的今昔与繁华？

那么，再走进世界最高的哈利法塔（主体高828米），走进设有海洋宫的购物中心，走进莎迦的古老城池，看看珍珠商的大宅，走进阿拉伯海湾，看看停泊着的用柚木造的波斯商船，看看久梅拉海滩边人工岛上矗立的阿拉伯塔饭店，像是将要远航的风帆……

　　茫茫的沙漠掩盖了多少的真相，谁知道面纱下面藏着的是娇美的容颜、亮丽的歌喉、动情的眼神，还是讲不完的故事传说和神秘的梦幻？

　　神奇的沙漠，智慧的人民，从古到今走过了一条多么艰辛又多么独特的道路，炎阳里创造的风塔，聚散过多少清凉，波斯毯上诞生着世世代代的梦想，珍珠商和船队又把多少东西方的文化与物资，转运贩卖，相互融合……

　　石油缔造的财富，是有限的；贸易换来的文明却是无尽的……

　　传统中如何开放，开放中如何保护自己的特色，特色中如何变得更加强大，强大中又如何发扬自己的特色和文化……背后的支撑是什么？

　　阿联酋，谜一样的梦幻，如何状写你的丰腴与内涵，丰富与单调，热闹与冷清，贫瘠与富有，白与黑，编织了一幅说不清的人间天图，仙境到底是什么样？

阿联酋，是要我从那些银制豪华餐具的美丽波纹里，从简单而伟大的阿拉伯数字里，甚或从贾马瓦尔开士米织物的经纬中，剥开成型的肌肤，追寻澎湃的血脉和不竭的动力？

有人说："我们就像长笛，我们中的音乐来自你；我们就像高山，我们中的回声来自你。"

关于骆驼

2009年4月9日　迪拜

独峰驼可能是阿拉伯沙漠上独有的动物，看到它，我就想到吃苦、耐劳的品格，千里跋涉、永不止步的韧性。

小时候在农村生活，看到的是双峰的骆驼，那是故乡的物种。听说骆驼平时吃得长了膘，好多的营养都储存在这两个像小山一样的驼峰里。驼峰越大越挺，说明骆驼劲儿就大，耐力也强。据说几天几夜，不吃不喝仍能日行百里，穿沙过漠，只要偶尔喂一把盐，即可继续鏖战。

过去的所谓丝绸之路其实可能就是骆驼之路。与波斯商人一样闻名于中国的晋商，也是靠着驼队，从内地把茶叶、丝绸等运往蒙古、俄罗斯甚至更远的地方，换回皮货、金币等各色物件。小时候，家乡就有好多拉过骆驼的人，讲述长途贩运，那种寂寞、遇匪的神奇经历，听得我们这些孩子，心里痒痒的。现在家乡唱的二人台曲目中，还有《拉骆驼》，那种苍凉、孤独、思乡、思亲的词曲，听得人心里长草、发慌。

骆驼是人类的朋友，也是苦役。它承载着人的梦幻、理想，于艰难行进的远方兑现。

沙漠之国的阿联酋，把新的梦幻寄托在飞机、轮船、汽车身上，打造国际航空港，重在旅游、购物，过去朝夕相处的骆驼，现在既不代表财富，也不成为苦力，而是一道摆设、一道风景、一段长长的记忆。

世事变迁，是没有对错的事，谁也奈何不了。关于骆驼品格的哲学，其实是穷人的哲学。把骆驼高大挺拔、永远昂着头、很高傲的模样当做风景，是富人的艺术。

人在没有办法的时候，总把帮助过自己的人或物，记在心里，并赋予赞美的言辞。

　　因为他们曾经付出过，所以就成了挚交，变得崇高。骆驼也一样。这是人类的良心。

不朽的石头

2009年4月13日　雅典

公元2009年4月11日抵达灯火通明的希腊首都雅典。连日来的奔波、观看、留影。拿起笔，又放下，又拿起，再放下。面对写下日期但没有文字的空白的稿纸，发上半天呆，就是写不出字。像面对众多的宝石，到处都熠熠闪光，你不可能都带走，你必须做出选择，只能拿自己最喜欢的那一颗。左右为难，无所适从，是缺乏价值的标准，无法判断，也是因为贪心太大太多，想把所有的好东西，尽量化为己有，能带走的都想带走。难道真要像面对三两筐鲜草的智慧的驴子，不知道先吃哪一筐一样，活活的饿坏、气坏吗？不，先吃了再说。

希腊确实是西方文明的源头，到处都有撼人心魄的创造发明、文化遗存、神话、传说，物质与非物质都堪称世间经典。

最令我着迷的不是众多草木茂盛的岛屿和环绕岛屿的碧蓝清澈的海水，也不是画一样的帆船海景，不是盘山公路的通达和小轿车的众多。爱琴海关于牛头怪兽的传说和黑帆船的凄绝，曾引起我对一些文化历史的兴趣，宙斯和王子关于智慧女神、婚姻女神、美丽女神的无所选择也使我片刻沉迷，但一直看着，又一直令我找不到的东西，原来缠在心里的浸透我灵魂的是这些再平常不过的石头。

希腊多岛、多山，山上有石，到处是山，到处是石。

俯瞰雅典，是一座白色的现代卫城。错落有致，高低不平。白色的建筑，有的是原石而垒，有的是石粉而涂。

希腊外延靠海，外三面环海，内海湾三面环山，风平浪静，是天然的良港。船东如石，航运发达，占GDP 7%，拥有远洋船只4 162艘，约1.6亿载重吨，居世界第一。

文明就藏在城的高处或缝中。

希腊内涵靠石。这些不朽的石头，成就了希腊文明。希腊人玩石头，玩得历史久，玩得手法高，玩出了大名堂。不像中国人，拿上一块叫小玉的石头，或镶于皇冠，或佩于胸前，或拿在手里爱不释手地把玩，还说玉能养人。中国人的着眼点是人。希腊应是一个人神合一的国度。多神的神话传说，把希腊文明推向3 000年之前。

想想从前，那记载在《荷马史诗》中的故事，是何等的美妙和令人神往，何等的惊心动魄和委婉凄绝。看看现实，却只能从残垣断壁、从那些美丽而坚韧的石头里，寻找历史宏大的歌声、雄壮的美景……

柯林斯运河是希腊人玩石头的杰作。手法是挖。从公元67年破土到1893年竣工，整整挖了18个世纪，硬是从石山的中间挖出一条人工的河流，使伊奥尼亚海与爱琴海连在了一起。此河长6 343米，水面宽24米，水深8米，那么多的石头运到了哪里，始终不得而知。看当时的老照片，运河开通后，人山人海，兴高采烈试航的船上美妇贵族，都很开心。玩石头玩出一条河流，不能不说是玩石高手。这是能流水的石头，益于民族的石头。

更不简单的是会唱歌的石头。2 400多年前的希腊人，酒足饭饱之后，要听有情节、有故事的歌声。于是借着环形山体，他们修筑了半圆形的剧场，能容14 000名观众。如果一只蟋蟀站在舞台中央的圆石上，放声歌唱，最后一排座位上的观众也能清晰地听到她美妙的歌声。一排排石座，30厘米等高，座有檐，依山坡拾阶而上。一个巨大的半圆形的扇面铺展开来，庄严而豪华；后面绿色的树木掩映，底下，虽经千年沧桑，但仍滋润，石上偶有苔藓，如层层梯田,蔚为壮观古朴。每隔一段有人行通道,由下而上,如扇骨支撑。这是石头开的艺术的殿堂,结构合理、音响很好,巧夺天工。

每当春季葡萄藤发出新芽之际,一群披着山羊皮、半人半羊的神歌队,载歌载舞地吟唱着赞美酒神的颂歌,祈求葡萄的丰收。后来歌咏队之外,又增加一个演员,此后演员逐渐增加,除表演酒神颂歌外,还表演其他传说,诗人为歌剧创作台词,山羊之歌由祭典表演,演绎为古希腊的悲剧,成为独立的艺术形式。

埃皮达夫洛斯古剧场,这是希腊至今保存最为完好的露天剧场,也是目前仍在上演古希腊悲剧的场地。四面环山的地理位置,周围的海风雾汽环绕形成的天然屏障,使其成为一个绝好的音箱。石头仍在歌唱,唱出古希腊的文明,唱出现代人的惊呼。

矗立在湛蓝的爱琴海边山上的古城堡是18世纪的产物。城堡全由石块、石板、石粉砌涂而成,拱型的门洞与居室,并肩搭背,气势巍峨,规模宏大,具有典型的威尼斯风格。高居山顶,扼守要塞,易守难攻,坚不可摧。石头成了抵御外族入侵、保护自己的盾牌。

希腊的石头我看得见,石头里蕴含的历史和故事我写不出。

鲁迅说，写不出的时候，不要硬写。只好搁笔。想吧，如石头一样。

生的色彩与力量

变化的卫城

2009年4月16日 希腊

从我住的希尔顿饭店1028房间的阳台上望出去,卫城,就高高雄踞在市中心的石灰岩山顶上。

夜晚灯光打开,光影迷离的卫城,就仿佛是镶嵌在雅典头上的夺目的皇冠。高挺的大理石柱,通体透亮,像守望希腊人的卫兵,日夜值班。

白天,雄伟的棕色山体上,帕特农神殿的轮廓依稀可见,典雅端庄。一片亮光中,更显得白洁神圣。

雨中的卫城,在濛濛中,透出飘逸深沉的神韵,仿佛蒙古的长调,悠扬里有一种坚实,粗犷中涵着灵动的滋润,几根高大的廊柱,阳刚、雄壮,为昔日的辉煌留下了记忆的注脚,告诉人们曾经有过。

曾经有过的事，都淹没在历史的烟云中。给人以意外的惊奇、联想、无奈。文明就是在这种虚无的记忆里、破败的废墟上，不住地开花、结果、飘香。又经过观者的眼睛、心灵，育种、开花，又飘香、又结果。一代一代流传下去。

谁也不曾想，你会成为这样，卫城。几根高耸的廊柱，仍透出典雅和威严，像连接天地的神柱根脉，托起一片纯净的蓝天，撒下满地美丽的传说。

谁也想不到，美轮美奂的雅典神庙，只是一些建筑的骨架，像一些史诗的标题，提示着人间曾有的神奇、浪漫、心里萦绕的梦幻及敬畏产生的神圣。

卫城，如果你真是神话，我会插上想象的翅膀，以爱琴海的湛蓝为底色，把那些贩卖古文明的商船和柏拉图的哲学，调成美奂而飘香的七彩，用橄榄枝和彩虹，构筑温暖的穹顶。

卫城，一座消失的城，是自然力量的消损，还是消失在炮火、历史的烟尘？！

可那雄性的圆柱仍在，像顶天立地的男人，孤独地伫立山顶，眺望、瞩目天下的盛衰沉浮、悲欢离合……

谁也不曾说，男人是哲学的山，坚强而脆弱，雄壮而柔软，是站在水里的理性的岛，岛上该是飞鸟绿树，炊烟人家，六畜兴旺。女人是情感的水，专注而深沉，静美而浪涌，是环绕岛的盈盈流动着的生命之圣液，水中该是清纯美丽，动人迷醉，红鲤翻飞，歌舞诗意……

多少次梦想，多少年渴盼，今日谋面，忙中偷闲的邂逅，惊愕中无比的震撼。

一切都是人创造的，一切又都是人毁灭的。

物是人非，物非人是，物非人非，产生几多留恋，几多慨叹……

卫城，曾经牵魂的梦幻之城……即使失去了肌肉、经络、内腑的丰腴光泽，仍有精骨血性的飞扬澎湃、摄魂夺魄……让我们懂得文明的不朽与伟大。

生的梦想与芬芳

　　管好你自己，不要拖累别人，如果还有能力伸手时，帮一把，就是他爱。所谓经验，也无非是此地此时此事的一些体会，只属于过去时，而再不能作为方案，在另一时空重复实施。顶多，也只能是行军路上，对曾有的陷阱的一种提醒，不然无法解释世界的变化，也无法解释那么多荒诞不经的故事重演？

　　世界的精彩，是因为不同；历史的启迪，是不可重复。历史没有理智，当下的人，才能清醒。

——《剪去多余（三章）》

生的梦想与芬芳

欲的火苗是贪。欲壑难填,可能就是分寸,也是提醒。

欲为生之本。欲里,有世界;欲里,有未来。爱护欲,培育欲,提升欲,欲里就会开出鲜艳的花,散发芬芳的味,飘荡智慧的云,吹来清新的风……飞来雪白的鸽群……

万物皆存活在欲里。欲是自然的萌动与渴望,是人本能的升华。有的人,被欲扼住了喉咙,费力扑腾;有的人,冲破欲的蛹壳,再生翩翩曼妙的新我;或此一莲池,或此一水塘,或红鲤翻飞,或蚊蝇萦绕。

一欲,一境界,二欲,结成家,众欲,成世间。

一欲,一莲花,二欲,蜻蜓戏莲花,众欲,百草画天下。

——《剪去多余(三章)》

儿女最是牵心的人

2010年8月11日

人生的相册里,谁是永久保留的底片?谁又是随时冲洗胶片就能在记忆情感的屏幕上成为故事片主角的人?

永远地鲜活,永远地让人情感起伏,让人笑,让人哭,让人怒,让人思,让人恼,让人爱……永远放心不下的那个人?

如蚕食了十几年、二十几年、几十年时光,一口一口咬碎的含珠带露绿色的时间叶片,都被慢嚼细咽成了生活的细节,纳米纤维般坚韧,香水般浓郁,烈酒般醉人,3D大片般震撼的画面。

一天一天慢慢轻轻地剥抽,却是一根一根记忆的彩色丝线,每一段都是最精彩的、特别的不同凡响。特别是众人散去，留一人独处，坐于沙发，躺于床上，不由自主一幕一幕地覆盖你，唉，睡的是觉，梦的是思念；看的是电视，看见的是远方的子女。正如减的是肥，瘦的是自己。

这是最"雷人"的影视，也是最古老且最时尚的体验，在每一个生命体上在线播映，无声的，没有也不计票房收入，不用广告，也不用炒作。当然不用。

这是真正的诱惑。真心实意地想看，别人拦也拦不住。你要拦，他跟你急。人性，才是人最本质的属性。

纳米电影，是比数字、4D等还难解密的私募电影，都是独自设计、策划、编剧、导演，甚至亲自出场参与、干预、表演的无声影片。思念或者担忧，欢笑或者眼泪……

它是人精神的拷贝。一般藏匿在父母心灵最柔软绸缎包裹着的保险箱和资料库里，不，是数据库里。情绪失衡，电压不稳，或电阻大时，就让天仙送电影下乡，走村串户，一场一幕，情景生动，滋味独特。当然，是在自己生命的后花园里独自放映，观众是一个自己。

纳米电影，以心映的方式，过去时、现在时、将来时都有。时空转化快。时而是一完整的故事，时而是一放大的画面，时而是一句半句深深浅浅、有意无意、稚气开心的话语……有时长久地定格，有时飞速地切换，真真切切梦幻、灵动抽象实景，红日、春光、蓝天为背景，绿树、白云、彩蝶、红蜂做幕布,百兽献瑞作人态,千鸟齐歌凤还巢。

你们是父母生命里唯一的主角,也是我们的心幕上真正的明星,金贵的儿啊,女啊。家家如此,人人一样,古今中外,最美好的期待,最不能割舍的牵挂、情怀。

土话说:母走千里儿不愁,儿行十里母担忧。看着你妈一次次哭红的眼睛,特别是节假日念念叨叨六神无主的表情,爸不知如何是好!

儿子,当你站在租住的校园宿舍的窗口,瞩目洒满金光的绿树、草坪、洋房结合成的美丽风景时,我不知道你作何感想。但那是你曾有的憧憬。爸爸知道。那是你的求学梦。你的对知识的渴望和对异国多彩世间体验的向往。但此时,站在椿树园北京中国阳台上的爸爸,望着楼前花园里葱茏的古枣树两棵,牡丹花一丛,青蓝的剑麻一池,杂树人声绿烟一片,置身于虚实朦胧的人世间,爸爸很想自己的孩子。

地图上看，那是一块多山的地方，是否青青的草儿，从山脚下一直葳蕤到山顶，绿草茵茵，野花盛开，杂花生树，百鸟雀跃、鸣唱，粘在山顶的红日，水洗的红脂玉样，渐欲迷人眼的似有若无的氤氲烟岚，如飘忽的轻纱，红云紫雾像一群披着轻纱的少女叽叽喳喳环绕在太阳身边撒娇发傻调笑打逗，洋溢温存、编织活力、弥漫青春的浩然希望之气……

当然，这是爸爸想象中的你们学校晚霞中静谧的美景……是一个适宜人读书、联想、激发人潜在才情的神圣而快乐的地方……人，一生中最美好的时光就是青春这一段，最无邪，最美好，也最重要。她不仅使你的身心得到完美的成长，也是情智渐趋成熟的关键时期，看着你渐长渐高的身材，渐宽渐厚的双肩，一个充满活力的男子汉，伟岸地站在父亲面前，爸爸是多么开心、踏实啊！

看到你长得那么高，爸爸才知道自己的老，自己的小。特别是看到你对待长者的态度、对待同学的情谊、对待爱的看法和处理方式，爸爸更是欣慰，你是一个懂事明理有情的孩子。

二十年来，你随着父母四处搬迁，随着居住地的改变，你经受了一次一次陌生环境的考验，在漂泊中增长了见识，凭自己的努力完成了学业，完善了人格，成为一个独立、有主见、有追求的青年。现在，你仍在漂泊中追寻自己的梦想……突然想起你14岁时，看到爸爸发表在《这一代》的诗《风筝·线》，你和了一首《梦想》，爸妈一直保存着。现抄录于此，因为想看儿子，你在万里之外，也看不见，算是爸爸对儿子的思念。

梦想

我仰望着月亮
星光在四周闪耀

我折了一架纸飞机
投向空中

它承载着我的梦想与希望
在暗淡的月光下飞翔

可一阵风便将它吹落

而我的梦想
也始终是梦想

它咋能被现实所埋葬

现今我才知道
梦想需要的是动力
梦想需要的是希望

不能因风而垂头丧气
不能因雨就落魄沮丧

我们应用知识将希望变成现实
将风雨变成太阳

哈哈,话虽说得大了点,但也是曾有的稚嫩的梦想,祝福儿子!

赠予儿子的成人礼

2008年4月8日

亲爱的田儿:

老师说你们学校要在雄伟的八达岭长城举行高三学生的成人仪式,借此爸妈也向儿子祝贺。十几年前,你稚气的圆乎乎的小脸,给爸爸妈妈带来无限的温暖和欣慰,同时也盼着你快些长大;仿佛一眨眼,你的个子已超过一米八,年龄已过十八岁,不知不觉间,你悄悄地长成了一个使父母引以自豪的独立的男子汉。在此爸妈也希望亲爱的儿子拥有健康的身体、健康的心态和健康的人生。

健康的身体是根本,是人生第一财富。所以一定要珍惜自己的身体,体育锻炼是保持身体健康的重要途径,因此只要是有利于身心健康的文体娱乐活动,爸妈都是支持你参加的。你在体育运动方面的表现也比较优秀,在初、高中学校的运动会上你获得过金、银、铜牌奖,在中、高考的体育测试中,你都获得了优秀的成绩,这给爸妈带来极大的喜悦,使我们特别欣慰。只有身强力壮,才能到大自然里去自由翱翔!正如富兰克林所说:"保持健康,这是对自己的义务,甚至也是对社会的义务。"

亲爱的田儿,爸妈自信我们的儿子是一个懂事、善良、品行高洁而心态阳光的孩子。在家里你幽默的话语和行为既给爸妈带来许多快乐,也有许多时候在启迪着我们的生活态度。你是爸妈生命中的雨露,生活中的太阳,我们的人生因有了你及你的快乐和阳光,才更加绚丽多彩,更有意义,在各自的工作中更有动力。

你目前面临高考,要保护好自己的身体,放松身心,以积极愉快的心态,沉着应对这人生必不可少的测试。认

真做好现在的事，为自己的选择全力以赴，就不会后悔。

正如有人说，最重要的事情就是现在你做的事情，最重要的人就是现在和你在一起的人，最重要的时间就是现在。

亲爱的田儿，今天你已成人，爸妈很欣赏现在的你。同时也以我们的阅历提示你：用阳光心态享受生活。培养自己良好的品德情操，知足、感恩、宽厚的心理，喜悦、乐观的人生态度。

境由心生——有豁达良好的心态，生活就会阳光明媚。

好心情，就会感觉到小草在起舞，生气勃勃，好心态会拥有许多知己。反之，会使人忧愁、失望、沉沦。就像自助大餐，吃什么是你自己的选择，你选择什么就得到什么。亚里士多德说："生命的本质在于追求快乐，使得生命快乐的途径有两条：第一，发现使你快乐的时光，增加它；第二，发现使你不快乐的时光，减少它。"

学会从生活中寻找乐趣，体会幸福。

学会欣赏、给予、与人为善。对亲人、朋友、老师、同学等身边的人，尽量传达自己的爱和善意，注意表达的态度与方式，友善、不挑剔、不闲言碎语。爱能扩展你的包容力，有付出也一定会有收获。予人玫瑰，心有余香。

学会独自观察周围的事物，善于听取别人的意见和建议，结合自己的客观实际，综合自己的思维，以适宜恰当的方式做人处事。

健康的身体能够让你精力充沛，健康的心态能够让你明媚快乐。拥有阳光般的心，就会拥有阳光般的人生。你的心态，会变成你的品行、你的结果。相信自己，发挥你的健康、品德、智慧和才能，展示出自己的风采。

祝福你，我们的小男子汉。希望你像故乡的大青山那样坚实厚重。祝贺你的十八岁成人礼！同时，请你代表父母在这里感谢培养你、爱护你、关心你的老师和同学！

爸妈

剪去多余（三章）

2010年7月8日　北京

　　吸烟曾经很时尚，也很高雅，美国和中国的好多经典影片中有多少时髦的女郎和绅士，红唇白齿，吐出一个一个圆圈的烟雾，令多少年少而无知如我们的人，以为这也是生的浪漫与享受；又有手夹一支香烟的伟人，坐在那儿目光深邃、辽远，忧国忧民，一支接一支地吞云吐雾，陷入沉思。可斗转星移，随着科技的进步和认知的发展，吸烟仿佛是人人喊打的老鼠，无处藏身了。是恶习，害己害人。转瞬间，美的变成丑的。就像人，一翻脸，笑靥变成了怒目。社会越来越文明，争取充当正能量，成为文明的一个小因子吧。试着戒过一回烟，与自己进行了一次无声的较量。胜利了几个月。现在，医学界说，吸烟是一种慢性疾病。

我想，把戒烟的过程写下来，也许对别人是有意义的，当然主要是对自己有意义。就当是一个病例分析。

不准时，离戒烟门诊一步之遥，哈哈

昨天，公元2010年6月30日，打电话给首都医科大学附属朝阳医院的朋友永祥，预约请专家审看外地亲戚的胸片，并顺便约一位医院戒烟门诊的医生。说好了，今天早8点，到朝阳医院北门。

早7点已起床，但出发后，因不知具体行驶路线，边找边走向朝阳医院的路上时，已8点了。找到北门已是8点半。妻子开着车，在濛濛细雨中，盲目而有序地走。

我的手提电话，昨天遗忘在同学云青的车上，拿妻子手机，给永祥打电话，不接。再打，还是不接。只好让妻开车上班，让云青把我的电话送来。妻要陪，但我还是推着她，让她去上班了。看着妻子开着她的车走出朝阳医院北大门的铁门，我的心里，还是不经意地掠过几丝若有所失的感觉。可能潜意识里，期盼着有另外的力量来帮着共同面对将要来的恐惧，或者是有人见证自己战胜自己的勇气。

软弱，是人性。

天正下着雨,我们,准确点说,是我,没有守时。多少年,我都是准时,守时,或者,提前赴约。可今天,没有准时。说好了8点到,可到了已是8点半,转眼间已是9点。

到医院值班室去找,值勤的小伙子告诉我永祥办公室的电话1121。借值班室的电话,打过去,一个女同志的声音,说:你和院长约了吗?我一五一十地告诉她。她说,魏院长做手术去了,你等吧。我问多长时间,她说不知道。

是啊,她怎么能知道呢。她又不是魏院长。即使她是魏院长,也不是此时在手术中的魏院长。即使是,手术也是有变化的,特别是耳鼻喉,那么小的一块地儿,那么多的神经元,那么重要的地方,需要多么精细的手法,多么高明的医术。永祥,是海归、原同仁医院的耳鼻喉专家。

后来,我就出来。他,在做手术,在病人的脸上,在那么小的地方绣花。我站在门口,等。

天下着雨,细细的,渐渐透亮的而不再是雾濛濛的天空。我在消耗着时间,当然,我也知道,时间也在消耗着我。

他在别人脸上绣花,我开始绣我的思想。

天下着雨,而我没有准时。没有准时,原来设想好的一切,就都改变了。本来现在该是胸科医生正在看片,拿在手里，一张一张的CT胶片，一张一张地看下去。你看：右肺下叶有炎症，治疗了吗？然后分析指出后果、开药等等，然后是穿白衣的护士小姐领着我到戒烟门诊。

或者，到上次看到"戒烟门诊"几个字的牌匾前，认真地阅读，或者就找到呼吸病研究所的、写过有关肺阻塞专著的、说过"你要戒烟，找我就行"的、一看就给人一种信任感的、记错了名字的"戴明华"医生，或者她正在认真细致地询问我的吸烟史……可是，可是，由于没有准时到达，没有准时到达北门，就变成了找不到人，站在雨里，等，以上的一切就都没有发生……

不准时，就是失约，根本上是失信。

没有准时到达北门的我，站在雨中，面对失约的现实，看着正在雨中行走的、一个穿着整齐的干部模样的男子；一个站在铁门的墙角、把手机捂在耳上、说着医疗社保费等话的眉清目秀的城市女子；两个从面前走过、一粗一细、边走边聊的、一个像麻秆、一个如树墩、勾肩搭背、突然就笑出声来的幸福感强烈外泄的女子……

一个从对面华天小吃店出来、手里拎着一塑料袋粥和包子的、像乡下出来的、我的农民哥哥，或者晒黑的脸庞、有粗糙的手脚的工人弟兄。不，肯定是农民哥哥。因为他跟我小时候经常见到的、我们村里的人一样，憨厚、

朴实、笨拙，即使衣服是新的，穿在他身上，也是说不出不知道哪儿不对劲儿、不协调，总之，是更好笑的一副样子，不对，是农民的样子。对，是农民的样子。因为脸、手、气质等都很不听话的、像是故意的、从新衣服里跑出来，想藏也藏不住，更何况他也不想藏，想拦也拦不住，更何况他也不想拦。她们便肆无忌惮、搔首弄姿、黑色幽默般以崭新笨拙的方式、要扭曲他的形象、给他的脸上涂彩。有时，我觉得还不如穿原来的衣服好，即使旧，也与人是一体的，透着同样的气息，散着乡村的滋味儿，有乡村人的样子。

我喜欢乡村人的土味儿，土里刨食，一天与土打交道，说着土话，吃着土里长出来的东西，走在土路上，站在土里头，把希望种在土里，又精心地浇水、施肥，看着土，想着土，盼着从土里长出禾苗，长成庄稼，长成希望和丰收；往土地里埋种子，往土里埋从树枝上切下来的一小根一小根的没发芽的小树苗，用土给自己垒窝，垒那些酸甜苦辣的日子……和着泥、和着泪、和着雨、和着化肥、和着政策、和着乡语俚言、和着骂声、和着自私、和着炊烟、和着睡觉、和着结巴、和着山曲儿、和着委屈、和着笑声、和着劣质的香烟、和着三块二毛钱一斤的65度的白酒、和着露出脚趾的匆忙的脚步……争一份人生的尊严和日子的宽裕……

直到把自己和成一块红黄且黑的土坷垃，还有模有样地摆在地上，但一定要在地上，像草扎根在田里，站在有杂草小树环绕、空气清新如洗、纯朴憨厚如绵羊般、谁也不会笑话谁、即便看不见的无数的鞭子抽打在肉身、也像挠痒痒似的仿佛不懂痛的滋味、也从不吱声还手、特别能忍耐、特别能吃苦，好像生下来就是为吃苦而生而活的人。甚或，谁也无奈、连皇帝老子也没办法、也不愿有办法的、那个人人不想待、又人人离不开的、梦魂缠绕、看似风景、不是风景的生存环境里，只有在那里，才不别扭，才和谐，才跟周围的景色一样，甚至不刺眼，挺亲和，是田园风景的一些元素。

但问题是，他现在跑到水泥丛林的大厦间；跑到喝着石油冒着白烟的小汽车穿行的河流边；跑到穿着时尚的绫罗绸缎，玉腕上不是欧米茄，就是绿色翡翠镯子，乳沟暴露美学、白腿颀长、彰显青春活力、乌发飘柔、又芬芳四溢，高雅尊贵的、又说一口流利英语，或油腔滑调、京韵美音的、摩登而散发着富贵气息，即使天气的温度也不低于36℃的豪华世间里，你站在那里，已是扎眼，你还拎着塑料袋走到门口……看着他，活生生被两个手握无线报话器的、肯定是农民的儿子的、穿着保安制服的、值勤的、认真负责的、年龄在20岁上下的、本该在大学校园里读书的——门卫，生硬地给拦住了，他像是要争辩……铁门里面，正好有一男一女、半城市化的双人拎着蛇皮包，正在被接到黑色报话机通知的门卫开包检查……

我站在离他们不到2米远的门楼下躲雨、吸烟……欣赏着现代化大都市的雨中美景……真的，我、不想看到，可眼睛非要看；我、也不想听，他们的对话，可双方声音的分贝相当的高……

要不下雨，该多好；要是我，准时到，又该多好……

其实，多少天来，我都在跟自己斗争，看到"戒烟门诊"四个字，是去年10月份的事，现在是2010年7月1日。一个意志薄弱的人，经过长时间的拉锯战，终于走到了朝阳医院的门口。其实，我知道，跨出这一步，就是正式开始向自己宣战。战前准备太复杂了，恐惧、依恋、无奈、信心、决心、对自己的欣赏、对自己的痛恨，像香水里飘荡着烟味、咖啡味……积累了无数的资料，以最恐怖的场景植入自己的潜意识，像看最精彩的艺术含量顶高的电视剧，在最紧要的关头，突然植入了一段性产品销售广告，令人一下子兴趣全无。甚至于格外热心地关注别人是如何戒烟的，仿佛是好久未见面的亲人，然后又一支一支、一包一包地吸进去……

天下着雨……老魏手术仍在进行中……

我等了一个半小时，看看遥遥无时，只好坐着同学的车，回到单位。

其实，可能我不想再等，可能想逃避，可能还想，拖……可能，总能找出一大堆理由，就像欲加之罪何患无辞一样。

失时，使我没有走进戒烟门诊。

失信，使我付出了一上午的时间代价和焦急、盼望的心理折磨……以及面无表情、爱理不理的询问、回答和电动密码玻璃门口高度警惕的注视，特别是二元社会多种元素、物化反应交融碰撞时发生性变、溅在我身上的、绚丽夺目的化学火花……一点防备也没有啊……

亏得，下着雨，不然会烫着我……好冷啊，我的心……

没有准时。可能是,还想逃避,还想保持原来已形成的稳定而有安全感的一种形态。不想改变,怕改变,是根源。

不知未来,又要,破坏过去,产生了恐惧。

希望健康,蜕变出"新"我,又必须改变。一需要勇气;二需要智慧;三需要自我激励。

这只优雅高贵而又锈迹斑斓的中国蚂蚁啊,你能啃动自己顽劣的骨头,变成典雅的青铜器吗?

与肖医生对话

七月的北京,草绿花红,人流如织。最显著的特征,是热气闷人。烤不像烤,煮不像煮,一身一身的细汗,浸透昂贵的纯棉或真丝的短衫,不好出气儿,无名的烦躁,如身上永远背着湿,背着一大片膏药,忒腻味人。

无奈啊,人在自然里,好像一个个张牙舞爪的小丑,不,是小蚂蚁。要不像莫言著作《蛙》里的写信人,小蝌蚪。而蝌蚪又要长出四肢、脱了尾巴,蹄蹄爪爪的一大堆,不好看。即使会吃害虫,但整天哇哇叫,受不了。小蚂蚁比小丑、小蝌蚪,感觉上更有人味儿,要好点。一群小蚂蚁,偷食自然妈妈的蜜。有的人,食多点,扬眉吐气;有的人少点,灰头土脸。有的人巧妙些,名正言顺,心安理得；有的人笨拙些，漏洞百出，罪名累累。会偷的，笑话不会偷的，并把它挂在新媒体上、互联网上，瞬间就传遍世界，效应放大，就像背上的一滴汗，一下子奔涌成长江越过太平洋，汇入亚马逊河，这边抗洪，那边就是海啸。就像2008年的金融危机，犄角旮旯也难幸免。也如A股从6 000点瀑布般跌到1 600点，水花泪花飞溅，哭都没处哭，只有一笑，了之。多少人生，不就是这样吗。

在众多蚂蚁兴高采烈忙工作奔日子的时候，在北京的闷热逼得人无处藏匿的时候，我这只弱小的蚂蚁居然还吸烟，烟味和热气混在一起，太难闻了。这不是给日子添堵吗，还让不让人活。

一只蚂蚁在主动出击，对手是另一个自己。

就在这样的汗流浃背中，在朝阳医院的高压氧研究所的门口，等到了小吴。她领我走进清凉的楼内，走上三楼的戒烟门诊。

忙里偷闲的肖白医生与我开始诊病。

姓名、年龄、单位、联系电话。

是询问，也是对话。

我心里想，人是好坏元素的结合物，戒掉坏的，不就是好的吗？！如果是个没有恶习的人，是个优秀的人，多好啊。

护士小姐拿来仪器，换了一个新的纸嘴，我吸足了气，含着纸嘴，用力呼气。一氧化碳指标30，属重度受害者。一氧化碳相当于煤气。这么多的煤气在气道里回流，慢慢地经过气管、肺，进入血液，分发给全身的用户，中枢神经发出愉悦的信号，片刻的兴奋中，偷食着生命的健康。

吸烟史23年。

什么时候开始吸烟的？

大学毕业后，刚工作。

少年不知愁滋味，吸支香烟假作忧。孤独。寂寞。空虚。

早晨起来间隔多长时间想抽第一支烟？一小时？半小时？10分钟？

半小时可以忍耐。

一天抽多少支烟？

20支左右。

什么时候最想抽烟？欢乐时，痛苦时，喝酒时，与朋友聚会时？

好像都想抽。

香烟里有4 000多种物质，致癌物质就有97种……

我认真地听着。我没有自信。医生对我的戒烟会有很大的帮助，所以我把戒烟的希望很大程度上寄托给了医生。因为据我这几年积累掌握的资料，只有3%的人，能凭自己的意志力把烟戒掉，我特佩服这3%，我认为他们是超人，是优秀的人，而我绝对不是，虽然我也想优秀，但光凭自己这只蚂蚁，很难优秀。

这时，我特恨自己，是一块满含杂质的铁，锈迹斑斑，有时还铁硬。

铁，要变成钢，是要经过上千度的高温熔化的，还要去除杂质，提高纯度，还要淬火，瞬间冷却，变质。好钢的程序多着呢，每一道都是脱胎换骨，每一次都是人变成神，或人变成鬼的修炼。要有用，还得经过比钢更硬的东西的切割、钻孔、打磨，变成一种符合某种规范、模具的像模像样的形状，又能适用于不同场合，这才是钢。

可是，铁为什么要变成钢呢？变成钢又如何？铁不是也活得好好的吗？是自己给自己找罪受吗？是自己给自己秀一回吗？在真人秀满天飞的后现代社会，想赶时髦吗？

其实，写到这，我才顿悟：一是自爱，二是爱他。根子上是害怕。想活，不想死。想活得质量高点，不想慢性自杀，病病歪歪。

自爱是自私的高级形式，是对生命的尊重、敬畏和珍惜，是对自己的负责。其实，人，大多是为了感官的满足，糟践了生命的高贵和机能。七情六欲，吃喝拉撒，生儿育女，奔波忙碌几十年。开始、发展、高潮、结束。不过如此。真的，不过如此。真理是这样，可是有时真理也令人讨厌，就像有时说真话令人讨厌一样。在谎言满天飞的世界，说真话，不就是反过来成了穿着一丝不挂新衣的皇帝吗？想裸秀，还是咋的？可是，不裸秀，那不是虚假的烟雾弥漫，而永远没有多氧的清风呼吸吗？一氧化碳多了，会慢性中毒。哥本哈根的气候大会还有节能减排的指标呢。碳指标、碳汇等新名词，字典里都找不到。看来是世人皆同此心。

他爱，是自爱的延伸。当今时代家家皆有一子。如在教育鼓炮齐鸣、灵魂虚脱的当下，孩子们早已无快乐可言，其中我们也是最残忍的帮凶。名义上爱孩子，实质上是爱自己的判断和意志，爱自己给别人设计的自以为对他们有百利而无一弊的愚蠢的方案，爱自己的虚荣和对真实世界的恐惧，并非真爱孩子。因为他不是你，他处的环境也不是你的环境，他的情志也不是你的情智。这犹如原始人给华尔街的金融家设计改革方案一样，戒掉贪婪，实行共产，除了荒唐，剩下的还是荒唐。

管好你自己，不要拖累别人，如果还有能力伸手时，帮一把，就是他爱。所谓经验，也无非是此地此时此事的一些体会，只属于过去时，而再不能作为方案，在另一时空重复实施。顶多，也只能是行军路上，对曾有的陷阱的一种提醒，不然无法解释世界的变化，也无法解释那么多荒诞不经的故事重演。

世界的精彩，是因为不同；历史的启迪，是不可重复。历史没有理智，当下的人，才能清醒。

好好地活，对谁都好。

说东的时候，又扯到了西。望着北面，却走向了南。东南西北，是一个人生的有序平面。其实，社会是一个多维立体的混沌，每个人的期需，存在于每一个个体的内心，是随着时空的转换，在发生着深刻的变化。多少人，不知道，为什么变成了现在的这样。

坐在戒烟门诊的椅子上，听着肖医生善意的劝慰与分析，有一段时间，我有了无意识的对烟的倾诉，对已显端倪的疾患的恐惧，仿佛不这样，就已看见不远的将来那个自己也不愿看到的自己。艰难地喘息，上气不接下气，目光无神，行尸走肉。

是在戒烟，还是在戒掉恶习；是在戒掉恶习，还是在戒掉疾患；是在戒掉污浊，还是在戒掉死亡……

记得，好多佛教的书里都有戒规。其实，一切的教义都是劝人向善的，因为人本是一个善恶共生的面团。水少时,面硬些,水多时,面软些。无水,即是粉尘;水过,便是稀汤。都不成样子。

钱穆说,人,要有人样子。不能是动物的、植物的样子。要求都在心智上,很高的。

每个人都盼望,善多些,恶少些。有的人,在面上涂了油,添了彩,放在时间的温火上,世事的风口上,慢慢地煨,缓缓地烤。心急的,变焦、变黑,变了质,走了味。不温不火,中庸的,渐渐印堂发亮,端庄大方,有模有样,散发出一种迷人的清香。

有的给自己添加了发酵剂,无端地自我膨胀,常温下也有一股酸味儿。只好再往里掺面,揉啊揉,揉啊揉,揉走了虚惘,分割了膨胀,或加油或放糖,擀平了,放展了,捏圆了,割开了,僵硬变得柔和,稀软变得有骨。放

在笼屉上，蒸，多余的水分挥发，也是有模有样，也是酥软香甜的另一种味道，可心可人的有用。

有的，被揉软了，压平了，擀薄了，拉长了，增加了韧性、延展性，切成一条一条，撕成一块儿一块儿，又一起倒进锅里煮，再配以蔬菜、肉沫、调味作料，合并在碗里，也是有形有色，滋味独特。就像封了官衔、给了奖牌、提了俸禄。

成熟，需要高温。烤、蒸、煮，都是骇人的状态。香味，都是逼出来的。

戒，就是高温。真正戒的，其实是戒贪心。贪财、贪色、贪权、贪闲、贪名、贪利、贪功……贪是超出了实用的多占，是为了满足欲与虚荣，根子是自私无他，期望特殊、超群、别样。如果不是开发自身的资源，就会形成侵占、掠夺、欺骗、霸道欺人。恶，渐形成……天地造人，皆有欲。

欲的火苗是贪。欲壑难填，可能就是分寸，也是提醒。

欲为生之本。欲里，有世界；欲里，有未来。爱护欲，培育欲，提升欲，欲里就会开出鲜艳的花，散发芬芳的味，飘荡智慧的云，吹来清新的风……飞来雪白的鸽群……

万物皆存活在欲里。欲是自然的萌动与渴望，是人本能的升华。有的人，被欲扼住了喉咙，费力扑腾；有的人，冲破欲的蛹壳，再生翩翩曼妙的新我；或此一莲池，或此一水塘，或红鲤翻飞，或蚊蝇萦绕。

一欲，一境界，二欲，结成家，众欲，成世间。

一欲，一莲花，二欲，蜻蜓戏莲花，众欲，百草画天下。

合理的欲，不损害他人的欲，不破坏自然的欲，善之善者也。此，犹如万物发芽的温度、湿度及土壤地力。不可捉，不可触，只能感知。看不见，但有形；闻不到，但有声；赶不走，但有味。无柴而火势旺，无水而涛声浓。万花世界系于此一脉，沧桑社会源于此一根。汩汩滔滔涌，生生息息动，使天地媾合，阴阳交欢，人神共语，催世界日新月异，育人类多彩文明。

欲无涯，宜适度。不然，小小蚂蚁，易让欲水倒灌、淹没。也易被欲，反绑着双手，赶在沙滩上，奔跑，如驴；撵在烈日下暴晒，如裸女；驱于冰雪中独步，如剥皮的东北虎。始见，红狐遍地，野狼反目，蓝光腥味暗涌，陷身危地绝境，方知，泣无闻、笑无声，一根稻草也不见，留一垄无苗的后悔，伴余生……

多少人，赛过精明的会计，违背了"不做假账"的忠告和铁律，玩了一生的数字，却不会算账，把自己也变成

了一个数,孤零零立于凄风苦雨,悲切切生于魂不附体。不,是算了自己的贪心小账,痴迷于珠光宝气,干瘪无味的自身GDP,而忘了,生命才是最宝贵。自由、快乐、健康的生命,才有真义。欲无依,欲又如何?

戒掉多余。戒掉疾病。戒掉恶习。

戒是修炼。

戒是以药治病。

临出门时,肖医生给带了几盒不要钱的药,带了《2007年版中国临床戒烟指南(试行本)》,《英国医学杂志中文版》,烟草控制专刊两本,中华医学会主办。物质上、精神上的储备都有了。

一场没有硝烟的战争,不,是烟雾弥漫的战争,静静地拉开了帷幕。

晚间,躺在舒适的床上,想:这一仗,谁跟谁打呢?

人生就是纠错

从5号开始吃药。这是真正戒烟的启动程序,仿佛南非世界足球锦标赛的热身赛。其实,我的身体就是那座耗资巨大的豪华的足球赛场。像孙悟空从身上拔下毫毛,变成数万个自己,若坐在球场里的观众,欢呼雀跃,各种肤色、各种表情,彩衣翻飞,嘈杂而热闹,吹着呜呜祖拉那难听而刺耳的蚊飞声,但眼神异常专注,看你如何表演,怎么行动。

第一天,吃下一粒白色的小药片。小药芳名:畅沛。小巧玲珑的身段,小模小样,披一袭透明的雪衣,静静地蜗居在塑料小屋里,痴迷于棋琴书画、古典诗词,精致而高贵,还有些许的按捺不住的灵动,小眉小眼地看我。仿佛真的,我本来就是一道错题。眼神里流着不屑,还是渴望?是不情愿的躲避,还是欲冲破缚身的硬壳,亲密地接触?小小的一片药,让我浮想联翩。

她出生在美国,英文名叫champx(酒石酸伐尼克兰片),千里迢迢,漂洋过海来找我。美国的小药,是西方的上帝,抛给我的一个纯情的媚眼儿,还是高端的科技向天然的人体发出的无声的挑战?

上天赋予人的自然欲望,好、坏习惯,被极度聪明的人类精英所研制合成的新物质,轻轻无声地破碎、制服,一点反动的力量也没有,只有本能的反胃恶心。这就是药,专门治病的东西。

被制服的无奈,转成了焦虑与抑郁。

好烦躁啊!豪华的寂寞与无聊!人活着的意义和价值究竟是什么啊!

一物降一物,才是铁律。原来,人都是欺软怕硬的东西，不管多么高贵，也不论如何善良，更遑论流氓无赖，承认不承认，本质皆如是。可如果一物降了多物，岂不就是英雄？是男人中的男人。

那个最有意思的男人，并不是最有力气的男人，也不是最有钱的男人，不是最聪明的男人，不是最帅的男人……不是征服了女人的男人，也非征服了男人的男人，而是征服了社会、吸引了世界的男人。他没有征服历史，但他改写了历史。这是最强大的人，这才是英雄，是公鸡里的牤牛。

当今社会、环境、气候为各路英豪的孕育、诞生提供了母体般充足的营养、空间、时机和再发酵的容器。时间的江河里，这才是最精彩的一段。

可你为什么烦恼？我的朋友。

有钱的烦，没钱的更烦；高贵的烦，不高贵的也烦；

上访的烦,接待上访的更烦。不能不烦。烦,也得不烦。围坐在一张桌子上的几个高级人,面对如珍珠翡翠白玉汤般昂贵的山珍海味,在金碧辉煌的京城高档酒楼的雅间,在嗲声嗲气的女侍的软语间,在高粱变成52度的、动辄数万元烈性水的茅台的杯盏交错间,热情而客气地把生活灌醉,把人的灵性麻醉,却拉动了相当于牧民两头牛的价值消费,嘻嘻哈哈间,却没有快乐。而另一个炕桌上的一家,却为牛的草料发愁,为三聚氰胺黑心赚钱,他来承受代价、买单而愤怒,而肾结石。人的快乐,被什么在销蚀、掠夺!

动物,不懂得快乐,只知道觅食、交配、活着。错、错、错。说的什么呀?

赶快吃药吧。

第二天,又吃了两个白色药片。这两个美国的小妖,开始在我的体内闹腾。我只有招架,而没有还手的机会。一直吃了7天,说明书上的副作用,就好像一个个低劣的戏子,在我的身体的舞台上准时轮番上演。折腾得我笑不是笑,哭不是哭,神经兮兮的,还不能让别人看出来。

啊,外表看上去很正常,而内核已神经错乱的人,又有多少啊!

看看那些皮笑肉不笑的脸,那些假面亲和而阴鸷的心，那些翻手为云、覆手为雨的权变，那些俯首低眉、阿谀奉承如娇羞的莲花，又仰头看天、怒目狰狞、凶恶无耻的虎狼，那些搔首弄姿、流光溢彩的花朵……多少具有美好性情的人，在酸雨丛林里走过，成长为不知忠孝廉耻只知道贪婪忙碌的动物……啊，那些趾高气扬的背后，是付出的贵如油的辛勤汗水，那些不会笑的脸，也曾是新鲜光亮、活泼可人的神情，那些凶残而不眨眼的冷血之躯，也曾有被蹂躏践踏的青春热心……是谁在扭曲世道人心？是什么使温情的生态水泥化？

城市化绝不是水泥化。坚决不是。

啊，怎么金玉其外，破的棉花还能装一肚子、一肉袋呢？怎么还翻出来，用红色、黄色染一染，还当彩棉卖呢？怎么有那么多人围拢着、呼唤着发出了高科技般的惊羡之声，全都成了弹棉花的高手，把一堆破絮糊弄成了蓬蓬松松的美艳绝伦的颈环，再饰以高贵的基因图谱，并以美式英语勾边，内置低碳节能的太阳能线，仿佛天生就是紫禁城的公主，身上有龙种的金色胎记，原来是时空不对，角度错位，追光要追荧光亮点么。

又有人说："咱们吃药吧。"

还有人说，把"文革"十年"减去十岁"。又都年轻了。退了休的又要工作，指手画脚，结了婚的，离了，重新再结，可怜上小学的孩子，不知要退回工人母亲还是农民妈妈抑或是亿万富女的皇宫里？到处都是要改变现状的呼声，还我原来的自己……满街都是抗争的欲望——面红耳赤唾沫横飞的争辩……明争与暗抢……没有是非、不知对错？

荒诞的历史，荒芜的人心。

走出去就倒不回去了。天空中有一个声音。

低沉，洪亮如闷雷。

一万只脚也踩不住同一条河流。可是若万万只脚按同一节拍，同一旋律迈步，就是一股可凝聚的水流，力量的河流，它会发出时代的歌唱。

每天两片药。两个小妖，24小时闹腾。

烦躁，恶心，注意力不集中，嗜睡，胃口大开，吃不饱的感觉。想发无名的火……情绪消极、厌世……

你要把所有的香烟全部处理掉。真的，医生说，一点不留。可一点不能留啊。

我把那些香烟一条一条分送出去。送的时候，翻翻看看，还是送出去了。时有不忍不舍，留一盒，放在自己办公桌的手拉抽屉里，心想就看一看，决不抽的。

俄而，就开始动摇。不是前一星期，即"热身赛"时实在忍不住还可以抽的吗？！但大部分还是送了出去。但要是有意志，真不抽，看见也不抽，才是真的。要把诱惑放在眼前，看看到底，是否真的。坐怀，乱，还是，不乱？真的，自己与自己较上了劲儿。好犟啊！

把家里的烟缸擦干净，放好。把办公室的烟缸，洗干净，藏好。擦啊擦，洗啊洗，像洗掉自己身上的某些东西，也像洗掉岁月留给我的记忆，要洗掉过去的老皮变出一个不认识的自己……又把储存了多年的一大把的各种颜色的漂亮的打火机扔进了家里小的垃圾桶，然后自己亲自提着，扔进了院外更大的垃圾桶……心里空落落的，想写一首悼诗，想吼几声……当然当时也有快感，战胜自己的一丝欣慰。

好烦哪！什么也看不惯，无所适从。灵魂找不到北。

无价值的生，活着又有何兴味呢。对丑恶的自己的极度厌烦。

是自己的丑恶染丑了社会，还是世间的丑恶染丑了自己？

忍不住，还是吸了好几支烟。但吸半截就恶心，红红的火芯，被自己生生的摁熄了。看到别人抽时，确实也想抽。忍不住时，又抽了一支。凡此时，就更恨自己没有自制力，甚至与成就某种事业联系起来，与那些遭受人生更不幸者而又在艰难困苦中成就了伟业者联系起来，激励自己，天将降大任于斯人也，必先苦其心智，饿其体肤……再想想那些病痛缠身的可怕可悲的惨景，那些无奈的渴望生还的眼神……戒吧。戒！

每天一早一晚，两片药。

别理我，烦着呢！

是不是戒得有些早了，天气越来越热，工作正是要劲的时候，哪如过了这段时间，再戒。

为什么要戒啊，戒了会胖的。别人也说，少抽点，不就行了吗。可现实是，最近越抽越多，越抽自己心里越怕。看看孩子，想想老人。戒，开弓没有回头箭。

除抽了自己预留的一盒外，当然是抽两口就扔的那种浪费的抽。在极端想抽、又没有烟的情况下，仿佛此时不抽就没法捱过下一刻，心痒难挡到无以名状的难受时，鬼使神差般，在西单商场烟酒专柜偷偷地又买了一包高档香烟。

正在戒与不戒的尴尬的难受间，一老友打电话给我，说："老兄，我要跳楼，活着真失败。"我赶紧说："你不要跳，来我这里坐坐。"

他其实正走到我的楼下，气呼呼地说，孩子要上名校，而现在连好一点的也上不了。他做不成这件事，就没法回家，没法面对妻子，更没法面对自己的学习很好的女儿。

他诉着苦，我被他的人生的消极情绪"非典化"，感染深度，我想抽烟。"老兄，你抽一支。""我正在戒烟。"他说："但我想抽。"他递烟给我。"我真的正在戒烟。"很克制地抽了几支。听完叙说，方知孩子的事没办成，他的自尊也受到领导的权威的挑战。两个都是对个体来讲，最利益攸关、最当紧的面子上的东西。农村人说：人活脸面，树活皮。脸面，涉及人的主权与尊严，有时也涉及切身利益，是很要紧的事情。不给利益时，要尽量给足面子，切不可乱抓乱撕。如果脸被人碰破了，谁遇上谁也不好受。不好受，还得受，就叫忍受。因为不受也不行。别人也替你受不了。我给他一五一十地讲了人生的大道理，其实也是给我自己讲；又陪他吃了家乡晚饭，其实也是给我自己吃。他的情绪慢慢稳定了。而我的好像有些不稳定了。我也很晚才回去。

他患的病,而我在吃药。谁怨是朋友呢。

一个星期的最后一天,也就是第7天,在异常难受的基础上,晚间又头痛欲裂,反反复复无法入睡。因为从明天开始,才真正是戒烟的开始,从此一支烟也不能抽了。

我不想是前功尽弃的人。我一定要让前功为后功服务,真正当好铺垫,功到自然成。我要坚守,坚持。

因为培养了讨厌的意识,已开始产生习惯性的厌恶。过去,那么喜欢的烟,怎么说厌恶就能厌恶呢。我始终觉得不会是如此简单的事。20年的依存、依恋,口不离手、手不离口,说断就断了,说戒就戒了?谁信,我也不信。

过去的依恋,是因为放大了优点。现在的决绝,是由于把缺点挑破、撕裂,变成了罪恶。

恋人摇身一变成了恶人。仿佛是一个潜伏的卧底。从一个极端又走向另一个极端。怪不得有三人市虎、众口铄金之说,怪不得有妖言惑众,造谣生事,特别是网络媒体发达的当下,一些西方国家能把全球金融危机的原罪推到中国的名下,一会儿"捧杀",一会儿"棒杀",中国经济责任论等等。仿佛一夜间,中国是世界的家长,说了算了。其实,中国的老百姓都知道,不是那么回事儿。你去美国看看,就会清楚了。再回来看看我们自己,就更清楚了。

N极与S极，是两极，但是一体。

人是意识主导的动物，所以更需要理性。理性，才能更彰显人性的光辉。动物的感性，常常是享受的错，理性可能就是纠错。戒。

头痛欲裂的当晚，极度难受的瞬间，仿佛无法承受的片刻，像有人突然铰断了电线，瞬间的黑暗，顿时的空白与清亮。我意识到，一个记忆的细胞，被两个小妖7天的潜伏，以自杀式炸弹方式爆破了。

一根依恋的神经被割裂了。

一片空白式的，轻松。当我意识到是怎么回事的时候，我确实有点恐惧。心想：不要从一个泥潭，掉到另一个泥潭。但很快就过去了，像鸟的翅膀一样，划过天空。过去了，就过去了。翅膀仍是翅膀，天空仍是天空，还有朵朵白云。

谁有功夫管你那破事儿啊！人，不都是这点心理吗。没错啊。你管我了吗。一身冷汗，刚出来，又退了回去。

第二天，我看见了烟，没有了感觉。

第八天，开始换吃一种灰色的小药片。灰色的依恋。没有记忆。像是失忆，不知道过去的好，也不懂得坏，像没有发生故事一样。仿佛从前不曾有过。仿佛不经过台阶锻炼，也不用到地方主政，直接当了宰相。

仿佛过去是一个错,故意给忘了。仿佛以前的事,都是别人做的,自己一生下就这么干净。

还有点难受,但逐渐减轻。还有点烦躁,但毕竟不是太烦。

第二十一天,即第三个7天的晚上,又有点不对劲儿,头痛隐隐,好像又铰断了一根电线。这回我认为是电话线,有一个要打的电话再也打不回去了。像走到了另一个世界的,妈妈。

我不再心动。不再被诱惑。像一个真正的傻子。

我知道。真的戒了。我不再想回拨这个电话。

因为我连密码都忘了。如果,我还能恢复记忆,我想问问美国,中国钓鱼岛怎么还叫尖阁列岛?

台前与幕后（九章）

2010年10月12日—11月1日　伊斯坦布尔

"感知中国"主题活动，是国新办向世界介绍、说明一个真实的中国的有效载体。开展有近10年的历史，已形成一个有一定美誉度的"品牌项目"，效果越来越好，影响越来越大。今年10月17日至28日，我们与土耳其外交部、文旅部共同在安卡拉和伊斯坦布尔举办"感知中国·土耳其行"大型综合国家形象推广交流活动，有文艺演出、政治论坛、经贸论坛、中土记者互访、赠书仪式、电视周、电影周、美食节、作家交流等项目。我是项目负责人，随手记下一些趣事，算是随笔。

过去的日子，是昨天

2010年10月11日晚11点，我率"感知中国"活动先遣工作组一行5人，乘TK021航班从北京首都机场T3航站楼6号门集合后，飞往伊斯坦布尔。

这是一次友谊之旅。我们带着真诚、思想、艺术、文学，甚至美食，带着热忱、友善和滚烫的心，与土耳其人民，与昔日的奥斯曼帝国的臣民，与世代生息在这里的、融合了欧亚文明形成独特的伊斯兰文明的安卡拉与伊斯坦布尔的官员、商贾、百姓相互交流、互动、欣赏、借鉴。

有感知才能了解，有了解才可理解，有理解才有互信，有互信才可合作。了解的过程就是选择的过程。一切都该是自然的真实的呈现和表达。诚信是开始的开始。

我们也算是人民友谊的使者，是热情诚信的桥梁。此事此时，我极感责任更加重大。一切都需心中有数，一切都要能够掌控。

12日2点40分，醒来一次。看看表，时间尚早。梦境中出现了一些担心在活动中出现的滋扰破坏的策略画面，全都是预案中的人与事，琢磨琢磨，也算是对自己潜意识的提醒。11日临走时，头痛欲裂，恶心，一天未吃饭，也不想吃，吃了复方丹参丸，领受了上峰的指示，又把出访的事项过滤了一遍。匆匆间，《即学即用英语》小册子也忘带，羊绒衫也没带。来了才感觉有点冷。

万事不能急，急了，就容易忘事，也易出错。心中有数了，没什么可急的，一项一项落实到位就是成功，一定要落实到细节，要具体，要行动，要有效果。做领导的，心中要有江山，江是事情的流动，山是心理的稳定。江绕山流，一处一处皆成风景。

从五月开始，此项活动即有大致框架和设想，并经过审定。自己刚上任即接手此事，予以高度重视，全身心投入。真可谓边学边干，边思考。

每月一次协调会，开了四五次。项目由无动静，变得有动静，各方面准备工作全面启动，而且每月都有大的进步。演出团体落实，趁新疆歌舞团来京商演的机会，与同事们一起进行了审看，与文化部及团长买买提明·买买提力进行了沟通,并就节目设计、重新编排提出了要求。电影在土语翻译中,专家论坛从题目到场地、人员的筛选,作家的发言及人员,美食节的装饰,图书的发运,记者的互访都按时在落实,也都落实到位。两次新闻通气会、协调会,一次自己讲,一次上峰讲,布置了工作,也长了见识。从书目到会议背景板,从宣传品到论坛投影,从招贴画到小礼品,从电话卡到报话机,从机票到问答,从项目到财务,可谓头绪纷繁,应该说,一项一项,都亲自参与、审核签发。没有一项不知情,也算心中有数了。

君为何忧,君为何愁?

到达伊斯坦布尔,是早晨5点多,外面不时飘来干净的雨丝,淋在身上好像也不湿。因预订的房没腾退出,需12点后才能入住,就去看了内海、清真寺,一路走来,也算是对土耳其风土人情、国力状况有了自己的感知。G20成员国、伊斯兰世界的领头羊,实力还是有的。人民也富裕,文明程度也高。这些从土耳其人的穿着打扮、行为举止,街道两边的建筑都能看出来、感觉到。就在吃午饭的小餐馆及门口的水果摊也能窥一斑。水果新鲜、精致,个个保质,核桃还有打开的样品,纯白的核桃仁,像羊脂玉,秀色可餐,诱惑着;货摊摆放有致,周围干干净净,像艺术品,给人美感和温馨,卖货的老人只是示意,笑眯眯的。真的感觉不错，我还向同事们做了推荐。一件小事亦可观全豹。

只记得离开北京后，因头痛，上了机就打开座椅，盖了毯子，入睡。水也没喝，饭也没吃。醒来，已到了伊斯坦布尔的上空，正下着雨。舷窗的玻璃上，雨丝急速地爬上来，又急速地飞走。黑蒙蒙中，看到了地上的灯火和城池的轮廓，夜色中，飞机像一只飞鸟潜入伊斯坦布尔，那种孤独、那种落寞不知的感觉顿时袭上心头。

伊斯坦布尔，过去只是一个记忆中遐迩闻名的胜地名字，现在变成了眼前的现实。总领馆还派两位同志来接，还有打着"张雁彬一行"的中青旅的土耳其人导游。

中土友谊从他开始吧。国家的友好是从人的友谊开始的，没有人何来友好？跟谁友好？后来知，他，很帅的一个土耳其小伙子，办事认真、恳切，但有点迟缓、不利索，我喜欢他说中文的样子，及说出的拖长的声音，像内蒙草原上的长调。笨而富有诚恳的憨态。他，名字叫"藏"，汉名孔丘。上海交通大学学的一年半中文。

来接机的领馆的小川、小凡，年纪很轻。除了热情，语言不多。深更半夜的，辛苦、难为了他们。在四处都是外国人的土耳其机场，看到他们，我真的感到祖国二字的含义深远。她的每一根眉毛，都能让人感受到母亲的血脉搏动与暖暖的体温。祖国就是中国人的家。来的这两个初次相识的中国人，在伊斯坦布尔，就代表祖国，跟我们代表中国一样。

你就是高山，所有的荣耀来自你，所有的忧愁来自你；不管你贫穷还是富有！

你就是河流，所有的歌声来自你，所有的精彩来自你；不管你强大还是弱小！

祖国啊！只因你生了我、养了我。

人，才是祖国的一个个符号、代码。仿佛花园里的一朵朵鲜花。没有花，哪有园。没有园，又哪有花。

踩点的快乐

我喜欢快乐地工作，更喜欢工作带给我充实的快乐。整天板着脸、端着一副虚空的架子、说着不关痛痒的官话，有什么意思啊。

康拉德酒店是这次感知中国活动经贸论坛的举办地，接下来，还要在此举行向土耳其的赠书仪式。这是本次交流活动的重要项目之一。前几天，中国总理就下榻于此，并就在此出席了中土文化界名人恳谈会。据说奥巴马访土也是住在这个酒店。

会议室大小适中，装饰庄重大方，朴素中有精致，平常里含特色，简洁透着气质，静里溢着活泼，轻松明快宜于人畅所欲言。测量了论坛背景板的上下尺寸4m×6m，看了投影幕的升降，主席台桌椅的摆放，话筒的连接，备移动话筒，听众席的布置，出席人的邀请，中土双方主讲人的情况，交流的主题，翻译的文本，记者的召集。投影仪的位置，放签到簿、宣传品的桌椅方位，安全通道的查看，会场内、外、门口警力、安保人员的值守。确定了贵宾休息室，并对室内座椅的摆放、鲜花、茶饮提出了具体要求。这里也是出席论坛的中外贵宾、专家，会面寒暄的空间。并向酒店方面提出了在门口设告示牌，引领路线标识及相关引领事宜。酒店门口有安检设备，出席人员凭票入场，并设邀请人在门口指认确定后放行通过，进入会场。

来之前筹划设计的一个一个方案，虽说纸上谈兵数次，但这就是现场，一切都要落实在这个空间。一定要细而又细，严而又严，争取把方案与现实做到无缝对接，上演一场观点、思想独到，语言表达精彩有味儿，启人心智，开人茅塞并有实践路径的智慧交流。使言者有新意，听者得教益，双方在交融汇通中开出悦人的智慧之花，结出喷香的学术之果，交流互动中增进了解，建立长久的友谊。

一步一步走,一个点一个点的踩,一个问题一个问题的提,一项一项的敲定落实。看是一些小事,但工作组的每个人都有独特的视角和诠释、建议,也算是集体智慧之联姻,民主决策之体现。

虽然走时和来时一样,是一个空无一物的空间,但走到门口,坐到车上,我觉得会议室里已是高朋满座,秩序井然,生动的说辞传递着深邃的思想,锦言妙语中迸溅出国策火花,唇齿开合时散发出热情友好的愿景,距离在缩短,热望在增加,两种文化在相互欣赏;取人之长,补己之短,链接成一条新的信息丝绸之路,在互利共赢中相互会心地微笑。心满则情满天下,心宽则处处是路。

沿着另一条路径,到了举办中土作家交流的会场——海峡大学小礼堂。在说好的会面地点,见到了海峡大学孔子学院倪兰院长和她的同事。一起到小礼堂看了会场,大约能坐300人。一个出口,主席台正好是作家们交流的舞台。主席台离观众席不太远,便于用移动话筒交流互动。查看了茶歇地点,听取了摆放的安排,但交流的背景板、土方作家的名单谁具体落实,还得与使馆的余参赞沟通。这需作为一件紧要事落实清楚。后与孔子学院的同志就交流活动方案进行了详细的协商,看了中国体验中心的设备演示,作家团的介绍、活动的方案,他们已做好。又看到我国领导人曾赠海峡大学的书目单,觉得我们的书目单还是过关的。与倪兰等工作组成员合影留念。

车上,我在想,孔子学院应是外宣工作的一块重要平台,要充分利用好这一可贵资源,加强合作协同,这是面向未来的外宣工作,需提上议事日程。丰富内容,拓展领域,做好外国青年学生的工作,建立他们对中华文化的理解、热爱,从幼苗即应给予培养、感知,也许是一件大事。外宣工作是做人的工作,要改变方式,引导、培养兴趣,更重要的是从有利益需求的土耳其商界的孩子,及热爱中华文化的人做起。一是有用,二是欣赏,三是热爱,润物细无声地做。孔子学院的人是上海大学派来的,热情很高,人也和善,是推动做事的力量。回去就应拜访汉办,协商合作事宜。

中午与伊斯坦布尔副总领事一起吃了便饭,商谈了考察中的许多细节。为了确保演出不受干扰,他说,首先要通过外交努力,争取敦促伊斯坦布尔警方重视,加强警力,同时有在伊斯坦布尔学习的20多名会中国功夫的特殊学员,可视情况安排维持秩序,但要征得警方同意。

下午抵贝亚泽特文化中心踩点。土方经理很热情地接待了我们。剧场的档期已空出,空间适中,座位分上下两层,共300多人。出口也少,便于查验、安保。同时详细就场地、舞台、化妆间等提出了布置方案要求。经理表示没有问题。招贴画的粘贴方位、贵宾室确定、用电设备保障、宣传品发放都一一落实。原准备在正中挂一条幅，不知符不符合外方规矩习俗，可行否？没有确定，待与使馆沟通。

今天一天，忙忙碌碌，回去时已傍晚，明天转飞安卡拉。

一切都是新的。新的任务，新的人，新的工作，新的检验。

最当紧的是应有新的思考，新的语言。

无缝对接花絮

飞机抵达安卡拉已是中午。土耳其进入雨季，雨一直从伊斯坦布尔下到安卡拉。肖参赞到机场来接。夏天他回京办事，我请他在净雅酒店一起吃顿饭，说是请他吃饭，其实变成了工作咨询或部署。肖参赞是使馆的二把手，人年轻，和善而成熟。我们每个人都从自己的工作角度给他提了一堆任务，他很认真地记在本子上。一项一项，条理清晰。他就坐在我的旁边，看得清楚。他不厌其烦询问，同事们七嘴八舌介绍说明。因为那时，工作刚启动，我又刚接手，就想法通过外交部的朋友，也是他们的朋友，去推动。这次我们都把他当成与使馆交换意见的契机，也期待着他给使馆汇报，推进工作。宴请成了工作交流会，有点像"鸿门宴"。

他真的不负众望。工作从此才进入正轨，逐项有了进展。感谢使馆，感谢他的支持。

今天在机场看到他，很是高兴，交换了情况和看法。约好下午召开工作对接会。中午在五洲餐馆，每人吃了一碗家乡面，口味地道，微有虚汗。下午3点，在使馆召开工作协调会。按照总体设计方案和项目分工，使馆逐一介绍了每个项目的落实情况。工作组就托运物品、宣传、安保等事项进行了交流。我主要说了感谢之类的话，明确提出各个项目要有细化的流程责任方案。国新办负责项目的同志与使馆具体落实人进行对接，然后共同逐项审验具体落实情况。要求明天上午，各组拿出细化方案。同时就雇保安、翻译事进行协商。意见不一。我主张雇，哪怕一个，以防不测。当然平安最好。询价以后再定。

后，大使到，他感冒了，也累坏了，高访刚结束两天，我们就来了，督促工作，真于心不忍。他腰间绕着秋衣，像佛一样，和善老成的面孔，介绍了土耳其形势及总理访问的一些情况。大使对这次两国交流高度重视，已作部署，安保按总理安保要求做。

听了他的话，心里有了底。毕竟在前方，情况熟悉，一切拜托了。

拜会的礼节

中国自古即称为礼仪之邦，泱泱大国之风范，都要在具体的形式细节中表现。礼节，其实是一种态度，是一种真诚友好的表达。礼仪是形式与内容的完美结合，是增进沟通与互信、建立友谊、达成工作共识的基础，是实现工作目标的有效手段和方式。

9点多，抵达土耳其新闻署，会见公共关系司司长。寒暄后，表达了温总理前几天成功访问贵国，揭开两国关系战略合作的新境界。几天后，感知中国活动就要在土耳其举办，这是中土双方一项重要的交流活动。感知中国，是国新办组织的一项向世界说明介绍真实的中国、塑造推广国家形象的品牌活动。多年来，先后在法国、德国、美国、南非等国成功举办，以润物细无声的方式，让外国朋友体验中国文化，了解中国的风土人情、精神风貌、发展进步。今年选择在土耳其举行，显示我对土耳其的重视和期待。经过多方共同筹备，已形成民族歌舞表演、政治论坛、经贸论坛、文学对话与交流、电影周、电视周、赠书及中华美食节等10个项目。中土记者互访活动，土耳其记者已于9月份在中国采访采风后回国。两国新闻署合作友好往来加深，署长今年还访问了中国，国新办王晨主任会见。同时希望新闻署协调新闻机构关注报道感知中国活动，扩大影响，让更多的土耳其朋友，了解中国，增进友谊。并就中土双方新闻合作协议签署事，进行了技术商谈。双方真诚友好，气氛和谐热烈。他对我说，有什么需要办的，尽管说，我们努力办。他一直满面笑容与笑容满面的我，友好对话。

后驱车到土耳其文旅部，会见副次长。因感知中国活动是与文旅部合作。故，对她们提供的多方支持表示感谢，并就双方的文化交流谈了看法，都有意推进这种合作深化。同时借机请文旅部商相关部门做好活动的安保工作，邀请社会名流、各界人士、重要贵宾出席开幕式，共同把活动举办好。

中午与余参赞共用午餐后，即赴Cayyolu剧场踩点。剧场里正在排练，按照要求逐一查看。功能齐全，设备良好。后与剧场经理进行工作沟通，就安保、悬挂横幅、贴画安排等细节提出要求。又赴中东科技大学检查作家交流场地，又回使馆，与肖参赞就工作流程及部长行程进行协商。路上，还为明早接机买了鲜花。后又回宾馆，召开与驻土新华社、光明日报、中国国际广播电台负责人的协调、通气会，就报道内容、节奏、形式、要点进行协商。后又走着去政治论坛场地及部长下榻的房间视看。后与肖参赞等使馆人员共进晚餐。晚饭后，又打出租车到新疆民族歌舞团的驻地审看。大堂里现代派的座椅，有点意思。后，又打出租车返回宾馆。

匆匆复匆匆，匆匆又匆匆。匆匆间，心里都有了数，托了底，有点累。

明早6点，还要去接机，顾不上礼仪，睡了。

知，还是不知

开幕式的日子临近。似乎一切都经过自己亲自的参加、审看、验收，做到了全过程参与并决策，心里有了数，仿佛已是"知"。但明天是第一场预演，将慰问土耳其警方等相关方面人员。越是接近，越觉得心里又没底，仿佛还是"不知"。知，让人想哪些还没想到，是否有差错、有遗漏，睡不着；不知，更是让人紧张，因为真正的结果在明天，今天肯定看不到。想结果好，就对一切发生怀疑，一项一项又想，又过滤又思考，想前想后，仍是睡不着。

谁又能知道明天会是什么样呢？日子还是一天一天过吧。

早6点起床，工作组一行乘中巴赴机场接部长一行5

人。9点到，下机，VIP通道接上，握手、问候，沈绿献花，照相，与肖参赞在贵宾室作了汇报。又到希尔顿酒店，部长听了工作组汇报。提出四个如项目是否正常推进、举行等零报告要求。后因手机卡、水果等事宜，又等了半天。顺国、晓霞都有积极表现。后2点50去Cayyolu剧场，贴招贴画、看排演、查出口、安检。与肖参赞一起形影不离。后部长来，接见了新疆歌舞团的张书记、卡米力院长，并到台上看望了正在试妆排练的演职员，讲了鼓舞、关心的话。陪同部长，我们又走了场子，又一遍了解剧场功能、房间概貌。除了前门正厅，后面、侧面还有三个门，是应急的。7点左右，入场的人渐渐多起来。按照分工协作的原则，我与肖参赞又召集负责安全事务的参赞、院长、余参赞、文化部杨处长、公安部武官及工作组人员开了会，确定紧急情况时的应对办法。商定部长和大使的车，就停在靠近舞台的侧门处，一有情况，先让他们撤离。并向工作人员提出了坐楼上第一排，或底下贴标签的座位。如有紧急情况发生，首先要自保，不要乱，由各组长带领有秩序地撤离。

吉人天相，我想不会有问题。卡院长还介绍了外出演出所遇到的各种问题及应对办法。包括台口执守、紧急情况处理等。我临时册封参赞为现场总指挥，如有一般性滋扰，演出照常举行，实在没法进行时，肖参赞发出指令给卡院长，停演自保。其余各组长保护工作人员、演员、专家撤离现场。

一会儿，土警方与一些没有票的人士在大堂，争执、论理。后让他们三人到二层观看。身旁是看演出的警察和我们使馆的人。并派武官坐在他们身旁，陪着。像领导的待遇一样。

演出精彩、热烈，反映不错。演出结束后，9点50分给部长打电话汇报。首战告捷。

期间我一会儿与肖参赞巡视演出会场，一会儿在外面巡查。那些没票的不讲理的人跟平常人一样，看不出什么。可见，知人知面不知心，这些俗语古话也是经验智慧的总结。留意留心，才能做好预防。不能拿自己的善心好意去衡量别人，以为人人都跟你一样善良友好。农夫与蛇的故事，早有提醒。

聪明人是什么样的？坏人到底是什么样的？只有实践和行动才能做出验证。故意损害别人和群体利益的人，无论如何不能算做好人。

人是有等次的，虽然追求人人平等，但事实上，人人不同，差异太大了。

此时知，彼时又不知。此地知，彼地还不知。知与不知，是一个哲学命题，也是一个生活命题。我们就是解题的学生。

等待　掌声不断的一个半小时　特色歌舞

17日上午，去使馆参加部长与驻土新闻媒体见面交流会。新华社、光明日报、中国国际广播电台及驻欧洲法国的中央电视台的两位女记者及工作组、代表团的成员参加会议。我把专家组的姚博士一起带去。原以为是感知中国活动的采访报道会议，其实是一个如何开展国际交流的调研会。各家发言相对踊跃，结合具体几个涉外事件的海外关注、不实报道的影响、出现舆论一面倒的情形进行了分析。就如何克服前方、后方事件真相的传递，报道原则及内容的滞后，引导海外舆论的不力，谈了看法。并就与海外媒体、政府新闻机构的合作需求进行交流对话，我们的媒体发出的声音，要遵循新闻规律，解释、满足回应海外受众的关切需求，甚至对影响对象国政府都有重大作用。如何加强，需认真研究，在机制上、制度上、反应速度上，大力改进。怎么做到管道畅通及时，国际表现出色，文明相处是重要课题。

下午3点钟，工作一组与刚到土耳其的工作二组合并，午饭吃了中餐，这是来土耳其后，吃的第二顿中餐，因为中餐比土饭贵多了。团里晓霞吃土饭，肚子已有问题。还得注意。饭后，召集工作组开了协调会，按照分工，部署了下一步工作。5点钟，驱车与工作组一行赶往剧场。"感知中国"开幕式演出的红色横幅正在悬挂。演员开始走台，灯光、音响都在调试中。讲话台上，空空的，不太好看，商土方可否摆放鲜花。开幕式流程已经确定，土方嘉宾名单、节目单、宣传册正在摆放中，中土6台摄像机架设到位，正在试镜。一切都在有序进行。

真的感谢土中的朋友和同志。

稍后，部长一行到。引入贵宾室。随即去看望演出单位的领导和演员，报幕员、舞美、汉族演员，说了代表祖国感谢的话，并一起合影留念。土方客人陆续到。部长和大使与土耳其高层人士会面寒暄，气氛热烈友好。从"感知中国"说到世博会土耳其馆。晚上8点开幕式正式开始。主持人导入中方代表讲话，翻译的麦克风开始没发出声，调控的人没通电。算是失误。试了两句话，通了，声音很好，急着的心，才放缓，回到肚里。致辞完毕，宣读了土耳其总理埃尔多安的贺辞，其实，还有多个土耳其部长发来贺电，没念。宾主礼仪上都有了表现和呼应，唱了和声。演出正式开始。富有民族特色的维吾尔族舞蹈华丽优美，布景是伊斯兰建筑、新疆美丽的淡蓝色的天山天池雪山。祖国河山的壮美与中华文化的精湛融合，呈现在土耳其人的眼前。

门口又有几个没有票的人士带几个学生，要入场，恳切地想进的样子。他们昨天已来，今天又带了人来，共15人。商议后，安排在二楼观看，并有我方人员和警员陪伴值守，待遇还是挺高，估计他们会满意。最难的问题，按预案中最平常自然的方式换算化解。一切都在别人不知中。又一个知与不知的考题，正在时间流动的解答中。

即使它真是一颗伪装的定时炸弹，估计也被掐灭了。精美的歌舞不断，掌声不断。在歌声与掌声、灯光的明暗变换中，节目一个一个上演。演员很是投入，一招一式，透着人的灵性，一曲一词包含着艺术创造的绝伦，声声渗入心灵，句句韵味绕梁。民族歌舞的独特韵味与土耳其人情感的审美需求有天然的共鸣，场面的氛围就格外有了热情友好的弥漫。

我不懂音乐，更不懂舞蹈，只是声音和动作刺激我的感官，引起了各种本能的反应和感知。谁让我天生有这么多敏锐的器官和感应器呢，说不明、道不白，有点响动就有反应。白居易《琵琶行》"大珠小珠落玉盘"皆是形象的拟人状物流动之描写，皆是感觉而非音律的直谱，但使人看字而如闻声音，皆是人记忆体验的再现。

其实，只是一会儿看看演出，一会儿看看会场，生怕有什么怪异的举动或打个标语牌出来。又其实，打了又怎样，谁捣乱，把谁请出去，即是。但不是所有人都有此定力和坦然之态度，那么场面就会大乱，居心叵测之人，盼的就是这种效果。那就糟了。危险出现，人都会自恋自保，避之恐不急，也是情理之中的事，不是人人都是久经考验的公安战士。

一会儿又去演出场地周围逡巡，也只能是如此尽职耳。

时断时续、时看时听、时坐时走间，一阵阵悦耳的掌声，一首首悠扬动听的歌声。《踏歌》的软语轻声，绿色水袖缠绵，婀娜多姿的汉族古典式歌舞，吐鲁番地区充满生活韵味、青年男女在纯情嬉戏戏谑中表达真挚爱慕之情的舞蹈《花腰带》，女声独唱土耳其歌《弹吧》的激情奔放、浓烈情感的抒发，使你瞌睡不得。还有《少女的美姿》充满性感美感的舞蹈，青春用肢体语言，把内心的骚动、对女性美的追求及人该怎样活的秘密诠释得朦胧迷离，又真切无语。如此美的青春，如此美的造型，如此美的表情，如此美的热望，如此的生命的舒展，叫人怎能不陶醉。时间在歌声中流逝、熔化，一波一波的掌声，记录着分分秒秒的精彩。不知不觉间一个半小时过去了。

你方唱罢我登场，各领风骚五六分。分分秒秒叠加成一场精彩的演出,如社会,如人生,成为艺术。艺术还能演出,她是否揭示了人的本性?或潜伏的生的密码?不然不同的心灵,怎么凭空产生了共鸣和沟通。是那歌声钩沉心底的渴盼、痛痒?还是舞姿撩起你人的欲望和情感?不然严肃端庄、不苟言笑如木雕之人,怎会突然间,脸涂彩、眼有神,忘乎所以地蜕掉一层严实坚硬的老皮?

告诉你吧,演出平安结束。那些在台上来来去去的演员,扮演各种角色的姑娘、小伙子,演绎着社会人生七情六欲的变化的好大一群人,原来只有40多人。他们是新疆歌舞团的帅男靓女。

穿着各色各型彩衣、戴着流光溢彩小花帽、梳着无数根小辫子的维族姑娘、小伙子,正在优雅地谢幕。

掌声如果是幕布,一下子覆盖过去……你说美还能跑多远?如果美,是无数只奔跳的玉兔,你说她还能跑出全封闭的剧场和座位上一双双热烈如火焰的眼神？你说那眼睛如没有艺术的撩拨，她怎能放出光明和快乐……

你说……

"感知中国·土耳其行"开幕式挂出的中土文字的红色横幅会白挂吗？据说，第二天中央电视台《新闻联播》即有报道，与五中全会闭幕会一同出镜；土耳其国家电视台全程直播，你说有多少人在感知中国？

你说……

思想对弈与话语权

"感知中国·土耳其行"活动设有两个论坛，一个是政治论坛，一个是经贸论坛。其实还有一个文学论坛，我们称其为作家交流，这都是从中国和土耳其的社科研究机构、智库及知名大学和政府领域中选择相关资深的专家、学者和研究人员组成的辩论团队，就共同关切的话题进行交流。

称其为论坛，一要有平台，二要论。光有平台，无论，就是一堆摆设。"'感知中国·土耳其行'政治论坛——全球化背景下的中土战略对话与合作"，背景板主题语，在左右两端各有鲜红的中国国旗和土耳其国旗的映衬下，在天蓝色背景上浮动的白色字体，端庄醒目。若远飞的大雁，落于清澈碧蓝的海洋。主题词上方是雄伟的万里长城，一排千年不变的驼队，从古丝绸之路的沙海上，走向土耳其的跨海大桥，把中华文明与奥斯曼帝国文明融成一体，也把亚欧两大洲连在一起。

这是本次论坛最重要的摆设，底下是发言席，中方两位是潘光（上海社科院）、张宇燕（中国社会科学院）；土方几位是USAK亚太研究中心主任赛尔楚克、USAK副主席卡瑟姆及图尔古特·厄扎尔大学教授塔什等。再底下是听众席。

中国驻中东特使吴思科先发言。分析了国际及中亚形势，阐述了中国在伊斯兰世界的政策主张。我听后，觉得有理有据，观点鲜明，符合实际，基本为论坛定了调。调子既高，且实，是外交家开阔视野、熟悉了解中东情况，与国家利益至上的综合产物。语言不紧不慢，神态淡然从容，令人信服。宇燕主要讲了什么是全球化及中土在此背景下的利益选择与分享，并展望了前景。他的相关文章早已引起我的注意，在国内时已认真学习。有一篇发表在上海《文汇报》上的文章，还提出中国解决与大国的矛盾和问题，可通过第三方解决，比直接交锋更策略、更有效。他说，这样的国家，还是可以找到的。借机，我问他，做好外宣，你说的第三国，是谁。他告诉我，是英国。让英国去做中美的桥梁,发挥昔日英国的作用,它从面子、利益出发,都会愿意充当这一重要角色。想想可能也有道理。

土耳其国际战略研究组织亚太研究中心塞尔楚克·乔拉克奥卢就双边政治和经济关系发表见解。他说进入新世纪,两国高层互访不断,为两国关系的发展构建了良好平台。特别是土总统居尔2009年访问中国及不久前家宝总理对土耳其的访问意义重大。签署的系列协议为两国今后的发展奠定了坚实的基础。他说,中国和土耳其作为丝绸之路东西两端的国家,应该开展"新丝绸之路"工程的合作。他说:"早日开展'新丝绸之路'工程,不仅对土耳其和中国,也对中东地区、高加索地区,甚至欧洲地区具有重要意义。"此工程不仅更加丰富了双方的经贸交流方式,而且还对物流业做出了贡献,缩短运时3天,又节约成本,是一项战略工程。

塔什博士谈到土十分关注上海合作组织,希望成为该组织观察员。也谈到两国贸易逆差及解决建议,还提出两国签订自由贸易协议的建议。上海社科院潘光教授,就他们提出的问题——作了有理有据的恰当回应。交流互动的水平很高,都有远见卓识,思想溢着光芒,言辞透着专业的深度,纵横捭阖不离主题,声声句句关注国家利益。真的受益匪浅。

土耳其一民间智库人士从历史角度分析国际形势的演变,谈明清的朝贡制。谈一个首领和周围小国的关系。他说那时中国是首领,是世界的霸首,小国依附于中国皇帝存在,到北京朝贡,把最好的东西献给皇帝,皇帝赋予他在中国土地上经商的权利,他们获得丰厚回报,也就是通过对进入中国市场权的调控建立政治上的控制力。那时西方人到中国,看到中国强盛,中国人全是黄色皮肤,他们是白色,觉得自己很丑、很低下。

其实,是国力强弱,产生了自卑感。

他说欧洲是先爬在中国的背上,后又站在中国的肩上,而成为霸主的。中国那时有那么多的白银,都被他们用鸦片换走,又用枪炮抢走。所以欧洲强大了。他说现在的中国也像欧洲当年爬在中国的背上一样,爬在美国的背上,甚至会站在美国的肩上而强大。其实,开放与改革,使中国融入世界,渐渐变得强大。他还说,中国的经济力和吸引力还谈不上软实力,因为有美、日等与之抗衡,出口型市场经济对手多多,中国也远没有达到像美国那样的民主、自由。他的话声刚落,一位土耳其女性站起来说:

"我反对最后一位发言人的观点。关于中国,他们提到软实力问题、提到人权。现在民主问题肯定值得争论,如今民主问题在世界上开始与动乱相伴相生。在西方，有我们以为的那种民主吗？也许我们对中国的社会结构或者国家目前实行的制度不太了解。我认为，我们不能说中国没有民主。美国和中国都有死刑，土耳其也没有我们认为西方所拥有的那种民主。"驳得土耳其人在台上举起双手，抖动肩膀，表现无奈的样子。

后，宇燕就此作了回应。他说："美国哈佛大学有一个研究中国问题的中心叫费正清研究中心，那里的专家经过长时间的研究，认为中国是一个完全不同于西方的生命，那么用西方的概念，包括民主、自由等这些社会科学和人文科学的概念去分析中国，本身可能就是有问题的。"不从中国国情出发研究中国，那你大的方向就是错的，也不会得出正确的观点。并向他提出建议，有机会亲自到中国走一走、看一看。宇燕语言平实、轻柔、动听，既有风度，又暗含反驳与利器。众人鼓掌，似有共鸣。

论坛是观点的比武，看谁说的准、说的远、说的真、说的深、说的有用。有理有据，推导演绎出鲜明的观点，恐怕是中外都通行信服的。提炼先进的观点，佐以科学合理的实证材料，观点从事实中孕育诞生，言之有物，言之有新，言之有理，才能，言之动人。决不能无风起浪、空洞无物，只见雷声不见闪电，更不见雨点。唬人、吓人、蒙人。决不能炒冷饭、混杂拌、涂染料,看着新鲜,其实一堆无营养的旧物;决不东拉西扯,无逻辑,无实证,无提炼,以新词奇语强词夺理。观点一句话,满篇金翠玉,是道理的底座支撑着观点的明珠。要研究、要思考、要综合、要提炼、要切割、要打磨。观点连历史、知未来、含现实、指方向。思想诞生行动,语言要有营养、有温度、有硬度。能入耳、悦耳、益智。

增强话语权,首先要有散发着思想光芒的话、蕴含着先进文化的话或者说是饱含着多种新文明基因的话、能给人类带来福祉的话,还要有科学支撑的体系,能遮风挡雨、有利于人发展的见解,适于人类情感的抚慰和希望的萌发,满足人的利益企盼和思想需求。

增强话语权,还得语。既要会语,还要敢语,能语。既要自己语,又要借让别人语,让别人信服之、传播之、受益之。不然就成了自言自语,整个一个抑郁症制造者。要语得人爱听,语得广泛,听了能得益。要么启发心智,要么慰藉情感,要么路越走越快、越宽、越走越远,要么指导实践会取得成功,缔造生命生活的华美和谐之境。

增强话语权,更要重视传播渠道和方式。要分对象区别对待,细化分析受众习惯需求,发出符合国家人民利益的中听的自己的声音。从"我要说"、"说得好",逐渐扩大到各国别受众的"我要听"。这是一个漫长而艰辛的过程，且它是随着硬实力的增强而逐渐放大扩展的。话语权是经济、科技实力的外现，是文化实力的直接表达，是国际表现的重要载体。在这里，什么样的价值追求是灵魂，推广一种什么理念是核心，形成多种成熟包容的说辞，创建丰满话语体系是基础；多种场合、多种方式宣示、传递、扩散；关键时刻、重要节点保持畅通及时发布是检验，内外呼应消除纠正杂音；澄清事实发出正确信息信号，进而形成瓦解负面舆论根基，驳斥敌我言论，解疑释惑引导媒体舆论导向，校正受众心里预期，形成友我舆论氛围环境，能够导引各方主流媒体的声音，形成主动控制、真实表达、主导人心向背的能力。

增强话语权，要加强海外舆论阵地建设，采取多种方式，中外结合，互设机构，有机共建，有计划地布好点、铺好线，以最先进的传播手段区分国别受众的接受习惯在第一时间发出声音。如果错失时机，陷入舆论被动，也能在第二时间形成澄清事实、反制舆情、快速纠错的能力。

阵地建设是传播能力的基础，布点要合理，设备要先进，科技含量高，多种媒体样式，分工协同，优势互补。特别是网络信息因其传播速度快、覆盖面广、私密性强，更要给予高度关注。有了能力，才能有权。能力强，话语权就会大。话要真、要新、要有含金量。要遵循新闻传播规律，不自说自话，自娱自乐，自欺欺人，自己搬起石头砸自己的脚。话语就是话语，用事实说话，以理服人，不能顾左右而言他，更不能搬起石头砸别人的脚。

随着全球化进程的加快，商贸领域的相互依赖加深，人文交流互动的频繁，信息世界的初步实现，也随着我国经济科技实力逐步增强，必然会由过去的注重国内表现，向更加关注国际表现转换，与世界和谐相处，又不拘于一个样式，保持各国独特的发展方式，选择符合自己国情的发展道路及价值追求，是文明多样性的必然要求。

世界是多彩的，不是一个颜色。故应加强相互的了解、理解、认识、沟通，即使出现不理解、误解也是必然的，是再自然不过的事情。不要大惊小怪，更不要一惊一乍。太阳不会掉下来，地球不会塌下去，一天一天过，一事一事做。当然，话语是沟通的桥梁，理解互动是和平相处、互利共赢、缔造美好世界的前提。

论坛是思想对弈的棋盘。跨越楚河汉界，在各种陈规封杀中过关斩将，在对方气眼儿上点上自己的棋子，闯出一条条通道，实现相互融合，你中有我，我中有你，在观点的碰撞中，会有智慧的相处方式和更符合各自利益的博弈的共同原则规范，也会产生新的谨慎恰当的话语说辞，营造一种相对文明宽松的交流对话语境，而不是一面倒，强夺理，使我们有理无处言，红的也让人涂成黑的，丑化、暗化、妖魔化。至少可以分清黑白，让人思考、评判。更何况，尺有所短，寸有所长，山川丘陵各有特色，相互理解尊重是情理之中的事情。国有国情，家有家事，不可能一个模子脱坯、烧瓷。多认知、多了解、互动交流才是达成共识的前提。

经贸论坛的发言，也是实事求是，精彩有加。听了华为、中铁建设集团、中国电力建设集团的发言，才知道中国企业在海外投资情况的喜人拓展。怎么把走出去的企业资源利用好，讲好中国故事，做好经济外宣，以真实事例传播互利共赢及中国对世界的贡献，也许是一个重要的外宣课题。

论坛是本次活动的一个亮点，听众席满满的都是人。记者众多，采访活跃，好的思想、观点会被现代媒体传

播，放大效应倍增，这也是举办的目的之一。

没有摄像的记录

伊斯坦布尔的房间有点贵。工作人员给我找了一间大房，是2211。事先也没有查看，估计是旅行社安排的。走到房门口，看到门上画有轮椅标识，心里纳闷。开门进去，房间确实挺大，有八九平方吧。床与墙之间，估计能走北京街头经常看到的小型三轮摩托。

自踏上土耳其的土地，不知是身体原因，还是六天了一个点一个点猛跑，还是时差还没倒过来，还是高度紧张，生怕他们派热情好客的亲戚拿着危险礼物，亲自登门拜访、起哄，或拐走演出团体的少女，或伤害专家团队的国宝精英，或工作队伍中出现不该出现的情况，我是负责人，就该操心。但没想到，操得这么多、这么细。总之，几天下来，没有好好地睡上一觉。要么两小时，要么三小时。睡不着，起来就写字，就抽烟，又写字。戒了4个月的烟，又抽起来，前功尽弃。断断续续，不知夜，不知明，只知道，每隔一段时间，伊斯兰教诵经的声音就从天际而来，悠扬绵长，挤开门窗直抵心灵，很震撼，很空阔，很神灵。

开幕式演出成功，论坛也进行得很好，最重要的项目安全举行。也许是戒备森严的警力、里外的布控、严防死守威慑了欲不请自来的不友好分子；也许是放他们的头目进来，一同观看表演活动，我们的文明行为令他们相形见绌。影响上算不过账来，政治上更是减分。扰乱人家宴会的人，主人、客人都不会高兴，都要揍他，他们胆怯了，三五成群，只在布控范围外游离了一段时间就走了。一切平安。平安是严格的安保措施换来的结果。

我们是友谊之旅，不是麻烦制造者的利润。想借机滋事，也不给你这个机会。此时，我真的感到累极了。想好好泡上一澡，好好睡上一觉。

可再细看房内，急着要找浴池，看到的只是高高的马桶，旁边还有不锈钢的手扶护栏，根本没有盆。细细致致地看了一遍，又看一遍，拿起放在床上的衣服，给工作人员家曙打电话，问能否换一间有浴池的房间，小点也行。我与他一同下去，总服务台说，一间空房也没有。生意好啊。家曙说："我不泡澡，你住我的，咱俩换了。"他说，房间有点热，我说不怕，能泡澡就行。于是，互换了行李，他住在我宽敞明亮的房间里。

谁知，一进他的门，很温暖，像夏天七月的北京。进门就该上床，床有点小，睡一人没问题，翻身也不会掉地下。因为床紧贴着墙。再看这精致的小屋，没有窗户。找了半天，才在墙角找到一扇与天井相通的暗窗，打开来；空洞得有点吓人，但抽风效果还不错。此时，已满身是汗了。不知道著名的土耳其浴是啥样的，可能这就是。如果不脱衣服，蒸的效果，可能更好。又省钱。

可我还是找到了泡澡的浴池。推开一面有镜子的小门，里面小巧可爱，有一个小浴盆，小马桶，更小的洗面池，刚好能转过身来，功能还挺全，既省时又省力。我还是泡了一个舒服的澡。只是起身站时，墙上把手，一拉即断，吓了我一跳。洗漱完毕。关灯上床，想美美地在这以我为主的封闭空间里好好睡一觉。可刚躺下，抽风道里传来了真切而响亮的呼噜声，悠扬顿挫，节律整齐，一声一声真切地让我听。像是给我诉说旅途的劳累与幸福。听了一会儿，想不管它，睡。可实在是没法睡，翻过去是这种声音，翻过身还是这种声音，舒缓地有节奏地在我耳边炸响。

睡不着，我想弄清楚呼噜声，是从上边倒退下来，还是从下边横冲直撞跑上来的。侧着身子仔细听，越想听，越听不清，慢慢回味分辨，也没有弄清楚它的来源。抽风道，很像音箱，混响效果很好。只好用被子蒙着头。心想，这回没事了，不科学就不科学地睡吧。哪知，过了一会儿，声音硬是穿过被子，钻了进来，闷声闷气地来到耳边,像热恋中的人,在暗中也能找到吻的地方。

哥哥,行行好吧。多少停一停,让我也睡一睡。或者等我睡着,你再开演,不行吗?但鼾声不断,时而还激越奔放。只好起身,把那扇出气的小窗关上。声音小了,真的小了,甚至听不到了,如果你不是有意故意想听的话。但还是不自主地在听,生怕它踢开玻璃跌倒骨碌闯进来。真的听不到了。真的也不想听了。

可小屋子更像烧红的炭火上洒了水,热气腾腾的,要你冒汗。想不冒也不行,想不脱更不行。折腾了半天,睡不着,门也不能开,窗也不能打。开了门,怕陌生人进来,也不太文明;开了窗,又怕呼噜再次亲密的约会。

没办法,开灯,起床。在那一条袖珍的桌子上,打开笔记本写字。前一天的开幕式写了一半,接着写。写不下去时,就想明天的事、后天的事、家里的事、身边工作人员的事。家曙说,你这人,太低调。我真的不想这样低调,从来也没有调低到这个程度。但说实在的,我更不想高调。调高了,一般都悬飘在空中,不着地,我怕掉下来,摔痛。我就想平调,踏踏实实真真切切地走在地上,一步一个脚印,该怎么走,就怎么走,我心里踏实。我看了一下表,当地时间凌晨3点多了。我还没睡着。

后来,不知什么时候,睡着了。闹铃叫醒,已7点。该吃饭、工作了。今天还要去布置经贸论坛的会场，检查落实赠书仪式现场。还有一大堆事等着呢。

早餐时，看到家曙，正跟同事们谈他房间的事，不时发出阵阵开心的笑声。他说残疾房真的不能住，他已是残疾人了。并展示给我看，歪歪的身体正是S型。他扭了腰，走起路来，一歪一歪的。真有点像。不知是腿够不着地、高高的马桶吊的，还是昨天搬书时扭的。这也算是本次活动唯一的一次事故。该不该给部长报告呢。按要求，是应该报的。但这算是工伤，还是……但我还是没报，因为不知该怎样报。晓霞给他贴了自带的麝香虎骨膏，也算是对他的补偿。

看着他一歪一歪地走路，人们都笑着心疼他。再忙，周围人都不让他干活儿。第二天，他说他习惯了那间有好多扶手的宽敞明亮又通风的房间，说不用换了。一直住到他回国，都没舍得离开。后来，身高树大的国际台土文翻译文俊归队，也享受了与他一样的待遇，想换也没房。文俊说，那个马桶太高了，上趟厕所，就像在空中跳芭蕾舞。可见，难为了家曙。

我蒸了两天土耳其浴，换到一间房，有窗户。也给东辉换了。今天才知道小司也在蒸，比我们还多蒸了一两天。回国后，才知沈绿也一直在蒸。都是老实自觉的人，都没有吱声。

以后有护栏的房间、没窗户的房间，都不能再订。这是规矩，也是人性，我对第三工作组组长说。她说：必须的。

被蒸的都是这个队伍中级别最高的，一个正厅，一个副厅，一个正处。党的好干部。算我没执行好党的干部政策，重大失误。但又节省了大量外汇，算以功补过，扯平了。

不闭幕的精彩

文学应该是最深沉的艺术。她不光能看，也能读、能说、能吟、能诵，还引发想象。文学是文字艺术。过去也说是语言艺术。当然包括口头文学。文学首先由文字构成，其实它不仅用文字描摹人样、物象，用文字解读人生的真理密码，而且使我们不仅看到了肤色各异、身材不同、胖瘦有别的几无重复的人之肉身，并且透过华美灵巧或愚笨粗鲁的外表丰仪，看到了心灵情感的细腻纷繁，智慧创造的神奇瑰丽，欲望人性的多姿多彩，理性启蒙的变化与逻辑，爱恨情仇的世俗纠缠……人的一生，这五千常用的汉字，给了我们多少温暖的滋养。像母亲的乳汁，点点滴滴随时随地，想吃就有，须臾不能离。甚至从胎里就有了基因造化、血脉性格。母亲孕育了生命，母语该是生命的花蕊。风扬，蜂采，花粉交融，能酿出精神的甜蜜与芬芳。

单调而枯燥的人生，因有包括文学在内的艺术的滋养，想象创造的神奇拓展，把肉身之外的人生，装饰得灵光丰满，有型有色。使生命的本质内涵，抛开了动物吃喝的属性，而更多地呈现出情智的丰饶与迷人……

作为"感知中国·土耳其行"活动组织的负责人和一个文学的爱好者，我对中国与土耳其作家的这一场交流或文学对话，隐隐约约，是有是无间，潜意识的、真的充满无限期待，渴望其对感知中国活动有个精彩的收尾、艺术化的高潮……

这些中国一流的作家会吐出怎样闪光的玉石、智慧的言辞、动情的诗章，大珠小珠般落在土耳其的玉盘里，可否将如跨海峡大桥下碧蓝清澈的海水激起雪白的浪花，温暖湿润中土双方的心灵，如新建的"海峡三桥"一样，连通欧亚，搭建友谊的彩虹……

等待很折磨人。一夜未睡。因为作家坐的土耳其航班，飞机发动机出了故障。晚上1点多，作家代表团在北京机场等待了七八个小时后，被引领到机场的宾馆住宿，静候登机的通知。三组组长忙个不停。我也给家曙、使领馆打电话，让他们想办法或转登别的飞机。

一夜过去了，又开始忙碌。又联系，又翘首等待。作家在机场滞留了一天一夜。第二天晚上11点又登机。但晚2点才起飞。第二天土耳其25日下午2点30分就要在中东科技大学椭圆型会议室进行中土作家交流了。如果飞行正常他们应在早8点到伊斯坦布尔,再转乘9点、11点的飞机,即可到达安卡拉,按时出席会议。可到达伊斯坦布尔的作家团,因乘客爆满,还是旅行社或航空公司没有及时更换姓名,只转签到了下午1点的飞机。不管如何,平安来了就好。交流活动推后1小时,3点开始。其间到了的土耳其客人,观看我们请中央电视台制作的中土交往的电视宣传片。

会场外挂起了红灯笼、中国结,气氛开始热烈起来。我和晓霞、翻译陈彦,去机场接蒋巍、跃文、水舟、德宏、大新等中国知名作家,飞了两天才飞来的祖国亲人,会场正翘首以盼的主讲嘉宾。

2点40几分,代表团抵中东科技大学交流场地。打开行李包,掏出各自的名著、代表作,在洗手间就着冷水洗了脸,梳了头,换了正装,一个个容光焕发地走进了会场。土方女主持人向与会者讲起了中国作家两天来的千里迢迢的意外辛苦,会场以热烈的掌声致敬。

蒋巍以洪亮的声音、颇有风度的美丰仪,及连珠般的妙语和幽默,一下子调动了会场的气氛。如一根划着的火柴,扔在了干草垛上,笑声和掌声一下子燃烧起来,按也按不住。全球化背景下的写作议题，形象、生动，将世界的多样性和文学的多样性生存说得头头是道。和而不同，和而共生，民族的与世界的关系，分析描画得使人产生共鸣。

安卡拉大学汉学家奥凯教授，坐不住了。他急着抢样地拿过话筒，说中国作家看上去容光焕发、意气风发，好像是休息准备了好几天，其实，是好几天没有休息了。刚下了飞机，就直奔会场，洗手间里整的戎装，站在台上就口若悬河，吐金喷玉，令人钦佩云云。赞赏不绝。另两个土耳其作家学者，也谈了时代社会发展很快，跑在了前头，而我们的思想灵魂跟不上，被丢在了半路上。充满智慧、机智和时代的大而深的思考。

第二场作家交流活动，在伊斯坦布尔的海峡大学进行。那天下着雨，时而绵绵，时而如注，整整一个下午。作家们从雨里来，又从雨里走，其间还拜会了海峡大学的校长。我不知道他们累不累，总之，我知道他们三天没好好睡觉。我也不知道他们是不是吃了什么亢奋的药，总之，都是知天命以上的年龄的他们，个个精神饱满，声音洪亮，满脸堆笑，还签名赠书，与簇拥过来的土耳其人不分老少男女，合影留念，忙个不停，仿佛是明星。

我不想写了，他们是作家，有的知名，有的富有，有的得过茅盾文学奖,有的专为作家出版书,有的是省作协的头头,哪个都是妙笔生花的人物,我只是他们作品的读者,或者文学的爱好者,再写就小巫见大巫了。更何况感受在他们心里,我这个旁观者的眼神怎么能看清说明呢?我想,艰辛曲折的旅程,会激发他们的灵感,那就等着看他们自己写的作品吧。

第二场作家交流结束,整个感知中国活动,也就算圆满闭幕了。感谢中央领导的关心,感谢国新办主任的直接指导和耳提面命的严格要求,感谢兄弟单位的大力支持协助,感谢使馆同志的前后期操劳和与我们协同作战,感谢二局、秘书局的财务支持,感谢土耳其文旅部、外交部及协办单位的朋友,感谢翻译、导游的引领,感谢……真的值得感谢的人很多,特别是我的团队,工作组的同志,因为我是第一次全面负责如此项目多、时间长、人员众,又在人生地不熟、面临恐怖威胁的异国他乡举办这样的大型活动。真的谢谢!

我把带领东辉、顺国慰问新疆歌舞团演出成功的话记在这里,算是本章随笔的豹尾:

兄弟姐妹们,你们辛苦了。我受王副主任委托,代表国务院新闻办王主任和工作组全体成员,对你们为"感知中国·土耳其行"活动作出的贡献,表示真诚的感谢!

你们经过十七八个小时的长途飞行,一下飞机,不顾旅途劳累就直奔剧场,装台、走台、排练、演出,我对你们这种高度的责任感和敬业精神表示深深的敬意和钦佩!

你们的演出,我看了5场。土耳其4场,北京保利剧院我还审看了一场。你们精湛的演技和真情的投入,及对艺术精益求精的作风和追求,值得我们学习。

虽然你们明天就要回国了,但你们动人的歌声和美妙的舞姿,就像一粒粒饱满的种子,已种在土耳其人民的心田,她会随着时间的推移,长成茂盛的中土友谊绿色的春天!

国务院新闻办感谢你们,祖国感谢你们!

随后,一阵不绝的掌声……

此时,我才知道作家们精神焕发的缘由,是心里吃了一粒长青不老药,长笑不知苦的药——为了祖国。

对我来说,感知中国才刚刚拉开大幕,也许更精彩的还在后头,因为压轴的都是经典的和让人久久不忍离开的……五千年的历史文化,十三亿人的中国,正在排演有史以来最激动人心的、魅力无穷的真实文明的又一开元盛剧……就连中国人自己也感知不过来……

学堂加庙堂（六章）

2012年3月10日　中央党校

爱惜时间

时间已过去了9天，神圣而陌生的党校，逐渐地有了亲近感。礼堂、教室、宿舍、食堂、大门的位置和建筑的造型，有了准确的感知，构成了临时学习生活的平面定位，空间、环境、路线的轮廓清晰而真实起来。

有了方向，明确了所处的位置，心里就会平静踏实下来。陌生的无知，所带来的隐约的潜在恐惧，悄无声息间，像湖面薄薄的冰层，不经意间已化去。当看到清亮亮的水面荡起的涟漪时，才知，冰，没有了，什么时间、怎么融化的呢？

早晨吃饭后，返回宿舍时的路上，一抬眼，看到党

恬静的溪流

校人工湖的水面，浮动着八九只黄灰羽翅墨绿首的野鸭，在水的中央，漂浮、戏水，湖边红色的亭台、阁楼站在岸上，和我们一样，注视着水中这一只只自带发动机的小花船。早晨的空气，清新、微凉，才想起，10天前入校时，这还是冰雪覆盖的湖面……仿佛，一瞬间，周围的世界已发生了改变。时间正一点一滴地化开了封冻的季节，春天悄悄就来了。

晚间饭后，又跑到湖边，专门看了看湖面的情况，野鸭早飞走了。可水泥砌的堤岸上，一株株没有叶子的杨树，干净利落地直直站在那里，像挺拔的青年，像简单的没有多余修饰的男子，飒爽英姿，倒映在清澈透明的湖水中，如长在水里的风景，一排一排站得那么正。仿佛，远处教学宿舍楼前，正在点名的老师，查点着列队整齐的半老不老、比她还大的学生……学生不就是老师心中的风景吗？

而原来，湖水只消融了湖心北边向阳的一大半，靠近湖心的那一片连一片的薄薄的冰的碎片，透明的固体，如一面一面小镜子，漂浮着；而向外扩展的部分，水波受阻处，冰，还紧紧地抱在一起，延伸到向南的岸边。

冰消的过程，可能就是春来的日子，此时看得分明了。

向阳的先消，背阴的后碎。本是同种同族同血脉的一家，因为气候的变化，因为冷、因为风，凝聚在一起；又缘于热、缘于风，而消融分离。坚硬的冰层，淹没在温润的湖水中，但形态不同，又交融分治，像闭门磋商，像一国两制，也像一个人情绪性格的不同变化，判若两人，表情的演绎，左脸严肃，右脸微笑。

看来，任何事情的变化都有一个发展的过程，都是过程决定着结果。可我们总感觉，世界历史文化中，重结果而轻过程，成者王侯，败者贼，功利心太重，全然不顾百姓的感受与冷暖。秩序规则、仁爱道德、诚信互利，不时受到破坏与践踏；强权、利益与贪欲，给当代人类文明发展设置了重重阻碍和无数陷阱。即使是自由、民主、人权也是一种争夺人心的托辞，美丽的光环下，实施的也是战争、杀戮、抢掠。全依其利益与好恶而定。

是与非、公与正、事与理，说时清楚，做时模糊，言行并非一致同步。如面前的湖，柔美的水中，含着坚硬的冰。时间是有知觉的，是发现和计算时间的人和社会的感知和认识，催化了时间的智慧。时间与人与事融合，就成了记忆，就是历史。

时间，是无，无中生了有；时间，是有，有中生了无。时间，才是真正的智者。在不言不语中，说明了一切。

如眼前湖面，冰水构成的现象，及暗藏的前因后果、条件、要素和人的想象、探究，只因我们的无视、疏忽、大意，而没有发现。

爱惜时间吧，让她生些什么。哪怕，只生些美丽的字，时间也就有了意义，也就是享受了时间。

学堂加庙堂

学习是一件幸福的事。如果细细品味人生，梳理个人成长的轨迹和流程，悄悄地摘下罩在你头顶的那些官衔、花冠，那些证明你比同龄人所谓更成功的名声和权力，以及比别人更雅静的房间，更大的办公桌及乘坐的动力更强的小轿车，抛开手中那饱含着创意、利益、权重的一支笔，暂时隔断那些左右事件运转方向和决定升迁荣辱的错综复杂的社会关系，心地赤裸而坦诚地审视一下真实的自我，是什么使你成了现在的这样？

个体命运的轮转，自己究竟占了多大比例，自身的因素中，什么行为又起了决定性的主导和影响？

性格、素质、能力无疑是最重要的内生条件和禀赋。但依唯物辩证法或者就依佛教之义，任何事物都是变化的、无常的，都在运动、变化、转化之中。物无恒常，人无定型，人在时空、社会、心理情绪的袭卷和裹挟下，怎么经受洗礼和脱胎换骨，逐渐去除纷繁的迷离和多余，而成为人们印象中有模有样、特征鲜明、社会舆论定位准确的、有别于他人的、真实的形象，丰富而多彩，抽象而具体？除了肉身成长的生理铁规发生自动反应，正常完善之外，自我控制意识的能动，主要是思考与学习，起着吸收、吐纳、营养、重塑、持续纠错等功效。

学习与思考，看似人人皆有，再平常不过的事，经年累月，不声不响间，由微变化累积转化成了质变。一日一日，重塑了另一个自我。真是我非我，我是我。

性格，某种程度上左右着自己对他人的态度，影响着人与人的关系，即自己如何与社会相处，如何与别人打交道，善与不善，公与私，是相互适应，相互影响，共同推进，是长久依存，还是……

素质，决定着自己对人、对事、对物的态度与方式，是真诚而长久，还是虚假而应付？是慈悲、关爱，还是视而不见、麻木不仁？千人千样，虽眉眼相似，但失之毫厘，差之千里。

能力，除蕴涵态度与方式外，更多的侧重于行动，是一种推动生成与变化的综合力量……

前两种内生作用多一些，更多的着眼于自己，后一项内外秉赋相互结合才有效，更多的作用于他人。但思考、学习都是完善、增进自身的正力，都是丰满、校正的精魂。

学习使自己成长、完善、强大、睿智，更通世理、人理，更懂人性，更像一个人。

学习使自己情感丰富、多彩、细腻、柔软，更有弹性、更宽广、更包容、更有追求和价值，提升人的层次与品质。

学习使欲望、情感、理性更多彼此适应、交融，达成满足与共识，塑每个人成和谐统一自然华美的外象，有了人样子，说人话，办人事。

从小到大，幼儿园、小学、中学、大学……一二十年的时光，都在学堂里度过了。人生的四分之一，或按中国人平均年龄73岁计，有的人三分之一的岁月交给了学堂，成了原始股。股本大都增大，走向社会，要吃红利。也有个别的学傻了，缩了水。学堂实在是笼罩在每个人身上的幸福的云雾。因为最美好的青春与最美好的事糅合在一起，逐渐成为抹也抹不去的记忆，叫幸福。幸福是感觉和记忆的杂交与融合。就像种子和土地的融合，在春天开出了花。温暖的春天里，赏着鲜艳欲滴的花朵，从心里流淌出的情绪和感觉，那种喜乐的体验就是幸福。

来中央党校学习，是幸福事的N次方。15年前，曾入内蒙古党校处级班学习，白天上课，晚上回家，像个走读的大学生。随着漫长岁月的淘洗，只是大课、小课一堆记忆的碎片了。融入社会的摸爬滚打或者高雅点叫社会课堂的学习，组织的培训磨炼、实践锻炼，经了风雨，见了世面，多项考试都得了高分，德、能、勤、绩、廉都优。才知，命运都是自然善事的累积，他人、社会、组织的关爱，性格、素质、能力的结晶，天时、地利、机遇、人脉的互动，家庭、同事、朋友的相助，责任、担当、实践、结果的物化，理想、信念、实干、时间交互沉淀的反应……在另一个社会学堂领了一本通达人世的证书。

感恩社会、感恩组织、感恩他人、感恩那些遇到的艰辛和困难吧！感恩是最基本的清醒和美好，如风沙弥漫时，一湖碧蓝的宁静和清澈，蕴藏温暖和定力。

时间太长，人生太短；世界太大，人太小；欲望太多，贡献太少。一白一黑，又一天……

匆匆复匆匆，总想在盲目奔跑的途中，停下来，歇歇脚，喘喘气，定定神。人，有时只知道奔跑，而忘了为什么要如此狂跑裸奔，甚至，人跑出去很远，拥有了那么多可享受的物，却孤独地发现，把灵魂都丢在了半路上……无所顾忌原来就是轻装。

难道是时代大潮的席卷，是不甘落后的追赶，是纷繁诱惑的吸引，是生命觉醒的奋起，是贪欲膨胀的推动，是相互攀比的无知裹挟……介凡夫，仿佛堂吉诃德的勇猛？？？

走进校园，如走进庙堂，内心从未有过的清净与放松，是园林的环境营造了归于自然的返真，是从城市巨大噪声的嘈杂中逃离，听到了久违的声声鸟鸣；是波光潋滟的碧绿湖水，倒映着一株株长发飘逸的垂柳，在微风拂面的阳光照耀下，孕育出春的妩媚和动人；是古典的亭台楼阁、蓝瓦红柱白墙、蜿蜒的河水，唤醒了潜伏的怀旧意念；是夜晚校园的环路上散步的稀疏人影勾起了对自己的憧憬……是那一群含苞的桃树噙着诗歌的火苗，将要点燃新的生机和希望，是那沙沙的修竹以翠绿宣告了冬去春来，丛丛灌木满枝黄花簇拥着肆无忌惮地高调开放，几只慵懒的肥花猫，躺在窗前草甸上，目中无人地酣睡……写着"党校专用"的下水井盖，像一枚枚圆印章，隔一段距离就盖几个圆满的标识，提醒着通达下面的陷阱、危险，像人与大地的吻痕……还用说飘在蓝天的祥云，挂在夜空的月牙儿和眨着眼睛调皮捣乱的星星吗……

多少年都没有这样按时按顿的"用膳"了,多少年都没有这样定时定点的入睡、起床了,多少年都没有日日相连、专注地伴着孤灯读书到夜深。

好奇过后,就是责任。神圣、庄严的感觉,是从学校的迎新会和春季开学典礼开始的。党校姓党,明年就是建校80周年了。80年来,从这个学堂走出来多少中华民族的精英,党的中坚力量。看着校史展览,仿佛历史的风云图,一幅幅回放在眼前,起伏跌宕,荡气回肠。重温历史,看看现在,一代一代共产党人,书写了中国历史上最辉煌的一页,从列强的百年蹂躏里,在艰难曲折中,推动着历史的车轮向着富民强国的征途迈进。8 000万的党员,380万个基层组织,引领着13亿各种各样、千差万别的国民,在解决了温饱后,跻身世界第二大经济体,人民生活也上了一个新的台阶。即使有千千万万需要解决的问题,这个铁的事实,就是我们自强的见证,自信的根基。

信仰和共同的追求,凝聚成了史无前例的巨大力量。在金融、经济危机在全球像病毒一样蔓延的关头,在恐惧、疑虑、不确定,让全人类都疲于应付的当下,在党的十八大即将召开的前夕,我们这些半老不老的学员,像规矩的小学生,由老师领着,坐在大礼堂分好排次的座位上,聆听校长讲党的纯洁性、先进性,语重心长,殷殷期望。特别是要有担当的话，令人深思。我有担当吗？担着什么，又当得怎样？

看似学生样的这一礼堂人，大都是我们国家的中、高级干部，是党的肌体最重要、最活跃、最关键的筋骨。在百姓眼中，可是位高权重的人啊，是百姓福祸的制造者，身系他人的福祉、安康、笑语、哭声。责任与担当，沉甸甸的。最近流行自觉、自信、自强的话语，实质就是担当。这是做人的本分，也是最高的境界与价值追求。

看着我的同学，一个个不俗的容貌丰仪，在"两个带来的问题"课上，都有关注社会民生的精彩的发言，争先恐后地发问，有的儒雅、慢条斯理，有的刚烈、真诚直率，有的沉着、稳健端庄，有的睿智、火眼金睛，大的59岁，小的39岁，也都算中青年，但都有一股精气神。正是在这种氛围中，我才有强烈的"官"的意识，甚至身居这个团体我有一种莫名的压力。后来，我才明白，潜意识里同学们就是我称职不称职的参照系。他们确实跟平时打交道的人不一样。哪儿不一样，也说不出来。

群众的眼睛是雪亮的，组织的眼睛更亮。因为群众选完，党才选，过了好几遍筛子。

看遍了每一座山峰，才知每一峰都有奇特之处。峰是石峰，有葱茏的树，有吐芽的草，有沟壑，有水流，有鸟鸣，有动物，有阳光，有雨水……满山皆有看不够的景……

古人说，居庙堂之高，则忧其民。这既是学堂，也是庙堂，进一步的修炼已经开始，还有这么多的教练、陪练，想不练也不行。更何况，难得一练，增进些道行，多些清醒，多些智慧，多些善心，跨入一个新的境界。学习即是修行，修德、修身、修心。

老百姓说，远看像座庙，近看是党校。他们期望学员既是凡人，又高于凡人，像大和尚一样，品德高洁，神通广大，为民祈福。很正常的事。有期望，说明有信任。

校园的正中，立有一块巨石碑，描金四个大字：实事求是。特醒目，是真经。读懂，已不易，能用好，才算得道。

学堂加庙堂，是一个高的要求。不仅是把你自己侍弄好就行，那还是凡夫之心，还应有菩萨心肠，救苦救难，让别人也过上有尊严的幸福生活。要有大抱负、大胸怀，有国际视野、战略思维，更重要的是，能成为推动社会进步文明的正能量。看似大话，其实都是实话。因为，这个庙堂不是谁都能来修行的。好像钱多也不行。在市场经济社会，钱也买不来的东西，肯定是最值得珍惜的了。

好好学习，天天向上。

我们这个班是中央党校进修部厅局班（58）期"世界经济与政治格局变化及应对"专题支部，63名同学。

给老师打分

过去的记忆中，总是老师给学生讲课、判作业、考试、打分，那些分数，虽然是几个简单的阿拉伯数字，却带给我们多少喜、怒、哀、乐、悲、恐、惊的情绪变异和刺激。

为了这几分，多少人日以继夜、点灯熬油，耗费精力、智力、财力，甚至付出少年的欢乐和青春的浪漫，还有多少父母、长辈也倍受煎熬，期许与失望，欢欣与骄傲，有的还付出了心理和生理的巨大代价。因为，那些分数，不仅是检测学习成绩，检测智商、情商的标志物，而且关乎人的前途，系着人的命运。

几个数字，串联着人一生的重量、质量。又有谁敢轻易漠视人的一生呢？即使自己不看重，想随性而学，可社会惯性和积累了丰富人生经验的亲人、师者，也怕耽误了儿女、弟子的前程，负不起这个历史的责任。

不管着你好好学习，荒了你青春的田地，秋天没有收成，老了你吃什么呀！美好的前程，这是多么重大而又充满诱惑的主题啊。

分数、分数，仿佛所有的一切，都浓缩冶炼成了这几个世界上最简单的1、2、3……的排列、组合，就如古代哲学易经八卦，暗合解不透的玄机奥秘、流年运程，天象地学、人间万象，谁人能说清？简单演化成复杂，轻松变得沉重，快乐老给你缠上羁绊，让你严肃、沉闷、上心。

可谁又能真正、准确地知道明天究竟是啥样呢？

无非是追求美好生活的愿望，是真的，但好的想法必然产生好的结果吗？

多少年以后，再回首，小时的同学，都在守着自己的本性，啃食着滋味不同的杂草。因为，美好愿望应具备无数条件的支撑，最基本的，人是不同的。假使外部的支撑条件相同，不一样的人，就产生千变万化……人不同，性格不同，偏好不同，一切都不同。

每天走进综合楼第七教室，桌子上总放着一张评估讲课老师好、较好、一般、差等级的表格。细分为理论阐述、知识面、联系实际、课堂互动、讲课艺术五个分项目，项下有具体要求。

打分，实在是一个令人尴尬的话题和动作，更何况，要给老师打分。学生给老师打分，就是对老师的评判。评判老师，骨头里往出挑肉，有利于寻找差距，弥补不足，充实完善教案，提高老师，施惠于后学者。这肯定是好事。西方人喜欢用数字说明问题、分析事物,得出可信服的结论。这并没有错,研究事物的路径,很正确、很科学,至少目前是科学的。但用到人身上,特别是用在老师身上,就让具有中华传统美德的学生为难了,正像父母身上有好多毛病,你就每天对他横指竖挑吗?至少会影响讲课的情绪,老师被推到了被动的位置。自然平等的交流互动是最好的。特别是中国人,数理的概念神经疲软,感性化的神经发达,看着为了讲好这一堂课,不知精心准备了多少个日夜,绞尽脑汁地苦思冥想,创意、设计新思想、新话语、新的课件,图文、视频并茂,还是本领域的专家,态度和水平都在那儿摆着呢,这个勾怎么可能落在最后一个栏目内?

因为,在我年轻的时候,也曾当过3年的教师。虽然是边远地区的中学教师,与教我的这些知名学者、教授不可同日而语。但老师的心是相同的,感受是相同的。

更可怕的是,学生的构成和质量。我们这是一些什么样的学生啊,有的身经百战,早已历练得成了钻石级,有的指挥着几百条船、几十万人,闯遍了五大洲四大洋的风浪,有的在世界各地建电厂、修公路,西亚、北非还留着未完成的工程,有的从哥本哈根到南非的德班,与发达国家代表唇枪舌剑又闭门磋商,争取国家的利益,有的本人也带着好几个博士,有的本就是银行的行长,有的……有的……60多个呢,没有一个是省油的灯、无用的材,因为都在用着呢,灯都挺亮。

这课怎么讲?这分怎么打?你说。

正确的态度是该怎么讲,怎么讲,讲好就成;该怎么打,怎么打,打好就行。

但,说实话,受益匪浅。从当代国际贸易的格局变化与走势、当代世界经济发展主要趋势到中国特色社会主义理论体系、世界格局变化中的中国软实力建设,从领土主权安全问题到科学发展观若干问题研究;从《资本论》导读到中共历史经验,从欧债危机到中国金融发展……从外交对策到舆论引导……专家、教授、部长、行长……从英国威尔顿庄园国际会议组织"国际经济新秩序下的繁荣"论坛到学者型的意大利总理蒙蒂、泰国美女总理英拉的演讲……

还有核电设备研发创新、航空、兵器、造币、大剧院等一系列的考察参观……

学校和老师为我们精心准备了丰盛的智力筵宴,中餐、西餐,精致可口,更有学员论坛,让同学们亲自掌勺,现炒现卖,自产自销……也别具风味……

不知不觉间,胃口大开,仿佛精神上也长了肉、增

了膘，仿佛进一食堂一样，一日三餐、一顿不误地只知道"吃"。好像过去干得多，想得少；过去的自己单调，现在好像丰满了，好像磨秃的翅膀上又长出了新的羽毛，好像还能飞得更高，走得更好，好像我们也能改变世界些什么……

老师说，你们是与世界打交道的人，要增强理论政策功底，有世界眼光、大局观念、战略思维，要有高度的自觉、自信，维护和发展国家利益……

这当然不是老师的原话，而是我听完老师的课，近两个月下来，我感受到的，他们想对我们说的话，或者形成的一种强烈的印象……

至于讲课的艺术，潘悦教师流畅自然，没有一句废话。宫力教师深入浅出、以史为据、客观冷静、信手拈来。某老师连珠炮式快语速讲解，带"如果你不懂，怀疑你的执政能力"的后缀，也蛮有意思；他能把中国特色社会主义理论体系这样理论性极强的课，讲得人人爱听，也非易事。虽然他说着普通话，但从他的腔调、语速、惯用词语、事例、经验判断，这个老师是我的老乡。课后，一老乡同学上前攀谈，果然来自南北朝时的"帝王之都"——武川。

讲课有特点、有内容、有思想，各有所长，不好细分细说。前些天，看到党校办的《中国党政干部论坛》第4

期有卢毅先生《民国名教授的讲课》一文,说胡适、徐志摩擅长演讲,让人如沐春风;梁启超给清华学生上课,走上讲台,打开讲义,眼光向下面一扫,然后是简短的开场白:"启超是没有什么学问。"接着眼睛向上一翻,轻轻点点头:"可是也有一点喽!"既谦逊又自负。还说讲到紧要处,手舞足蹈、情不自禁,时掩面、顿足、狂笑、痛哭,把灵魂注入他要讲的题材和人物中。

更有意思的是,沈从文在中国公学第一次授课时,慕名前来的学生很多,他紧张得一句话都说不出口,先在讲堂上呆站了十分钟,才径自念起讲稿来,仅用十分钟便"讲"完了预备讲一个多小时的内容,然后望着大家,又一次陷入沉默,最后只好在黑板上写道:"今天是第一次登台上课,人很多,我害怕了。"学生因此大笑不已。

抄录这两段趣闻,是怕你读本文太累,放松一下,另也想暗示着说明:给老师打分不好打。他们都很敬业,又是与老师的利益挂勾,你不经意地一划,他丢了居家度日的福利。只好把几十份专题讲义和我记录的一本笔记带回去,慢慢消化。

听老师讲课,对我们这些所谓的忙人来说其实是一种享受,他们给我们输氧、充电、喂食、开窍、益智、悦心,营养我们的能力、装修我们的形象品质。拓宽了视

野，打开了思维，了解了大势，增强了责任，树立了信心，增加了应对事物的策略、办法，特别是党性修养潜在自觉的光辉，照得我们很温暖。这就够了。

谨祝老师们健康幸福。教有所成，那更多的是学生的事了。真诚地谢谢，辛苦了。

教学相长，教是一方面，学是另一方面，是一枚金币的两面。

收获了几束智慧的芬芳

花树沿路开，笑声报春来。是春天唤醒了校园的美景，还是校园的美景装饰了春天？是人看见了风景，还是人本身就是最美的风景？是树就是树，花本也是花，柳还是柳，湖水就是湖水，是他们就是风景？还是他们的有机组合才是风景？如若你睡着了、迷醉了，如若你视而不见，没有感觉、没有发现、没有联想、没有体验，它们还是不是风景？风景是自然长出来的，还是你发现出来的？湖水上游着一对黑白相伴高贵的天鹅是风景，天鹅带着美丽飞走了，还是不是风景？你看到的风景，是不是别人眼里的风景？

满树粉红的桃花在开，洁白的玉兰在开，金黄的刺荆花在开，淡红的海棠花在开，就连一进校门的草地上，一丛一丛紫红色的不知名的小花,像一群一伙飞舞的小蝴蝶,转眼间也成片地盛开了……有的叽叽喳喳簇拥吵闹,有的满身慧气喷吐芬芳,有的闲云野鹤清新淡雅,有的稳健豁达坦诚可靠……

　　人、树一理,万物间有多少惊人的相似。树有千种,人有百态,各有各的可爱、可敬、可喜、可信。多样性,才是最本质的自然属性,世间本性。

　　伴着寒冷、微寒、微暖、温暖,脱去了羊绒大衣、脱去了风衣、脱去了羊绒衫、脱去了夹克衫,如同脱去了沉重而陈旧的过去,一切的纠结与迷茫,随着清新的春风,飘走了,远逝了,干干净净的,透明温暖。

　　今日,是只穿衬衣的天气了。安静的日子里,真切地看见春天迈着妙曼的猫步,散发着青春的迷人气息和耀眼的光泽一步一步走来。来党校学习,已一个半月过去了。一日一日,分分秒秒间,真觉得心理也有一种蜕变,有一种超然达观的清醒、心里踏实的安定,对人对事的自然真实与坦然面对,仿佛收获了几束智慧的芬芳,温暖的人生启示。

看这一束,那淡色的真实,弥漫着清醒的理性的馨香。看世界,怎么看?是仰视、俯视,还是平视?

仰视,看见了高远、空阔,看见了巍峨、雄壮,看见了太阳、光明,看见了月亮、星星,看见了无边的风云和夜色。当然也看见了差距和自己的弱小。看见了希望、美景和动力,看见了未来和方向。

俯视,是"会当凌绝顶,一览众山小"地看。看见了现实、复杂,看见了民间疾苦和欢乐;看见了真实,看见了物的存在、人的运行,看见了悲欢离合,看见了自信和孤独,看见了芸芸众生的美好,看见了概貌和全景,也看到了作为人的责任和担当;还是再往高站,在空中俯视,看见了浩渺的蓝色的海洋,隔出了五洲,五洲之内,山脉、河流、边界分出许多地区,每一块土地上生长着肤色不同、造型各异的动物和人种,演绎着历史与现实。再要高,就是神灵和上帝的世界了,超然物外,与纷繁的世间物事关系不大,而与精神与心灵神秘沟通互动,那是另外的课题了，属于神职人员、航天员、探测器的职责。

平视，看到了人人一样，都是七情六欲，吃、穿、住、行，白天起，黑夜睡，两条腿不住地移动、后退、倒立、跳起，他们想什么，需要什么，为什么这样？也看到了都是山山、水水、土地、植物、动物，被无数的一望无际的海洋分开的人，又坐着轮船、飞机来来往往，各怀心事与梦想，带着花花绿绿的$、€、¥及储存着一堆数字的能刷出梦想的卡和支票，带着精心设计的金融衍生产品和方案，收购或者交换自认为有价值的利益需求，控制人心、推动通胀、营造金融海啸……

世界真的成了一个村落，美国是最富的一个家族，他的家人享有最好的教育和福利，拥有大量财富和最先进的科技装备，他要把他的家规和喜好，强加给他人，威逼利诱，颠覆渗透。过去我们善于与穷人交朋友，现在更要学会与强权富人打交道、争利益、享尊严。

这一束淡色的真实，最沁脾、最入脑入心的是哲学的锋利光芒和持久的香味。如永恒的太阳的射线，照亮了红尘涌动，彩云翻飞，为人类，指明了现象内部的方向、本质，让我们全面、客观、历史地分析社会，科学掌握大势，顺应时代的潮流而动。理性地看待一切，使我们明白了现象的是什么，本质的为什么，知道了从哪里来，到哪里去。懂得了冷静、客观，养成了寻找真谛的敏锐，注重逻辑、本质、规律、趋势的追寻，智慧的灵光的收藏以及责任和担当。

看世界，当肉眼看不清时，有时用望远镜，有时用放大镜，有时也要用显微镜，但不要用有色镜、哈哈镜。

再看这一束，这是最生动多姿、多彩多味的一枝，那燃着的火红的情感，喷吐着不竭的追求和生生不息的动力。这是生命的源泉，也是创造活力的根本，繁卉绿叶织就的世间，是人的欲望的生发、冲动、萌芽、绽放的图谱，每一个基因都是一枚奇异的种子，成就了人的不同、世的多样。因着肤色、语言、习惯、心理、文化的变异和精脉的交融，绽绎出纷繁复杂的社会人性，谱写出人的历史和现实。

秩序来自理性，而人类的丰富生动源于情感。情感创造梦想，激发梦想的火花，丰富梦想的内涵，拓展梦想的深度，并把梦想变成了活色生香的现实。

情感是人精神世界的主火炬，是欲望点燃的神圣火苗。她照亮了人意志的庙堂，催生思维的异香，引领无中生有创造奇迹的方向，文学、艺术、科技、建筑，凡与人相关的事或物，哪一样不浸染着情感的色彩、闪耀着情感的光芒？就连人本身也是情感交融的结晶，是人间延续的物证。爱护欲望，珍惜情感，本应是人自身的本分和责任。

如果说，数字真能把现实的世界算清楚，使我们增长理性，那么情感会让人类变得更丰富，使我们尊重人性的不同。

美好的情感，不仅使人活得有意义，而且体现人的价值追求，提升人的层次、品味。人的精神家园，可能是人的最初的乐园，也是人最后的归宿。是不是，我们过度研究、开发了物的世界，而对人情感、精神、心理的研究、营养不够？使欲望失衡，人性沦陷，纷争四起，不知道幸福在哪里。其实，幸福在每个人的心里。

营造各民族倍感自豪的精神家园，特别是五千年的情感交融、文化认同，以及在开放的环境中，各种文明的影响互动、传花授粉。当代中国富含创造性的实践，正在构建孕育着更富人情、人性的精神公园，民族的灵光、气质、独特而多样的追求，价值、审美及艺术样式，正在修复和提升之中，正在变化和创新之中。中华民族正以其心性的善良、包容、睿智、聪颖，追求美好生活的热望和情感的丰富赤诚，为世界民族贡献着精神的营养。

13亿人，不是13亿粒沙，而是13亿朵花，共同建造着民族情感的家，这是我们自信将来会更美好的依据，也是自觉去培育、浇灌，促其自发生成的清醒的愿景。

我们已经清除了饱含灰尘蒙眼的云雾,拆除了障闭情感的樊篱,走进了一个自由开放的多元美好的时代,知道了什么更好,什么是我们民族的最爱最美,我们就定能把民族精神的花园,经营得更温暖、更芬芳,更艳丽。那可是灵魂休息的地方,智慧充电的地方,情感抚慰的地方,文明孕育的地方,创新实验的地方,幸福产生的地方……虽然虚幻美丽但那是一个真实的地方……是世世代代依恋的地方……也是我们重新出发的地方……是区别于白人、黑人,成为中国人的地方……

看人,怎么看?看心地、看品质、看精神……

看那一束,是自然,看自然,怎么看?绿色像铺展开的草原的朴素、安静、清香,森林树木呈祥,牛、马、羊是长在青草上的"帝王",人与自然如何协调着成长……

看这一束,是事,看事,怎么看?是黄花落后的自然安详,结果里饱含着过程的力量,坚守的信念,放手的快乐,仁爱之心永恒的光芒……

心态自然,坚守理想,民为大,官为轻,一人有一人的性情,一国有一国的不同,一代有一代的责任,懂事理,通人性,辨善恶,勇担当,有作为,知职责……不枉学一场,也算正收获。

我是谁?

多少人不知道,我是谁?有时,我也不知道。

这是一个深刻的发问。那天学员交流课,同学老兄突然说出这三个字,我一下愣怔在那里,像触电一般。

这是一个哲学问题,还是一个现实问题?是自问自答题,还是让人思考题?本想吃些补脑之类的东西营养一下大脑,再思考这么复杂的问题,可今天这三个字,又跑到我面前问我,很认真、很恳切、很缠人的。

只记得小时候,我是妈妈的儿子,有名有姓,长大了还是,现在仍是,将来肯定也是。由不得我。

后来成了妻子的丈夫,儿子的爸爸。一念之间,成了定局。还有法定文书为证。有过了,就是了。无法更改。这是现实,尽着权利与义务,当然还有爱心。时间长了,

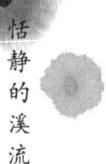

名实相符，习惯了，成了自然。

当过三年的教员，就成了学生的老师。后来转行，当了科长，又处长，又主任，又秘书，又副局长，又局长。我是谁，就变得复杂。换个岗位，换一帮人，换一堆事。好像那个岗位上的称谓及与其对应的职责，就是我。后来发现不对，我调走了，那个岗位、名称还是没变，而那个人不是我。

那么，我是谁？

是名字符号代表的身高、体重、五官模样、性格、脾气独特的这一个精神、肉身的结合体，是经历不可重复的这个我，还是什么？

是又坐在课椅上，老师的学生，旁边同学的同学，还是党的党员、社会的公民、文章的作者、报纸的读者、会议的主持人、文件的起草人、医生的病人、电视的观众、公车的乘客、商家的顾客……还是小组的组员、路上的行人，还是美国或日本的外国人……

是生活在北京的内蒙人，还是内蒙人眼里的北京人？是现在的我，更像是我？还是以前的我，才是我？是玉米地里跑的那个孩子是我？还是小轿车里坐的这个是我？这么不经意的一罗列，又吓了自己一跳。我原来是一个漫长过程的组合。

只有找到我，也许才能知道是谁。

自然的我，是七情六欲、血肉之身的本我。社会的我，是岗位责职、权利、义务的另我。我是谁？是要你角色定位、能力估量准确。认得自己，认清自己，认同自己。不能缺位，不能错位，不能越位。轻重缓急要明白，半斤八两要清楚，黑白赤紫要懂得。说你能说的话，做你能做的事，想你该想的事。想当大，得能当得起大。想登高，得有登高的本事。

我是谁？是要你客观、清醒、真实。不糊弄自己，也不糊弄别人。

我是谁？是要你不膨胀、不自大、不盲目、不自悲、不自弃、不浮躁。

我是谁？是要你明白有多少物质的储备，还有多少精神的力量。不要饱汉忘了饥，小富即狂傲。不要不自量力干傻事，而要踏踏实实干正事，干大事，干有益的事，干力所能及有效果的事。

我是谁？当然不是过去的你，也不是未来的你，而是现在的你。要吸取过去的教训，望着未来的目标，踏踏实实走好现在的路，充实、提升当下的你，一步一步往前走，一天一天往好变。

天空不言大，自然辽阔。

大地不言厚，自有深度。

我是谁？当然是要你把握好度，掌握好时机，时空概念要清楚，能量大小要自知。

我是谁？当然你是国家、民族的有机组成的一员，如果还有一官半职，你就得把小"我"放大，有所担当，为民履职。

同学问的"我是谁"，当然不是这个你、我的"我"。而是世界格局变化中的"中国"。我只能大题小做，以小见大，见微知著。借题发挥，问问自己。

我是谁？

我就是我。自然界的一物，社会中的一人，家庭中的一员，同学中的一个。

我是谁？有点像花非花，是一个高深的命题，让高人去解吧。

但是，如果真的不知道我是谁，问题就复杂了，弄不好得去看医生了。

站在新的起点上

再有半个月，幸福的学习生活就要结束了。辩证法说，一个时段的结束，是另一个时段的开始，太阳每天都是新的。再不敢胡思乱想，要抓紧完成老师布置的作业课题，瞎写的随笔就此打住。本想休息一下，又想学习、工作两不误，故意为难了自己。已是深夜一点了，已经站在4月17日凌晨这个新一天的新的起点上。

日子总是一天一天地过，人总该自自然然地活。本想写写集体生活的感受，参观学习、同学友情、互动交流的心得，但时间和笔力都不从心，留在心里吧。

虽是随意写下的一些不成熟的文字，也是自己听课学习读书的点滴、稚嫩感知，权当小学生的作业和美好的思想吧。

按照王老师安排，这几天就要着西装领带与同学合影留念了，手刚握住，又要各奔东西，半百年纪，多保重吧。

有道是，有缘千里来相会，这个缘就是党的缘，生命必然的缘，共同经历一段美好轻松的时光，就是友谊的见证，道一声珍重，送一声祝福，祝老师、同学们好！

生的底色与质感

跟着别人学走路，本是自己的两条腿，却常常东施效颦，亦步亦趋，要走出别人的模样，还觉着挺美，是何其可笑。

有意无意间，我们成了生活的追星族，追大款的派，追爵位的显赫，追财富的丰盈，追欲的满足，追来追去，都是流星，陨落了，飘散了。

唯独匮乏的是追求自己生的价值和做人的美好。

失落了自己精神的家园，必然是一只迷途的羔羊。

——《偶然的发现》

生的底色与质感

真的灵魂永远漂浮于人性之上,并对人性给以必要的观照。具有这种灵魂的人永远不会堕落。她的灵光,不仅给予她自己,而且也给予别人慧气和真爱。

若曾经放逐过灵魂,但,即使她在浊气中走过,在污泥中站过,在世俗的红尘中混迹过,而生命的真与美与善,驱动她一跃而出,轻轻地一抖落,一个鲜活的宝贝。闪亮如初,美艳如初。因为她从未被真正地浸染。

——《灵魂漂浮在人性之上》

阅读的幸福

1994年11月7日　呼和浩特

阅读是心灵的呼吸与吐纳。眼神的牙齿与舌尖，细细地咀嚼生命的智慧、生活的丰腴、思维的灵光、历史的芬芳，体味到人的灵魂的多样滋味，分清了生命确有高贵与低下的分野。而更多的则是沉浸在温馨的生命的体验里，吸取人类智慧的精髓，懂得了爱自己所爱、扬自己所长、吸取自己所需、做自己该做的事的浅显道理（多少人包括我自己是多么地不知道啊），发现了世界、人生是如此纷繁而有序、如此平淡而充满魅力的竞技场。

阅读就像雨，使我们的生命如此滋润而繁茂。那白嫩的根系，深深地抓住母体，并延伸自己的触角。每一次拓展都充满奋斗的艰辛和欢悦。

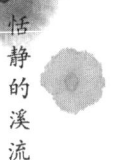

阅读就像阳光，使我们沐浴在温馨的幸福里。那碧绿的叶子，张开每一个渴望的叶孔，尽情地呼吸，清新亮丽的瞬间，成为生命永恒的回忆。

阅读就像风，使我们在清飒中得到心灵的旷达、疏朗，摒除了睚眦必报的气恼，追求辉煌、壮丽的人生景观。

阅读，使我们的生活，若秋日沃野的谷穗，一日甚似一日地充实和沉甸。阅读，使我们的大脑犹冬日雪地上奔跑的红狐，透出一股遮挡不住的机灵、睿智和仙气。阅读，使我们笨拙的躯体胜似夏日庄重巍峨的山峰，弥漫着葱绿的生机，更显出生命的殷实和绚丽。阅读，使我们的思维像春日的土地，到处都是冲破土层、挺出地面的鹅黄的嫩芽，一日一日在拔节生长，编织动听的歌谣。

阅读，便是吐出残败与污浊，吸纳新鲜与圣洁；阅读，便是用刀，剔除顽劣、卑下、俗气；阅读，即是开窗，吹进清新、高雅、馨香。

常阅读者，能博通古今、学贯东西、上知天文、下晓地理。

会阅读者，能强心健身，他为我用。

善阅读者，能辨明是非、真伪，从善弃恶。

巧阅读者，能在最短的时间，吸取最丰富的精华。

不阅读者，不知天高地厚、人生三昧。

误阅读者，只知有他，不知省己。

滥阅读者，是不爱惜生命的一种浪费。

深入草原

1994年10月19日　内蒙古正镶白旗

北京吉普车，纯粹是一只绿色的小蚂蚱。抑或是在母体上滚动的一滴现代文明的疲惫的汗珠。

渐渐地深入草原腹地。疲乏的身，慢慢地舒展成夏日的荷，而人整个的心，都被一种说不清的气氛所笼罩。若四周皆是你梦魂中顶礼膜拜的圣物，你本已在欢畅的呼吸，却感觉血液已停止流动，而痴心于眼前的葱绿。那连绵起伏的山峦，汇成浩瀚的绿色波涛；那平旷无垠的草地，就是风平浪止的海洋；远远的天边地角挂着的红日，就是树枝上一枚熟透的苹果。蓝蓝的天，仿佛就在头顶，伸手就可扯下一匹一匹的丝绸锦缎来。目极处，那团滚动的白雾，不知是云，还是羊群。

深入草原，有一种走进母亲怀抱的温馨。沉默、慈祥、圣洁的母亲，敞开自己宽阔的胸襟，以她特有的温柔和细心，抚慰自己受伤的儿女。你的伤心、你的愤怒、你的疲惫、你的多少次强忍的泪，都在这暖风的轻拂中，荡成层层感激的涟漪。那葱葱茏茏的草坡，那明镜般掩映白云蓝天的淖尔，分明是上苍铺好的彩笺仙纸。那涓涓的细流，就是洪荒的草莽上，多情的女子，以她纯清的歌声，喂养着世世代代的牧人和云朵般的牛羊。

深入草原，你的精神总被一种自然天成的恢浑大气和憨厚耿直的气息弥漫、浸润、丰满。草原是一座充满迷幻的神殿。只有生就的自然威严，而没有人类高贵的自傲。草原上没有选择的权利，而处处都是生的自由。你绝对辨不清方向，而任你东南西北地漫游，总有温暖的家，在远方点亮灯火。

草原的温情是一张织好的永远也解不开的绿色的网。是生命与自然血肉般的依恋与交融。人只不过是一株会说话的苜蓿花。石头和人、羊和草，都是匍匐在母体上吸吮乳汁的婴孩儿。母亲常常用风的手指，沾着晨露或雨水，梳理她们纷乱的头发和不经意间被浊污的衣衫。而人，以其顽劣的本性，常常狂暴地撕破其衣服，触伤其肌肤。这时，母亲就轻轻地，用鹅毛般柔软的雪，织成洁白的厚厚的天衣默默地盖在身上，闭目小睡。让那些不谙世事的畜牲在她的绢被上扑腾或者脱胎换骨。

这是怎样一种抽骨吸髓的爱啊。无言而深沉的爱，一沾上就永生永世不忍割舍，也难割舍。草原哟，哪怕你的一根草，也会使我们这些自认为高贵的都市灵魂，脱去华丽的衣衫，裸出明争暗抢时的累累伤痕，像你灶中风干了的牛粪，还睁着猩红觊觎的眼睛。草原哟。

当我们细细被草原咀嚼也细细地咀嚼了草原以后，我们才能渐渐地把人和羊和狼区分开来。羊吃草，狼吃肉。人吃草（蔬菜据说是可食用的草）也吃肉。人的文明中暗含着更大的贪心。人在填充其无边的欲壑时，还鼓捣出许多理由和所谓惯例，并自产自销，从不外传他族。所以人变得高贵和更加巧妙地残忍。据说，这是连老一点的苍蝇也早已知晓并不屑谈起的陈芝麻、烂谷子。

而真正的美好来自于爱与情，来自于苜蓿花的温柔。

深入草原，才知晓，人在自然中维系生命的源头活水是基于对爱的渴望。草原绝对是爱的摇篮。那纯洁的蓝天绿地，悠悠白云，满坡的野花和空气中流动着的草香、花香、土地的清香，紧紧地把人缚成一个透明而喷焰的茧。那在激奋中按捺不住的心的冲动，如无数头健牛在草野突奔，若数百条草虫在弦上蠕动。你听到了从远方传来的洪厚的琴音，那绵长的音质，就是湿漉漉的水分，从草间一道道洇进广袤的土层，你看着她慢慢而坚韧地渗到深处。你突然惊悟，找到了多日来笼罩你的气韵，原来就是你一踏上草原，你的心就始终不息地在歌唱，而你浑然不知，却在别处苦苦寻找。

这就是你多年流浪，突然走回自己故乡时的那种沧桑和惊喜。原来，心，就是爱的家园；泪，就是环绕家园的小河。千辛万苦，原来就是整齐的田埂和一畦畦葱绿的麦苗。那爱，就是站在门口、盼儿早归的母亲，或是依栏站在风中歌唱的、承包你以后日子的、披红纱的温柔女子。

谁也说不清，为什么太阳和月亮的亲吻成为一个美丽的结，成为永恒的家。让世上的红男绿女耗尽一生去解。没有人逃过她的沐浴和绞杀。

爱情使人和那些羊们有了本质上的差别。他们珍惜那来之不易的一瞬人生，利用自然的馈赠创造出更多的文明。思维像牛的反刍，明白了很多羊们永远也无法知晓的幸福。这一点灵光的来由，是一道人类无法破译的谜题。是上帝的火种点亮了人类的精神，并创造各种艺术，把自己精神的空间装饰得富丽堂皇。

只有懂得爱的人，才是真正的富有者。爱情是神圣的光洁无比的情感和渴望。一切都会老去。草原的枯荣只预示着生命的更替，而爱是世上唯一永恒的年轻美丽。任何邪恶、鄙俗、凶残都会在她两眼晶莹的灵光中，逃匿或者净化。

由是，人渐渐脱去了狼的兽性，摒弃了攘夺，而懂得了辛劳互助的欢娱，舍去了奸诈而更趋于诚实的美好。只有懂得了爱的人，才是最知羞耻的。爱情是男儿心中那一池清清的荷，是女儿眼中一天纯蓝的歌。

草原啊，只到此时，我才真正明白笼罩在心头的那种苍老而勃勃鲜活的气韵，使我的整个毛孔无法呼吸，是我们一世一代心之所骛的快活与繁盛的根由。

那就是辽阔、蓝色的草原，一望无际的清澈，正好是人们放飞自由和梦想，孕育和诞生爱与情的最透明而柔软的温床。相对于大自然的空灵茫茫，再自大的人也会感到渺小卑微，那些纠缠心灵的欲望，早已悄悄夺路而逃，人开始寻找真正唯一属于自己心灵的美好。人褪去了裹在身上的庞杂无穷的重负，一下子成了身轻如燕的鸟，回归到了最原始的当初，无忧无虑才有鸣叫欢唱。其实，这就是人对大自然的敬畏，使人无可逃匿，走进了自己最安谧的居所。人永久真实拥有的就是肉体包裹着的没有人能看到的心灵纤细的渴望，就是情与爱的水流和灯火。人对自然风光的忘情欣赏，也就是天人合一时，融合了自然的纯朴天真，而心里流淌出的最原始、最清纯的美好给予人浓郁的温暖和依恋。

那在碧波荡漾的淖尔深处、绿苇丛中亲手修筑了华美王宫的高贵美丽的天鹅呢？那在草甸上悠闲觅食的雁群呢？那在路边含露的草丛中唱着动听的歌声自由飞舞的云雀呢？怎么千古不变万顷碧蓝的绿色梦境，还有那一个个清澈的湖泊和长着的美丽传说，竟敢变成赤地的沙漠，还有卷着沙石的滚滚黄风？怎么溢满母性的草原，变成了没有温情的荒凉的灰色？

草原，你给我的是怎样的惊悟与自省，任何平凡中都蕴藏着深刻。只是我们目空一切，无力参透生命的底蕴。此时，我依然不解的是，为什么有那么多的人蜕变为羔羊，而又有一些人蜕变为狼，睁着蓝幽幽的眼睛，挺着长长的尾巴，龇牙咧嘴地在世上招摇而且横行呢？而那些只知道吃草、交配、散步的美丽的牛羊，被狼咬时为何一声不响？难道善良再加有用，只存活在想象的诗情画意的歌声中，现实里它们只能是一群会跑的财富，结果就成为御寒的毛衣和餐桌上的美味。那些眼里长出狼牙的人，涂炭生命，为何不曾流泪，难道善良和勤劳有罪？羊啊。谁怨你能变成充饥的美味。原来人之所以成为最伟大的动物，就是他能把同样是动物的动物合情、合理、合法地变成符合口味的可口的美食!

纯洁的一览无余的草原哟!你怎么能这样地坦荡呢!

交友之道

1994年12月16日

朋友为何物？它既不是穿了可扔的衣物，也非养生活命的饭食。朋友是你生命中无数个支点中的一个。

人不能没有朋友。

因人不是单个的独立的与世无联系的人。人，是社会人，历史延续的人。

每个人都有朋友。只是有明暗之分，远近之别。

交友之道，在于真。真心真意，诚实与之相处，才可能有真友。有时，你真心付出，得到的却是欺骗，这不是交友之道的错，而是你认识的错。交友，首先得分清泾渭，认清真相。没有利害的联系，分不清朋友的好歹。

交友之道，在于谦。虚怀若谷，推心置腹，是交友的法宝。两个人好得如一个人，是一种危险的信号。两个人，永远是两个人。因此，再要好的朋友，也要有谦逊之礼，切莫随心所欲。每个人都有自己的一方天地。朋友，只给他人的天空增添洁净的白云和空气，给他人的土地，增加绿色和生机，而不是去污染、去刈割、去糟践。

交友之道，在于助。人总有力不从心的时候，或困厄难解，或疾病难排，或危难难除，或忧愁难散，或悲苦难推。此时，人总趋骛伸出一只温暖援助的手，总盼望听到一句真诚安慰的话。

面对悬崖，真朋友会拉你一把；高坡阻路，好朋友会推你一把；不小心摔倒，好朋友会搀你一把；面临险关，真朋友会帮你一把。

迷途的路上，朋友是一盏指示的灯。

危厄之中，朋友是一盆温暖的火。

花好月圆，朋友是一首祝福的歌。

急火攻心，朋友是一剂清凉的药。

认识一个真朋友不易，交上一个真朋友更难。

时间是检验朋友深浅的标尺。做事是衡量朋友真假最敏感的测量仪。

真正的朋友是一生经得住检验的知己。切莫以一时一事，确定一个朋友的好坏。迷惘时，打个颠倒，换位思考，是你自己不仁不义，还是别人虚情假意。

交友之道，时时在重新认识、重新取舍；事事在加深了解、加深友谊。

有的友情，随着时间的推移而变浓。

有的友情，随着时间的延续而趋淡。

切不可被好多假相迷住眼睛。自古朋友即有酒肉朋友，有挚友，有诤友，有蜜友……

当今世事，跟着所谓朋友在商道上栽了跟头的有之，送了性命的有之，坏了名声的有之，种种不可胜数。

善交友，交友即交真朋友。

恬静的溪流

人生景观

1995年5月29日

时间是心灵江河的一艘快艇，只见雪团样的飞沫纷扬，而身后是了无痕迹的空荡。哪怕有一道痕，浅浅的一道伤痕，让自己永远地看到也好。走过了，不能什么也不留下，看过了，听过了，不能什么也没记下。人生不能像一碗无味的汤。

若花，在当开时，开过，艳过，香过。后，叶黄，茎萎，花瓣沉作香泥，随风化土肥田，也是一壮美的生之过程。

哪怕没有惊天的伟业，哪怕没有让人铭心的记忆，也该有自己点点滴滴的思索，一丝半缕的情感，默默无闻的奉献。或自己说过的不该说的话，做过的不该做的事，落于笔尖，陈于纸上，以使自己惊察、悔悟；使自己少点卑俗，多点高雅；去点私心，多点公正；减点懒惰，增点勤奋。虽位卑，但忧国之心不减；虽自贫，但富民之情常有。他人之苦，远甚于自己之难；只有纳天下民众的疾难于心，才可激自己奋发拼搏之气。如心中仅萦一己之私利，获之何难；碌碌而为一己之口终生，人生又有何兴味。鸟之飞，鱼之游，皆为景观；人之生，岂能不如鸟鱼之类？

虚谷、昌硕以一支笔、一盏墨，写下人生春秋，可谓不古。

秦嬴政合众联横，灭六国一统天下，定规辙兴家业，百姓受益。唐太宗发展经济，选贤用能，农商并举，鼎盛之势令海外诸夷仰而望之，诸家文豪并出，可谓政通人和，两个文明并抓，长安成为世界都市。成吉思汗，一骑红马征战东西，威慑欧亚，坦然牧马于红海之滨。毛泽东信步走出田野，把真假老虎统统逐出中华大地，从此一个自立、自强、不受凌辱的中国屹立于世界东方，沉睡的雄狮终于奋起。邓小平以实事求是之手，紧紧抓住经济富民杠杆，撬动着这块贫瘠的土地，使整个世界为之炫目，地球因之颤动不已。

此乃人生景观，亦即民族景观，长留于心，不敢稍

息。此皆为世界精华，人之精粹。如我辈庶民，也该竭思而思，尽力而为，耕一亩田，由瘠而沃，由谷稀而果实累累。

要挽住时间的彩袂，必一日一日洒下自己的汗水，如播下一粒一粒的种子。

要在湍流不息的人生江河上，在虚渺的时间里缔造生的风景，绝非易事。但作为人，来到世上，没有伟业，也该有事业，没有事业，也该有家业。正如俄一作家所言：大狗小狗都要叫，小狗不能因着大狗叫，而沉默。就按上帝给你的嗓门叫好了。

人生短暂。因其短，更应争分夺秒。不能事事全做，只能有所选择。人生的目标和追求，就成为首要的抉择。做什么样的人，走什么样的路，至关紧要。因着人的环境不同，修养、知识、智能、性格、追求的差异，会有多种多样的选择。但我们崇尚高贵，仰慕辉煌，就必然要以为多数人谋利益作为自己的方向。披金戴银的肉体，不是高贵，指手画脚、目中无人的，不是高贵。真正的高贵，是能使众多的人活得像人，而不是你自己像人，使别人成狗；真正的高贵，是能使众多的灵魂，走向诚实，走向无私，走向奉献。大同世界，虽然遥遥无期，但毕竟是美好的蓝图，是人类社会的众望所归。这就是方向。这就是正确的方向，因为它带给人类的是平等与美好。

人生短暂。我们不能做尽人世的一切事，领略人生的所有风景。我们只能做自己想要做的事，应该做的事，并且尽自己所能，把它做得好一点，完美一些。进而创造一份属于自己也让他人分享的、独特的人生景观。

人生短暂。为了编织美丽的人生景观，幻想不会奏效，空喊不会成功，唯一的捷径就是朝着既定目标苦苦奋斗。只能一步一步，一砖一木，一阶一台，以一滴一点的血汗，以一分一分的才智，苦苦构建，精心营造，才有可能在时间的江河上，搭起一座浮桥。有时，苦苦的一世心血，也会被跋扈的时间和历史一扫而光，不留一丝泪痕。

然而没有实物做背景的人生，虽充满苍凉的凄楚，但奋斗的过程是写在心灵中的风景，会长久地留在人世，光照万年，滋润人类。

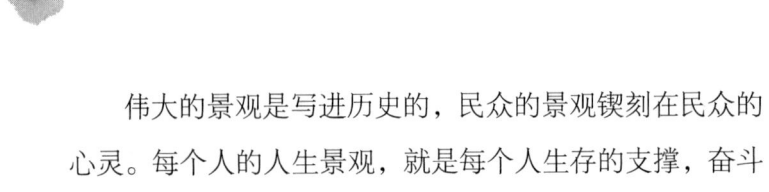

伟大的景观是写进历史的,民众的景观锲刻在民众的心灵。每个人的人生景观,就是每个人生存的支撑,奋斗的精神。

信任

1995年1月24日

某日,有一好朋友与我谈交友的道理,极认真地告诉我:当今世事,你只能相信自己,谁也不可相信。其诚恳之状,使我一时发愣,无言以对。又一日,另一朋友,也如是说。此时,更使我惊心,一股悲凉之意油然而生。

他们是否是在说,即使好如你我,我也从不相信你,信任你。这使我非常悲哀。是我们没有可信之处吗?不是,多少年来,我一直待人以诚,设身处地为别人着想,能尽多大力就出多少力。朋友们也是如此待我,相处甚是融洽。包括向我泄露"天机"的人。他们也从未对我使坏。他们心是真诚的,真的对我好。多少年的时间可以说明,有好多事实可以作证。

但他们的话，无意间使我的感情受到了伤害，心灵受到了极大的震动，还因为他们跟我的关系更好，所以伤害就更大一点，震动就更烈一些。

这不能不引起我深深的思索。

无欺才能产生信任。

一个充满尔虞我诈、唯利是图、自私自利的社会是没有信任可言的，极端个人主义的弥漫，是使社会失去信任的污泥浊水。

人与人之间没有理解，没有真诚，只为自己的利益而不惜侵害他人利益的行为，不仅是不道德的，而且也应是社会舆论所谴责的。

从某种角度讲，只以损害他人的利益为手段而达到为自己谋私目的的行为是永远不会得逞的。

信任是社会的土壤，是基石。信任是构成社会稳定的黏合剂。没有信任的社会必定是乌七八糟的、无序的，也必然是动荡的。

信任能使社会走向理性。信任是一种高级的社会心理和道德规范，是建立在公开、公道、公正的社会制度之上的一种精神的文明。

抚慰心灵的创痛

1994年11月2日

人来到世上，每时每刻，每处每地，都会有难以预测的创痛侵袭。若风，使我们无法防范，只有无言的抵挡和忍耐。

幸好，上苍赐予我们坚韧的皮肤，柔韧的毛发，坚硬的骨骼和从腹腔内升腾的生生不息的生命热浪。这一切，足以使我们在风雪的肆虐里，顽强拼搏，守身活命。

更为重要的是，上苍在赋予我们肉体的同时，也馈赠给我们生命的灵光——精神，使我们在肉体无法承担的重压之下轻飘之时，喷射出无以抗拒的精神力量。这种力量的存在，有时竟远远超越了肉体本身的存在，成为我们生活、生命的巨大的支柱。凭着它，我们在困厄交加中，点亮了希望的灯盏；凭着它，我们在病魔噬咬的痛苦中，生出了战胜扼杀的勇气；凭着它，我们在孤独无助的困境中，拥有了奋力自拔的豪情；凭着它，我们在春风得意时，知道了珍惜来之不易的幸福……

而我们永远也不可能逃匿灾病和命运的时刻挑战。我们的肉体伤痕累累，但我们仍在挺直身躯前行，可我们的心是何等的脆弱，不堪一击啊。有时，一个眼神，就是一支无羽的箭；一句话，就是一把锋利的剪刀，使我们的心震颤而且流血不止。越是情重，越感伤害得深。

此时，没有反抗，只有默默地承受这无言的苦痛。像一只羔羊，独自抚慰剧烈的痛楚。用那柔软的舌尖，轻轻地舔着滴血的伤口，等待痊愈。等待温馨的风，抚平这感情的裂痕。

一次一次生活的艰难泅渡，使我们渐渐懂得了生活的真谛，使我们更加热爱这生活的酸、甜、苦、辣。它就若结满枝头的繁卉，令我们渴望而梦想摘取。我们每摘一枝，就是摘走了永不返归的年岁。

一次创痛，就是一次成熟。丰腴的人生，原是血和泪浇铸的彩梦。

给自己提个醒

1996年7月27日

　　压力是一个支点。生活的一半,有多少辛苦和汗水沉下去,才有多少光彩和幸福翘起来,滋养生活的另一半,使我们觉得生命真实而美好。

　　没有压力,我怕如一只氢气球,不知天高地厚,昏昏然、飘飘然,空欢一场之后,在空中爆炸,只落下一些眼泪不是眼泪、雨点不是雨点的红色碎片,成为一生悔恨和痛苦的记忆,成为不可言状的心碎。

　　压力,来源于想提高自身的素质,而事实上很难提高。更来源于外部环境提供的随时随地的机遇和抉择和自己的无能。只有一块一块的砝码加上去,一块一块的砝码顶起来,才有可能托起生活、工作和生命的负荷,使命运在自己的双手上转动成风景，写就你想写出的华章。

早已不是做梦的花季，早已不是被诱惑的年龄，也早已不是左边听风，右边就下起雨来的时候了。实实在在做人，做些实实在在的事，似乎更能使人产生一种长久的激情和使不完的力量。

人生该有点信仰，那是远方的一盏灯，把设想中将来的美好铺成了现在脚下的红地毯。一生追求，永远隔着一层纸，永远看不到那最精彩的景色，于是追求一生。动力是欲望得不到满足，是生的不息的追寻，生命正是在这有无结局的追求中，迸射出意想不到的风采。人，不可大彻大悟，也不可执迷不悟。将来，我们永远看不到她的模样是俊、是丑，但我渴望她的美丽。而看到的，只有现在。过好每一天，才能过好一生。

动力和压力，并不是一回事，但它们二者老串味儿，常常使我分不清，也不想分清。总之，它们都需要我承载、负荷、转动。做事，是活着的第一要义。

由此，我想到来宣传部是幸福的。有人说，宣传部是清水衙门，言外之意是油水少。这我有感受，但不至于饥寒交迫，这我坚信。这是以钱多寡衡量一切的观点，所以有人看不起。又有人说，那地方穷个死，还忙个死。这我也有感受。忙，确有其事。这是好逸恶劳的人的一种观点，世上本来就有人在享，有人在受，只享不受者，恐怕从来也没有过。也许，还有许多说法……但不能涵盖一切，错误的东西，就在于以偏概全，不能全面、重点、动态、发展地看问题，才成为错误，不是吗？

水清无鱼可生莲花，宣传部是一所无级的大学。且不说这里学士、硕士、博士，人才济济，中文、哲学、经济分门别类都有，更不说专心求教，单是耳濡目染，得到了多少滋养；工作性质和任务，几乎涉及社会各部门，需要学习和见识的东西，真是太多了，如真能投入，潜心钻研，做个有心人，就充实人生来说，受益匪浅。学个半斤八两不易，当个半掉子，也难。真能入门，算是庆幸。

而上领受领导任务，下相融于平民百姓，社会世相，人间事事，尽收眼底，既要有宏观的对形势的把握，又要有记者、作家的敏锐，更要有干事的务实、勤恳，微观的操作，果能如此，练就的是何种本领？

且，既有丰富的书本、资料，更有调查、分析、综合的实践锻炼，提出对策的机会和解决问题的可能，这是人生难得的机遇，何处可遇？

忙，自在情理之中。不忙，倒令人几多猜疑。

对同一事物的好恶，非事物有变，而关键在于各人看法不同，追求不同。中宣部领导有句话：甘当苦力。真是

一语中的。态度在于"甘"与"不甘"一字之差。甘,能从苦中找到乐;不甘,虽甜犹苦。奈之何?

我心甘情愿,奈我何?

如果有哪一天,离开了宣传部,一不至于后悔,空耗了几年美妙的时光。虽十八般武艺都不能练就,但万金油干部其实也不错,它毕竟还有点"油",总比满腹牢骚要好得多。满腹牢骚,白话叫一肚子"气",气能伤身,于你何益?更何况也许人情练达,学会了认识生活、驾驭生活的本领,算是没白走一回。

有所得,必有所失。虽不是真理,但现实中,常常兑现。

我想踏踏实实地站在地上,给自己找点压力,有点底气,有点正气,有点灵气,做个像样的宣传干部。其实宣传部的工作,就是生活的一个重要支点,支撑着这几年的人生岁月;承认不承认,都在支撑着你。干好也在干,干不好也还干,不如往好干。因为时间是跋扈的君王,它能消耗掉一切,何况易逝的青春本难留。

泰戈尔说:如果错过了太阳时你流了泪,那么你也要错过群星了。

永远记着:

  我不能选择最好的,

  是那最好的选择了我。

当心油汗

1998年3月30日

我对面的窗台上有盆金莲花。葱绿的枝蔓像小手一样伸出来,爬满了洁净的玻璃窗。每每抬眼看到,总感到一股鲜活的气息扑面而来,仿佛清新的芬芳弥漫心田。它的一枝一叶,那样熟悉地映在我的眼中,它一天天葱茏繁茂,给予我多少的喜悦和无语的鼓舞。

当有一天,一个偶然的瞬间,再看它时,惊喜地发现,一个新长的枝条上结满了似有似无的黄色小花,但整体上却是一根米黄色的枝条,格外夺目和好看。别出新枝,就匆匆跑过去欣赏。

走到近前,我傻眼了。这哪是什么花呀,原来那枝条上爬满了通体黄亮的油汗。密密麻麻,太阳一照,煞是壮观。原来是这些东西编织了一个花枝，使我错觉是一个新的风景。我也在别的枝上叶上发现了星星点点散布着的这些丑类。于是，我赶紧用一根木棍剔除紧紧附着在枝叶上的这些小虫。掉在纸上的这些虫类张牙舞爪，是那样难看，同时还散发着一种呛人的难闻气息。

那被油汗包裹过的枝条，已变得灰绿，毫无生气。

这件小事，深深地触动了我，油然而生好多的联想。

人活着，就像绿色的枝条，应谨防油汗，当心油汗，更要小心自己变成油汗。

据民间传说，植物久不浇水，久不见雨，油汗就会滋长，我推测油汗是病虫害无疑。

油汗，是内蒙人的方言土语，是指附着在植物枝叶上的一种黄色透明的害虫，以吸食植物的表层营养为生，形体微小，气味怪异，学名不详。

联想之一，官显者，要时刻自警、自励。善于汲取多方面的营养，健脑强肌；要学会自律，看看自己的思想纯不纯，见识广不广，决策对不对，修养深不深，要分清是非，要看重责任，要有辨别力，一句话，要提高自身免疫力。当自感旱情快出现时，就要有意识地淋淋雨，吸吸水，免生油汗。要看清簇拥在你身边的人，是否也混进了油汗，专叮你翠绿的养分，供养它的胃口，吸食你的美名，留一枯枝给你。花团锦簇之时，更要当心。

联想之二，财富者，也要当心。那车水马龙上，是否都是平等互利的商业伙伴，是否以市场为天平，供需相补，各取所需，是否有以假充真者，以冒盗利者，以伪骗名者，以劣充好者。前面是美酒、美女、美歌的良辰美景，后面是欺诈抢夺的无耻黑手。

联想之三，名赫者，也要当心。是否是你一生心血的收获，一夜之间，就成为支离破碎的噩梦。是否有沾着你香气的油汗，又要去侵蚀别的肌体。是否有在名者面前，是忠实的奴仆，而在背后，名者又成了玩弄于他们股掌之中的玩偶。是否是你密密麻麻的黄军，也簇拥着，为你营造了一个美丽的枝条，远看风风光光，美丽动人，而实质上，你正被噬咬着痛苦地失去生的依托。

我又想，难道仅是油汗的错，错是肯定。而枝条病伤，恐怕也是无力抗争的。无意之间的一次私心，也许就提供了被伤害的机会。因此，保持健康是最根本的。没有健康，没有免疫力，也就是说，一旦"私"字作怪，你最终要被"私"蚕食。

要当心油汗，自己不助长油汗，更要提防自己不演变为油汗。

如不想那样，就做一棵一棵的树吧，把根扎在地上，以自己独立的人格，以你的诚实和智慧，在艰难的世事上，相互映照，相互帮扶。少一点噬咬，多一点爱心；少一点觊觎，多一点宽宏；少一点阴暗，多一点光明；少一点疾病，多一点健康；少一点狭隘，多一点公正；少一点懒惰，多一点勤奋；少一点欲的膨胀，多一点生的责任……

或者，做一阵清风、一缕阳光、一场春雨，使绿色的枝条更绿，防止油汗作祟。

割不断的痛

——关于母校的随想

1998年6月11日

记得有一年，我独自站在北京大学的门口。

看着那进进出出的学生，我突然有一种强烈的渴望，渴望也是那随意进出的一员。但我知道，这无异于"在梦中寻找陌生的门牌号码"。看看那盘查细致、忠于职守的值勤门卫，我连进去看一看的心思也没有了。

在一棵葱绿的老槐树下，我独自站了很久。眼里看着北大，心里却想起了包头师专。

这时，我才真正意识到，包头师专，她那带露而含情的根系早已深深地扎进我的心里，留给我的，是一种幸福的痛。

我知道，师专只不过连三流的大学都够不上。我当年为了躲开难熬的漫长的等待，随父亲下地劳动，在回家的路上，突然看到我儿时的伙伴。她为了寻找我，跑出几里地，虽满头大汗，仍兴奋地说，你被录取了。当我看到包头师专录取通知书的时候，我的眼泪忍不住就流了下来，像一粒粒白色的盐。

我的同学惊讶了，她认为这是件本该高兴的事。我应跳起来才是，怎么却……

这哪是我的梦呀。这就是我拼了一切所追寻的吗？

我哭是因我痛。

好在我家已实在无力再供我上学。好在几天前，我那不会表达情感的父亲默默地拿出10元钱，让我自己去跑跑关系，寻找录取的门路。10元钱，倾其所有的父亲的心啊。好在录取通知书上写着中文系。中文系是抚慰我幼稚的痛的一只纤手。

人总爱耽于幻想，人又总易走进现实。

走进了师专的校园，我才知道，这就是走进了母亲的怀抱。无论她怎样的积贫积弱，无论她怎样的没有名气，但她仍以甘甜的乳汁哺育了我。不仅给我知识，而且教我做人。

师专，是我扎实的人生起点。

记得，刚发下校徽的时候，同学们都不愿佩戴，都放在一个隐蔽的地方,学生证也从不示人。只有在买火车票的时候,才拿出来。

毕业以后,我总想起这些不足挂齿的小事。想到,我就想笑,但又笑不出来。

真谛是多年以后,才慢慢认识到的。

真情是历练之后,才体味到的。

我们这些不识母心的儿子啊,因着天真的糊涂,每日尝着幻想的滋味,都无视于真正滋养我们生命的现实。云呀,雾呀的醉着。三年时间,也没把唯一能代表母校的标志——校徽,佩在胸前。痛,怕是有另一种含义了。

老师,你在一端无私地给,我在一端尽情地取。是你们看似平常或职业的一堂堂课、一句句话、一本本讲义、一道道作业题,才使我们夯实了人生必备的知识地基。是你们无意的一句满含哲理的表达,一次一次自由的讨论,或倾诉你对世事的看法,才使我懂得了学校以外是纷繁复杂的人生社会,才学会了思辨……我真切地感到,我的血脉里,流进了你爱心的因子,因而我才容光焕发,脱胎换骨。

母校,你从并不宽裕的积蓄中,以每月21元的生活补贴,厚待我们青春的生命,那些掌勺的师傅们想方设法,变换着菜谱,调节我们的口味,给以足够的营养。医务室的阿姨们怕是早该退休了,但她们的听诊器曾一次又一次在我的胸口放过；还有阅览室的灯光和那一位一位秀气的图书管理员，常常伴我们读书到深夜……

多年以后，好多自觉辉煌而重要的事情都忘了，但唯有母校随处不在的恩泽没忘。

是漫长的时间唤醒了我的记忆，是为人的良知告诉我不该忘记。

知恩图报，是中国人的传统美德，哪怕是市场经济，商品交易，也是公平买卖，一分之钱，取一分之货。

我想，母校与老师，投入给学生的沾着青春和血汗的资本，很难用价值法则来衡量了。

这种师者不求回报的情，更是人生一份宝贵的精神财富。

这种自己无以回报的痛，就是一种长久思念的源。

唯一能使这种投资得到回报和增值的，只有她培养的学生，无论在什么岗位，都能爱业敬业，干出一份不俗的工作业绩。无愧于自己，无愧于母校，无愧于社会。

我知道，我身上早已烙下了师专的胎记，我以此为荣。

多年以后，我由于工作的机缘，曾几次碰到过达莱和关力老师，他们不曾教过我，但远远地，他们就认出了我。看到师者，我倍感亲切，虽然只有简单的相互问候，但他们的背影长久地在我脑海里回游，勾起我对师专的回忆。

去年，我曾一个人悄悄地走进师专的校园。我看到师专发生了可谓巨大的变化。不仅校名变成了包头师院，校园的规模扩大了几倍，好多新的建筑，使我都找不出原来母校的模样……变是好事，看到变，我心里感到慰藉。我没有惊动我的师者，我无以回报，也不该打扰……

多年以后，我想，师专有她的个性，有她的品质，有她的精神。我没有想清楚，这些本质的东西具体是什么，但恐怕自信、能力、爱心是师专给我的最重要的东西。

与北大相比，师专不足挂齿。但就我们师专人而言，她是哺育我们成长的摇篮。她给予我们构筑大厦的基石，这就够了。细细想来，我对北大的近似寻梦的追逐，无非是名气和知识。而师专没有名气，但我们得到了实实在在的知识，得到了爱。

差距，只能使我们更加清醒，也更加发奋。

我们成不了大家闺秀，就让我们做一个有思想、有能力、站得正、立得起、朴实无华、坚强有力，又不失雅气风采的小家碧玉，而不是无能为力、自暴自弃、啥也不是的混混。

珍惜你所得到的，并倾尽全力做好它。

这是对自己的鼓励，也与师专人共勉。

辉煌的肩头

1998年6月11日

不要看轻了自己。

当熬红的双眼里，蓄满了长年累月的劳顿，那劳顿，也是你充实的支撑；当你智慧的花蕊一次一次凋零，那浸透心血的落英，也是你思维灵秀的青春见证；当乌黑的头发，被跋扈的时间染上冰霜，那奋斗的岁月，也是你心里永不褪色的烙印；当无尽的付出，没换来对等的生活富庶，你可知道，清贫中历练的人生，成熟的心智，已给了你一份最昂贵的财富，战胜困苦，使你对世相看得更清。

当储梦的天堂一次再次的失火，你可知道，每一次痛苦的燃烧，去掉的都是虚妄的自我，留下的都是现实的清醒。

我的朋友，你用真诚，把生活的不等式注解了又注解，如果承认2>1，自己的这个一，永远小于社会。铁的法则，写在生活的纸上，想象的都是虚的，触到的才为实。

拥有一个崇高的目标，为目标而求索，苦也是乐；拥有一个新的希望，为希望而追求，冬也是春。飞蛾扑火，并不愚蠢，向往光明，走向光明，一点不错。它们清楚，拥有的同时必然失去。不如给那火焰再投去一点自己的奉献，给生命一点亮色，给社会一点温暖。执著与无畏，无疑是值得称道的品格。为自己认定的目标而献身，乃属义举，非常人之能所为。低首于阴暗的角落，品尝自己那点可怜的欢乐，如虫一样生活，又有多少价值和意味呢？

目标太多，陷阱太多，痛苦也太多，更何况要陷入盲目。人生有限，能干好自己该干的事、想干的事，已属不易。过多的非分之想，必然成为捆缚自己的绳索。

看重自己的追求。如果这种追求有益于社会，有益于民族，哪怕无惠于自己，也是生的重量。更何况执著于一种无悔的追求，本身也会充盈自己的智慧，磨炼自己的意志，增长自己的胆识，那本身就是一盏心灵的灯，给你希望和动力。

没有目标的人生，就如没有支柱的屋，搭建得再繁华，一遇地动风吹，必然一片狼藉。

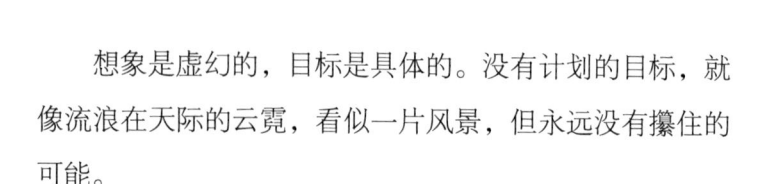

想象是虚幻的,目标是具体的。没有计划的目标,就像流浪在天际的云霓,看似一片风景,但永远没有攥住的可能。

在无数有意义的事业中,认定并抉择自己的目标,既需要心智,更赖于情操。既有理想的渗透,也有利益的权衡。能在纷纭的机遇中,找到适合自己的一线天空,选取搏击飞翔的一个角度,并有足够消耗的再生能量,进而达到一个自己再生的高度,是生命的幸事。

一时的繁华,如灼人的星空;一世的平淡,胜过眼烟云。

以智慧之凿,镌生之难题,以生命之笔,绘社会锦绣。

给小人画像

1999年6月27日

小人无定型。小人是人，依附于人群而存在。如果仅以目测来断定，十有八九出现差错。

小人都长得不俗，但生得贱。不俗是指其五官俱全，跟人似的。而谓其小，并非形同蚂蚁，声似蚊蝇，是其品味太小。现实里，小人头上不写字，身上无标志，但只要你一接触，一共事，那股小的味儿，就会扑面而来。味道特灵，冲击力特大，弥漫时间特长，使人本不想去想而又由不得不想，且说不出，道不明。

感觉小人易，认识小人难。因为小人兼有人的特性，与人具有兼容性。不显山、不露水时，你还以为是个堂堂正正的人。

认识小人需要时间。时间越长,看得越清。小人常常以好人的面目出现,不易分辨,就像披着狗皮的狼,使你没有防备。你在给他肉吃的时候,他早已瞄准了你的脖子。

小人施小,没有时间,不可能到时躲开;小人玩小,没有地点,也不择空间,使你难以防备。小人出小,不分大事小事,使你难以判断。小人无香、无色,但有味。品味越小,越是小人。小人的味越浓,也就成为正儿八经的小人。小人是动态的,不是绝对静止的。小人这东西,只能感觉和意会。

每个人的身上都可能潜伏着小人的菌。你抗体好,灭了菌,就是好人、大人。你不注意,它可能就感染、发病,就要散发点点小人的味儿。你不及时治疗,那味就会浓起来。日久天长,习以为常,人就会变成小人。得了这种病,人们都觉得恶心,躲之唯恐不及,谁还会告诉你,谁又愿去告诉你。

一般人不愿与小人计较。你可别以为天下的人,都跟你一样的小。那是因为他是君子,他不愿成为小人。流言止于智者,小人死于君子。

识小人要看眼。小人的眼没有针眼大。眼界窄,目光浅,视力差。小人所谓看,看到的也是利与害;他见不得别人得利。别人得利,他就眼红、眼气。别人有害,他反而就像自己得了利似的，眼里露出蓝幽幽的幸灾乐祸的幸福之光。小人眼里无时空，小人眼里无色彩。看白的是黑的，看黑的是白的，白与黑由他的需要而定。既不懂得珍惜自己，也不懂得珍惜别人。小人没有目标，自己住在自己的小眼儿里穷折腾。

小人嘴小，只会说两句话。一句是小话，一句是大话，就是没有真话。经常把那小话噙在嘴里，压低声音，环顾左右，低首俯耳，神秘兮兮地，从东家，传到西家，又从张家传到李家。其状好像生怕别人听见，其心生怕别人听不见。这种吹风会一开，就像带有病菌的风，不知谁在漩涡当中，痛。他小嘴一撇，兴高采烈地等待着看自己导演的戏。小人会说大话，一套一套，比君子还君子，但他从不去做。有人去做，他没事偷着乐，还悄悄还你一句"傻帽"。

小人心小，蝇头小利必逐，睚眦必报。既无江山社稷，更无良民百姓，他心的位置，正好放下他自己。他绝对容不得别人，甚至他的亲人。合理地要，是人；不合理地取，是小人；无私地奉献，是大人。可要命的是，因着没有人跟小人一般见识，他就越是得利。越得利，发病越快，感染得也越深。

修炼自己的品德和气节，就是治小人病的药。这种药越是早吃,越不会得小人病。这种药吃得越多,病也就好得越快。遗憾的是,小人找不到这种药,也很难吃这种药。因为吃这种药,忌讳很多,也很苦。既限制自己的利益,也限制自己的欲望。而且有时还要亲自割舍自己的利益,为需要的人服务。

偶然的发现

1998年3月8日

有多少事,本该想明白了,再做。但我们似乎从未去想,只是随着感觉和习惯,把时光消磨。可真正被消磨的,并非时间,而是我们自己。等到娇颜不再,花香不再,蓬勃的青春在岁月中凋零,才发现稀里糊涂就走过了这么长的一段路。

在无奈与静默中,细细沉思。把岁月蒙尘的珠子,一颗一颗小心地串联起来,再三地擦洗、抚摸,摊到面前的,竟难以找出几颗亮丽的记忆。那潜入心底的红润而晶莹的日子呢?似曾有过,不曾再有。是心中一直萦绕的梦,是一眨眼的璀璨的焚燃?岁月留痕,可咋就这般地灰暗而乏味?像写在水上的字,了无印迹,咋就空空然如此

这般就成现在？

日子堆起生活的崖，越悬越陡，觉得无法再走时，才猛地惊醒。

是我们，错看了世界。

错爱了自己。

错，是我们把别人的当成自己的。

从小就跟着咿呀学语，以致嘴长在自己的头上，却说着别人的话语。人要变成一只不长羽毛的学舌鹦鹉，是何等卑怜。

跟着别人学走路，本是自己的两条腿，却常常东施效颦，亦步亦趋，要走出别人的模样，还觉着挺美，是何其可笑。

有意无意间，我们成了生活的追星族，追大款的派，追爵位的显赫，追财富的丰盈，追欲的满足，追来追去，都是流星，陨落了，飘散了。

唯独匮乏的是追求自己生的价值和做人的美好。

失落了自己精神的家园，必然是一只迷途的羔羊。

最怕没有对自己良知的尊重，最怕成为风中看似浪漫的杨柳枝。

认知自己，在纷扰的红尘中确立自己的目标，并勤勉地为之苦斗，在短暂的人生中用自己的双手开垦一方能生产粮食也能种植希望的田园。

何必随着别人混,何必那样醉心地跟着不三不四之徒,干些不五不六的勾当,以拾人之牙慧,填充被吊空了的干瘪的胃口?且不时假装自己是个瞎子,什么也没看到;是个聋子,什么也没听到;是个傻子,什么也没想到;是个哑子,什么也没法说。其实,听到了,看到了,想到了,甚至连皮囊中丑恶的下水也看得一清二楚,但为什么你不吱一声,你不争辩,硬把自己憋成一只紫皮的土豆,或者真成了一只不会思索的猪。

面对丑恶,为什么不大声地说一声"不"?或呵斥一声"请你住手!"

真的世故到是非不分的地步,真的修炼到五雷炸顶不惊的境界了吗?

真的认为沉默是金,是银,是高高的闪光的宝座。

不在沉默中消亡,便在沉默中爆发。但消亡在沉默中如泥沙俱下,而爆发者则凤毛麟角。

据研究,私欲过重,就会骨质疏松,就会缺钙,想挺也挺不起胸膛。

正是这种无原则的懦弱和默然,才使一些不法之徒、钻营之徒、暴戾之徒,频频得手,而更加飞扬跋扈,贻害社会。

该说时，能说，敢说，要比金值钱百倍。因为这是生的声音，是不甘自辱的表达，是生命的起码权利。

或许不愿、不值得与丑类计较。这种超然达观的仙态，怕也是一种婉约而冠冕的逃避的遁词。

而为什么却愿指鹿为马，或如食了蒙汗药，睡眼蒙眬地假装无知无觉呢？

缺少独立、缺少分辨、美丑不论、善恶不分、正邪不明、大小不量、近远不视……为了确保一己之私利，怕招麻烦，怕穿小鞋、怕被迫害、被暗算——因着怕，浑浑复噩噩，随波逐流，也不管这波是黑色的，还是这流是恶臭的。

更可悲的是，明明知道是恶是臭，却仍要随，仍要逐。

这种伪娘式的异化，庸俗的人生哲学，不仅丧尽了人固有的真诚和美好，而且极有害于党的事业，是精神上的重度污染，有害于形成正常、健康的生活与社会环境，是现代文明的黑色杀手。

我们缺乏本应有的思想和正直，缺乏做人的尊严，更缺乏对社会和人生的负责与真诚。

站直了，别趴下。用自己的眼睛看世界，用自己的嘴巴说自己的话。

这是多么平常，又是多么的可贵。

被过多的虚假所诱骗，被过分的听命所浸染，被过多的强暴所蹂躏，以致分不清，或不愿分真假对错，实在是活人的莫大悲哀。

活着，并且思索着。这是人之为人的要义。

为逐名利，我们隐忍着，渐渐萎缩了自己的敏锐与智慧。

为逐名利，我们苟且着，渐渐分不清青春还是老朽，活着抑或死去。

为逐名利，我们附和着，渐渐看不出是一丝不挂，还是皇帝的新衣。

人啊，为什么，老在戏说别人，而总看不到自己呢？是眼睛高高地长在自己头上，专供审视别人而不看自己的？

身立悬崖，何不以天地为镜，看看自己的丑陋。不知丑者，何以知美，更何以爱你自己，又何以能真爱？

为爱生活，为担当起社会和做人的道义，从今日始，用自己的眼看世界，用自己的头脑思考问题，用自己的嘴说自己的话，用自己的腿走自己的路。哪怕这声音有点稚嫩甚或刺耳，哪怕这姿势有点难看，最值得的是：这是你自己的声音，你自己走的一步啊。

灵魂漂浮在人性之上

1998年6月13日

对于灵魂的拷问与"折磨",是对人的性情和本质的反省与衡量。

真的灵魂永远漂浮于人性之上,并对人性给以必要的观照。具有这种灵魂的人永远不会堕落。她的灵光,不仅给予她自己,而且也给予别人慧气和真爱。

曾经放逐过灵魂,但,即使她在浊气中走过,在污泥中站过,在世俗的红尘中混迹过,而生命的真与美与善,驱动她一跃而出,轻轻地一抖落,一个鲜活的宝贝。闪亮如初,美艳如初。因为她从未被真正地浸染。

即使她就在对面,与你共语、共笑、共拥,但她的两眼无声地看着别的地方,虽然你看不见她在看,但那是她的诱惑,是生的高度,是她精神的真正的居所。你可以走近她,但你不要指望污染她。她就如鸟的两只脚,站在裸露的电线上,但它绝缘,从不导电。所以你挖空心思,也击不伤她。这是她的硬度,也就是她的质。

灵魂可不是开玩笑的东西。培育一个高尚的灵魂,一个不朽的灵魂,要比培育一盆儿极名贵的花,困难得多得多。

有的人,其实是我们好多人,都在自觉不自觉地寻找自己。这并不是说,我们丢失了自己的肉体,而更多的、更本质的是我们不认识自己,或从未好好地认真地翻箱倒柜地彻底地无私地审视我们自己。

有时,为了虚荣和某些不可告人的目的,我们曾刻意把自己装扮成别人;有时,为了媚俗,我们也俗不可耐,自己都感到恶心,但不吐,却笑;有时,我们把幻想当成现实,结果不知深浅地跌进别人的陷阱和耻笑中;有时,我们自我膨胀,自我欣赏,自我作乱,甚至自我作践……那都是我们营建了一个自我的错乱的真空。

自己的镜子是别人。好的,使你自感羞愧,因而更加努力;次的,使你平添信心和慰藉,因而更加发奋。实实在在活一个真人,活出一个自己,活的不迷茫,不狡诈,不空虚,不无聊,不自己看不起自己,不自己老琢磨自

己,你就是一个有头脑的人,一个坚实的人,一个可爱的人了。这只有多去点个人的小九九,多添点实实在在的真本事,再有点浓而香的爱心和责任。

失去的就是你得到的,不要以为你一无所有。只不过你没有发现,没有珍藏。这只能怪你的眼睛。她替你发现了并交还给你,她交还给你的,不仅是辩证法,而是一把生命的金钥匙。

人生的感悟,不就是缘起于大地、自由飞翔的蒲公英吗?她们在寻找什么?是生命的真谛,是新的归宿?但我知道,她们是种子,她们在播撒希望和智慧。只要土壤和温度适宜,她们就会长出无数的新绿。那就是思想,就是美。

沧桑世事赠给有心人的不是圆滑衰老,而是对真和美的再发现,是醇酒的清香,是睿智的珍珠。

要有好的精神状态

1996年1月27日 呼和浩特

时常听到一些同志讲,现在工作难做,好些地方和企业连工资也难以按时发放,哪有钱订报纸杂志,谁有心思听你宣传?那又不顶饭吃。唉,你说怎么做工作?凑合着过吧,跟着瞎混呗。

这是一种典型的消极情绪,是一种极不好的精神状态。

不错,是有些地方和企业不能按时发放工资,有些群众的生活还相当困难。正因为如此,才需要我们的领导干部以开拓奋进的精神,积极进取的状态,迎难而上,带领广大群众出主意、想办法、找出路。以泰山压顶不弯腰的气概,出现在困难面前,站立在群众面前。这样群众才能看到希望，群众也才能增强战胜困难的信心。

对宣传工作来说，这也正是你发挥效力的时期，是群众最需要你的时期。不是说经济工作的难点，是宣传工作的重点吗？不是说群众关心的热点，是宣传工作的切入点吗？这时的群众是最需要关心、需要引导、需要鼓舞士气的。

宣传思想工作，就是要解惑释疑、化解矛盾、鼓舞斗志。

没有工资是一时的，可精神垮了是长久的、也许是一世的事。不是说工作没法做，而是有更多的工作需要做，是看你做不做、怎么做。哪怕送去一声慰问，总比漠不关心、无所事事要好得多。

退一步说，遇着矛盾，你消极，你回避，工资就能从天上掉下来，就能发了？逃避着、麻木着，就能顶饭吃了？这样下去，不仅损害了群众的利益，怕你也凑合不下去、混不下去！南郭先生混不下去是因为没有真本事，而我们如果有本事，也混，岂不是自我堕落、甘心自辱，愧对那每月的俸禄。

消极的精神状态就像病毒，很容易流行感染别人，会给我们的事业造成极大的危害。

消极的精神状态是缺乏使命感、责任感的表现，是没有自信也削减别人信心的表现,是看不到希望、不寻找希望也不让别人看到希望的表现,是无所作为的表现,是政治上幼稚的表现。

消极的精神状态源于等、靠、要的惰性心理,其根本是自私、无能、懒惰。它与共产党人全心全意为人民服务的根本宗旨是背道而驰的,它与改革、进取、争先的时代精神是相牴牾的。

什么事情都把最坏的可能端出来,作为一事当前的理由,凡事怕万一,凡事怕"闹不成",不愿干。哀莫大于心死。没志气了,没信心了,不论什么环境、什么情况,只能消极地承受,还侈谈什么前景和希望。

消极的精神状态就像永远见不到阳光的阴暗泥潭,只生长蚊蝇,而与春色无关。

时代需要我们振奋精神,事业需要我们振奋精神,群众需要我们振奋精神,我们需要让群众振奋精神,克服困难、战胜困难更需要振奋精神。

各级领导干部和宣传思想工作者尤其需要有好的精神状态。你没有阳光、没有春风、没有雨露,怎么能照亮别人,吹开板结的土壤,滋润干渴的心灵。

士气可鼓不可泄。

人是需要有点精神的。排除困难,创造奇迹更需要有

大的精神、好的精神。

好的精神状态，来源于正确的目标、坚定的信念、科学有效的实践方法和较高的个人素质。而强烈的责任感、使命感是构成好的精神状态的首要因素。

对此，领导干部、宣传思想工作者应该是一团火焰。在困难时，你给群众送去温暖；在灰暗时，你给群众送去光明；在迷途时，你给群众指出一条通向成功的路。

物质是动力，精神也是动力。有时给点精神比给物质更重要。它不仅能使人找到饭吃，而且能吃上好饭。

不是说，授人以鱼，不如授人以渔吗？我看，在他还不想、不敢涉水的时候，首先应给他下海捕鱼的勇气和信心。

宣传不是万能钥匙

1996年1月28日

宣传不是万能钥匙，但人人手里都有一把宣传的钥匙。宣传不仅是宣传工作者的事，也是全社会的事。因为作为人都是有思想的，都是与别人有联系的，不是孤立存在的个体，而是社会中的一员。思想也不是静止的，而是不断运动和变化的。社会是由人组成的。人是社会人。人的思想是自由的，而思想付诸实践是要受社会制约的。有人存在就有思想存在，而思想存在的地方，就有宣传思想工作。

宣传无时不在、无处不在。宣传涉及社会的方方面面，关联着形形色色的人物。

其实，我们每个人都有意无意地充当着宣传思想工作者的角色。不是吗？大到单位，小到家庭，甚至个人，经常做的说服教育、疏导劝慰、鼓励鞭策、批评沟通，不就是宣传思想工作吗？！

宣传是全社会的事，是因为宣传工作不是一个部门的工作，而是全党的工作，是社会各方面都应齐心协力抓好的工作。宣传部没有自己的工作，党要抓的工作就是宣传部的工作。宣传思想工作要围绕党的工作大局，为党的中心工作服务。而大局是社会的大局，中心工作是社会的主要矛盾。大局是着眼点，中心工作是着力点。宣传就是要为实现党的领导，推动社会的文明进步，提供强有力的精神动力、思想政治保证、文化条件、智力支持和良好的舆论环境。

服务是宣传工作的基本职能。所谓服务就是要为别人做好工作而工作。

任何事情都是人做出来的。正确的思想导致了成功的实践，错误的思想必然使行动发生偏差。

有人说宣传思想工作是虚的，不重视、不关心，也无碍什么。那是因为你对宣传思想工作的实际效力缺乏认识和感知。是你不善于发现的错，而不是宣传工作的错，是你缺乏责任意识、大局意识，缺乏领导艺术的表现，而不是宣传思想工作虚与实的本质。

宣传思想工作，做好了，处处是动力；做不好，处处是阻力。忽视、轻视、蔑视宣传思想工作是愚蠢的表现，而不是高明的象征。

其实，好的领导干部首先是一名出色的宣传思想工作者。思想领导是最主要的领导方法之一。没有思想领导，就若一盘散沙，无从下手。思想领导是装沙的袋子、提网的纲。不懂、不会、不善于做宣传思想工作的领导，起码是一个不称职的领导。不理解、不支持宣传思想工作的干部，是不合格的干部。

光靠宣传干部做宣传思想工作是社会的误区、认识的误区。脱离群众的宣传思想工作就像没有观众的表演，再精彩，也是无效的劳动。宣传需要回应，没有回应的宣传使人伤心。它要么是内容不好，要么是方式不对，要么是对象不准。

好的宣传获得的是社会的整体效益，而不仅是某一事、某一人的直接利益。

宣传不是万能钥匙，它只能开它能开的锁。而如果我们每个人都能拿起自己那把宣传的钥匙，打开的也许就是一个生动活泼、充满朝气的社会局面。

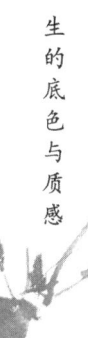

塑造高尚的灵魂

1996年2月29日

宣传思想工作者是人类灵魂的工程师。塑造人是我们天经地义的职责，也是值得我们付出一生为之奋斗的事业。它的价值不是因为有权管人而获得一时的虚荣心的满足和权力欲的填充，而是因为这是一份弥漫着艰辛、充满着挑战和诱惑、使人进步也使自己进步、使人崇高也使自己崇高、使人充实也使自己充实的工作。

正如农民耕耘土地一样，一年四季，风里雨里，耕种锄耧，不辞辛苦，一代一代，使贫瘠芜杂的荒原，在他们勤奋的劳作和心血的灌溉下，变成了膏腴般的肥田沃土，变成了如画如诗的田园。

正如雕塑家，使那没型没样、冷冰冰的石头，在他智慧的照耀下，在他千锤万凿、精雕细刻、细磨慢镂的付出中，变成一件件奇绝的闪烁着灵光神气的艺术珍品，使顽石有了精神，化腐朽成为神奇。

他们也许不是伟人，但他们的平凡蕴含着伟大，他们在平凡中创造了伟大。

其实，宣传思想工作者也正是耕耘灵魂的农夫、刻画精神的石匠。没有对于土地的热爱成不了像样的农民；没有对于艺术的潜心追求成不了雕塑家。人类灵魂的工程师，这是多么高的奖赏和赞美！没有真正的实绩，谁戴上这么高的冠冕，也会头顶冒汗，手里出汗，心发冷汗。没有付出，没有勤奋，高明到天上，也是一朵见风就散的虚无的云。

谁要是想轻而易举地信手摘取这样的桂冠戴在自己头上，他要么是点化众生的神灵，要么是爱慕虚荣的轻薄之徒。而神灵只生长在天界，地上的人只有以自己的奉献换取良知的抚慰。因为动人的称谓里蕴含着沉甸甸的重量和价值。没有过人的智慧，开启不了别人的心灵；没有铁肩担不起这份道义；没有妙手，写不出名篇华章；没有坚韧的付出和培育，结不出灵魂的金苹果；没有社会的责任感，没有历史的使命感，没有为群众为人民谋福祉的崇高意识，何来塑造，何来工程师？怕是连一个打下手的小工也做不好。

灵魂工程师荷起的重负,何止千斤,又怎能用数字衡量。将正义放在生命的天平上,一切邪恶都将失去重量。

知其难而进,是我们唯一的选择。

人的工作是最难的工作,而塑造灵魂的工作是难中之难。因为每个人都有思想,而构成思想的内容既千差万别又高低难辨。人的思想又不是固定不变的,而是随着时代和时间的推移不断变化、发展的,有的甚至发生突变。思想的形成既有客观的因素,又有主观原因。这就决定了宣传思想工作的长期性、复杂性、艰巨性和可塑性。更何况,我们塑造的人,是高尚的人、纯粹的人、脱离低级趣味的人。

宣传思想工作者不会失业,不会没有事做,也不会轻而易举地做好。

当然,宣传思想工作者不可能去做每个人的思想工作,而主要是把民众的思想统一到党的路线、方针、政策上,为党的目标而奋斗,沿着党指引的方向前进。而使万众成为一心,并不是件容易的事。

那么,怎样塑造人,怎样塑造人高尚的灵魂,是我们每个宣传思想工作者必须回答的问题。

我想,要塑造好别人的灵魂必先塑造自己。一个不善于经营自己,不肯塑造自己的人,也绝不会塑造好别人,甚至也没有资格和权力去雕刻别人。正如庸医,不仅不能治好病,甚至会把好人致病。

塑造自己、雕刻自己,使自己随着时日的推移日臻完善和成熟是做人的基本要求。

一个没有高尚灵魂的人去塑造别人的灵魂,一个只有半碗水的人要去给别人一桶水,这是不可想象的。如果真有,他要么是不自量力,要么是自欺欺人,结果只能愚弄他自己。而我们有的人在平凡而高尚的灵魂面前,不仅没有比出自己灵魂的丑陋,反而认为他们崇高的奉献是傻。他们永远希望别人高尚而从不要求自己;他们永远希望别人去创造而自己逍遥;他们永远希望别人去奉献而自己索取。我不禁要问,不捉鼠的猫戴上帽子就能成为人?所以必先把自己塑造好。正人先正己,己不正则无以正人。

生活中取得别人的敬重,是因为你具有了受人敬重的资本。趾高气扬不见得受人敬重,身居高位不见得受人敬重,自吹自擂不见得受人敬重。敬重不是吹出来、摆出来的,而是实实在在做在那里,人们看出来的,体验出来的。

在这个问题上,只有具有较高修养、充裕知识和能力,又肯为别人、为广大的老百姓、为民族、为国家,不计个人得失,鞠躬尽瘁的人,舍生忘死的人,任劳任怨的人,一句话,勇于奉献、又能奉献、已经奉献和正在奉献的人,才是有资格的。奉献是一种品格,这是高尚灵魂的写照。

共产党人全心全意为人民服务的宗旨,就是我们塑造自己灵魂的目标和尺度。服务是基本要求,也是硬性约束,为人民是服务的对象和目标,全心全意是态度,也是一种精神境界。没有服务,一切无从谈起。服务一时,服务一事,也是容易做到的。难就难在长久的坚持,贵也就贵在长久的奉献。正因其难,才显得可贵;也正因其可贵,才值得我们追求。如果人只为己的事,天天做,人人做,何等平常。正因为人在不为私利的情况下甘愿为别人做事,才变得特别可贵可敬。也正因为每个人并不能不靠别人而为己,才有了别人为你服务的条件。社会中的人是相互依赖而生存的。相互服务本身就存在,只不过私心常常表现在要别人为我服务而放弃了为别人服务的义务。

有一句时髦的话,叫"人人为我,我为人人"。我看应改为"我为人人,人人为我"。首先你得服务,你得付出。没有人不说孔繁森崇高的,因为他付出的太多太多,才有了太多太多的关爱和思念。少点私心,多点服务,肯定会多点帮助和拥护。

全心全意为人民服务,其实就是高尚的灵魂,谁拥有了这种品格,谁就拥有了敬重,就拥有了世界另一种永恒的美。

要做好塑造人的工作,必先具有全心全意为人民服务的思想。舍此,别无他途。三心二意服务不好,半心半意也服务不好,没心没意更谈不上服务。要服务必有真本事,没有本事,再好的心意也是枉然;要服务,不要添乱,更不是作威作福。只有顺民心、合民意,人民满意,工作才算做好,境界才能升华。

灵魂高尚与否,衡量的标准有两条:一是实践,二也是实践。因为思想的巨人里,不乏行动的矮子。思想是叶子,行动才是果子。说得天花乱坠的人,实践中也会手不舞、足不蹈。

塑造别人的灵魂,必先塑造自己。孔繁森就是一面镜子,经常照一照,就会发现我们脸上有多少污尘,心底有多少缺陷,行动中有多少迈错的脚步。

塑造高尚的灵魂,其实质就是要有高尚的品德,要树立正确的世界观、人生观、价值观。根本的是要真正地睁开眼睛看世界,看人生,看价值。分清美丑、善恶、真假。去点小聪明,多点大清醒;少点私心,多点公正;少点索取,多点奉献;少点贪心,多点廉政;少点虚假,多点诚实;少点阴暗,多点光明;少点放纵,多点责任……

对于领导干部和宣传思想工作者来说,就是要以自重、自省、自警、自励来要求自己,约束自己。自重就是要重自己的政治责任,重党性原则。自省、自警是要时刻检查、警示自己的思想行为,不断改造世界观。自励就是要不断地砥砺自己,清醒地分析自己,给自己提出更高的要求。这四个"自",就是不断地认识自己、改造自己、雕刻自己、塑造全新自我的过程。只有这四个"自"做好,我们才能自愿地全心全意为人民服务,才能获得真正的人生价值。

凝视两面旗帜

1996年3月21日

在寂静的夜间,当我一个人坐在办公桌前,提起笔,将要写些什么的时候,猛然间一抬头,就看到桌子上端放着的那两面鲜红的旗帜。在盆花翠绿的簇拥中,在灯光的照耀下,是那样神采奕奕,那样的风姿绰约。

记得当初摆放在桌上时,我细细打量着那精致的底座,一根纤巧的不锈钢管挺直身腰,舒展的两臂上悬挂着这夺目的旗帜,透出一股腾空欲飞、凛然不可侵犯的威严之气,很给人一种新鲜,使人不由地产生自豪和敬意。但究竟是什么触动了自己的心弦,一时也说不清,只是觉得这是开展爱国主义教育的一种方式。后来,因为每天看,也就熟悉了、习惯了,习以为常,也就没往更深处想,只是天天陪伴着她。

　　现在，我一个人静静地有意凝视着这两面旗帜，发现她是那样的神圣，像两团永恒的火焰，照着我青春的天空。心灵深处顿感一种无形的温暖和依托，给我信心，也给我力量；我静静地凝视着这两面旗帜，仿佛房间里不是我孤独的一个人，而是有好多人从那旗帜中向我走来，给我鼓励，给我抚慰；凝视着这两面旗帜，我感到身上的自私和庸俗正在冲撞着夺路而逃，心底泛起一种庄严而崇高的情绪，仿佛有一种沉甸甸的责任和不可推卸的使命落在我的肩头。

　　这两面旗帜，一面是中华人民共和国国旗，一面是中国共产党党旗。

　　人啊，在多少不经意间，在多少习以为常里，有多少值得我们关注的事，有多少值得我们眷恋的人，有多少值得认真思索、诚心对待的东西，都与我们擦肩而过、视而不见啊！

　　我们到底在追逐什么？我们在为什么而忙碌？我们忙碌的一生到底为什么？

　　其实，我们并不缺少精明，甚至也不缺少智慧，而我们缺少的是发现和感知。缺乏在平凡中发现伟大，在浅显中发现深刻，在困厄中发现希望之光，在点点滴滴中，感知生命的永恒和价值。

凝视着鲜红的国旗和党旗,我产生了无尽的思索。

对于我们每一个公民来说,爱国和爱党是统一的。对祖国的深深眷恋,是我们中华民族的传统美德和崇高精神。祖国是我们生息的最快乐的家园。把祖国比作母亲是再恰当不过了。母亲给儿女的爱,就如采掘不尽的矿脉、汩汩滔滔的泉水,她不仅给予我们生命,而且以她生命的乳汁哺育我们成长。世上没有不爱母亲的。母亲的慈祥,母亲的宽容和坚韧,母亲的自强不息,都在我们的耳濡目染中化成一种无形的精神和灵魂,溶化在我们的血液和骨子里。母亲是伟大的。母亲的伟大,来源于她无私而真诚的奉献。祖国对于每一个公民正像母亲对待自己的子女一样。

可我们一生能为母亲做些什么?"谁言寸草心,报得三春晖",我们何以相报?每个人都应当对自己发出这样的叩问。

当那鲜艳的五星红旗在天安门前冉冉升起的时候,当毛泽东主席庄严宣告中国人民从此站立起来的时候,扬眉吐气的中国人是何等的兴奋和自豪。谁也不会忘记,是中国共产党在灾难深重的民族危亡之时,在无数鲜血和生命的洗礼中缔造了崭新的中国。没有共产党就没有新中国。

这是铁的事实,是历史的深刻总结。这一点,不仅我们要记得,而且要让后辈知道,那两面鲜艳的旗帜,原来都是无数的仁人志士、无数的革命先驱以理想、生命和鲜血染红的。爱国就要爱党的道理要坚持不懈地向子孙后代讲深讲透。只有懂得了历史,才能更加热爱今天的幸福生活,才能知道这一切的来之不易,才能真正地珍惜。只有真正尝尽苦的人,才能真切地懂得甜是什么滋味。当然,我们并不是让生在甜中的人非去吃苦。我们追求的不就是幸福甜美的生活吗?可事情往往是,一直生在甜中,就感觉不到甜的特别。只有感知到苦,才会追求更甜。爱国主义教育的重点是青少年。就是要通过忆这段苦,使他们懂得中国近代的屈辱和造成屈辱的原因,从而更加发奋,去创造更美更甜的生活。

要知道,一个忘记过去的民族是没有希望的民族。一个不知道自己从哪里来、要到哪里去的人,绝对是没出息的人。有时,面对自己稚气的孩子,面对那些痴迷的少年"追星族",我常常陷入一种迷惘和忧患……

对全体国民,尤其是青少年进行爱国主义教育确是当务之急,长久大计,是一个重大的课题。而我想,在开展社会教育的同时,应该把学校教育和家庭教育放在更突出的地位,切实抓好。教育要从娃娃抓起,千真万确。娃娃，该是我们思想道德建设的重点，而采取什么方式进行建设是需要认真研究的难点。

凝视着鲜红的旗帜，我仿佛看到了从祖国四面八方汇聚北京、冒着清晨的严寒去天安门前观看升国旗的一双双眼睛，仿佛看到在国际比赛中伴着那雄壮的国歌声冉冉升起的五星红旗，仿佛看到在那偏远的乡村小学中稚气的孩子们严肃地注目国旗升起的神情……

人啊，我们可以把金钱与果实赠与世人，可根不能赠与，这根就是对祖国的生死之爱。而无知是最可怕的敌人，它能把无价之宝，视作一钱不值；也能把精神垃圾视作生命的宝贝。无知，挥霍掉的不仅仅是财富，它也挥霍良知和人格。而有知者，也会在不经意间，在习以为常里，遗失我们本该拥有的一切美好和珍重。

在大千世界里，我们的视野毕竟太狭窄，鉴别力毕竟太有限，知识仅是沧海一粟，而本该发挥作用的器官又是那样地不敏锐啊。爱值得我们爱的一切，并为此勇敢付出；忧我们该忧的，并想办法解决。退出小我的天地，摒弃蝇头小利的萦萦，一己私利的追逐，睚眦必报的狭隘，尔虞我诈的倾轧，使那个大写的"人"字，激荡出真正的灵性和崇高。谁能说，获得的不是壮美、洒脱的另一种人生景观？

多一份思索，就多一份责任，而多一份责任，我们的生命就如花树上多了一份翠绿的精神。

升国旗、唱国歌确是进行爱国主义教育的有效方式之一。包头市在春节期间，在阿尔丁广场举行升国旗仪式，对干部和市民进行爱国主义教育，是有识之举。在节日期间，使我们的干部和市民又进行一次崇高精神的洗礼和爱国意识的熏陶，不是一件很有意义的事吗？

但我们必须清醒地认识到，教育是一回事，接受教育又是一回事。怎样使我们的教育在受众心中扎根、开花、结果，是需要全社会尤其是宣传思想战线的同志们认真研究的课题。当前，尤其需要充分利用好各地的爱国主义教育基地，通过各种有效的方式，让青少年了解过去，感知历史，增强他们爱党、爱祖国、爱家乡的意识和热情。让"国家兴亡，匹夫有责"的思想化成人们为党为国争光的自觉行动，自我奉献，这才是我们的目标。

凝视着鲜红的国旗和党旗，有无数鲜嫩的根须伸向我的心田，并且一寸一寸扎进心灵的深处。我想，即使我不再注目观望，这两面旗帜也会在我晴朗的心空，永久地高高飘扬。爱国主义教育的最佳效果，不仅是让我们观望眼前的国旗、党旗，而是要懂得这两面旗帜升起的历史，从而捍卫她，珍爱她，为她增光添彩，使她占据我们心灵的制高点，在世界面前，展示出当代中国人最美的风景。

精神是太阳

1996年6月28日　呼和浩特

太阳总是从东向西转。人间的这颗太阳，就像魅力无穷的女神，如约而来，如期而去，永恒而守时。来，带着生机；去，留下沉睡。离合间，我们的心也在阴晴圆缺。

如果有一天，她突然扬袂而去，一去不归，当我们再也见不着她美丽、巧笑的面容，再也感受不到她那灼人的眼神，再也看不到她那流光溢彩的华姿时，人间万物将怎样历练一场天塌地陷般的惊恐与绝望。

我不敢想象，假设天空没有了太阳，世间将是怎样的景色，生命能否赋予新的超越和辉煌。太阳是支撑世界的最主要的力量，是热，是光，是生命的源头，是神圣的希望。

设若人没有了精神，没有了盼望，没有了梦想，没有了实现梦想的信心和勇气，我敢说，有多少人就会辨不清天堂和地狱的方向。一切美好都不在他的荧屏显影，那早已紧锁的心灵的窗户，不再想打开。或者，虽盼望美好，却不去寻找，不去创造，只有等待再等待，怕苦、怕累、怕失败。怕，犹一座山，堵在门口，再也找不到出路。或者守着祖先留下的家园，坐吃山空，不思进取和发展，结局只能是破败的光景。

人失去了企望，失去了奋斗，就如天空失去了太阳，灰暗、阴冷、潮湿就会悄然在你心头开放。发霉的情绪只生长消极厌世的苔藓，决长不出张扬生命的葱绿与火红。

精神是太阳。

精神是生命的追寻，是心灵的花蕾洋溢的清馨；精神是灵魂的跃动，是不管江河小溪，勇往直前的奔涌；精神是人生历练后的睿智与清醒，是高山的执著坚韧，是平原的伟岸宽宏；精神是潜伏于肉体的意志的萌发，是各种感观渴望的吐故纳新，是鹅黄的嫩芽荷起超越自身几十倍重量的舒展，是水中的鱼鳃不止的开阖；精神是环境的危厄滋养和激荡出的人生的高音，是千百年来生命体验、思想结晶、文化底蕴的提炼与确信，是自然的规律与人的认识姻缘的女神……

人的精神存活于肉体之中，而活的肉体不一定有崇高、积极向上的精神。

精神是刀刃上的锋利，是江海的碧蓝清澈，是掠过机翼上溅起的风火；精神是花之红、树之绿，是鸟之飞、马之驰、鱼之游；精神是催着禾苗拔节的养分，是推动岩浆喷发的能量，是物与物吸引、排斥的场，是生命灵性的张扬的熵……

精神是非平常意义上人的那一口气，一股劲，一种不达目的不罢休的韧性。

精神是托起世界辉煌的不熄的火焰、无形的巨掌。

此时，我想起张家港。

这个昔日不知名的沙洲县，若唱着民谣走在田埂上的农村小姑娘，仿佛一夜之间，就成为走红中国大舞台的耀眼明星，名噪天下。使人真切地感到，今昔只在分秒间，落后与进步只在一念间。一只脚再也不能、也从来不能踏进同一条河流。奇迹诞生在变化之中。

细读凤章写的《张家港人》，读出一股洗心彻肺的浩气、锐气、香气。短短三年，沙洲县便由带着泥土芬芳的朴实的村姑，而出落成风姿绰约、倾国倾城的大家闺秀。由沙洲县到张家港，这不是简单的改名换姓，而是脱胎换骨的质变，是扬弃。当我们惊异、艳羡她现代气息浓郁的都市，醉心于花园式厂区的美景，叹服年均68％的火箭式经济增长速度，眼见国内唯一内河港型保税区的奇绝时，当你徜徉在洁美的步行街，驻足在沙钢集团的门口，奔驰在张杨公路上，踏入一个又一个文明新风户时，古代李白遥望庐山瀑布发出的"疑是银河落九天"的对自然造化神工鬼斧的感叹就会令你油然生成对现实的张家港的叩问。自然的力量是伟大的，而自然孕育的精灵——人的力量则更是伟大的。舍弃虚无的想象，我们就会发现，一切人间奇迹都是人创造出来的。张家港的奇迹是以秦振华为首的全体张家港人用心血和汗水换来的，是"团结拼搏、负重奋进、自加压力、敢于争先"的张家港精神的物化。

同样是沙洲这方天，同样是沙洲这片地，同样还是沙洲这些人，为什么有十万八千里的反差呢？我看，一是历史的机遇，二是人的因素，三才是物质条件。而张家港精神是把这三者凝聚在一起的黏合剂、助燃剂。于是信心高涨了，力量爆发了，潜在的势能变成现实的优势了。资金跑来了，人才云集了，经济腾飞了，环境优美了，社会秩序安定了，精神面貌发生变化了，两个文明再不是挂在嘴上，而是变成客观存在了。不管张家港以后怎样，这三年的实践，足以给我们提供丰富而深邃的思索。

精神是太阳，精神依附于人，是攀援在人身上的常春藤。用什么样的人，才是关键。让人具有什么样的精神，才是核心。人的生命状态有两种表现形式，要么腐烂，要么燃烧。而生的抉择，主要源于决定价值取向的精神品质的优劣。

有什么样的旗帜，就会有什么样的队伍。精神是凝聚人心的旗帜。

再说海尔集团。"海尔"不仅是国内的驰名商标，也是国际名牌。海尔集团已成为我国电冰箱行业最具实力的大规模企业集团，是第一个获得ISO9001国际认证的企业。产品畅销国内外，成为最受消费者欢迎的品牌，靠的是什么？也许有人会说靠人才、靠科技、靠质量、靠服务，等等。这，一点不错。但我认为最本质的是靠"无私奉献，追求卓越"的海尔精神。没有这种精神，就不会有质量，不会有市场，不会有竞争力和效益，就不会有无数个第一。为了使这种精神转化为生产力，海尔集团的总裁道破天机："我们搞企业文化。"文化是最具渗透力和影响力的。这是以人为本的管理的高境界。追求卓越成为海尔集团的真实写照。

精神是太阳。有了精神，就要让它的能量与每一个人进行光合反应、化学反应、物理反应，甚至使遗传基因发生变异，从而引起分子式的变化、质的变化，开出新花，结出新果。如果你钻在昏暗的洞里,自圄着,那太阳还是太阳,你还是潮湿的你。点亮你的,不仅是别人,更主要的是自己。因为那太阳就在你的心中蛰伏着,潜藏着,等待你发掘,等待你亲手打开紧锁的门户。沐浴阳光,你就会发现一个亮丽的自我。

更多的地区、更多的人发现了精神力量的决定性影响。于是山东提出"齐鲁精神",江西发扬"井冈山精神",陕西弘扬"延安精神"……领导干部有孔繁森精神,普通职工有徐虎精神……各种典型和模范人物是时代精神与各自特点融合的精华,正在成为鼓舞人们奋进的动力。

我想越是落后,越要有一种精神,人们对精神的需求越是迫切。

精神是太阳。我们应塑造既有时代特点又符合实际的精神,以此来动员、凝聚、激励人民克服困难,再创佳绩,以新的姿态走向新的世纪,这不是一件很有意义的事吗?!精神的力量不可忽视,精神的导向潜力巨大。如果我们提出的这种精神,凝结着千百万人民群众的意志和根本利益,为他们所认同、所实践,就会释放出无穷的能量,就会形成一种新的无可替代的竞争优势。塑造一种新的精神优势,比物质优势显得更加迫切和必需。要用一种

共同的价值观和群众高尚的荣誉意识和奋斗情操来构建我们新的坚实的精神支柱。

其实,太阳不转,而是地球在转。有多少精神成为永恒的灿烂。如果每一个人都能转动起来,去追赶太阳,追求卓越,追寻生的璀璨,那上帝馈赠给我们的将是一个更加生机盎然、文明富裕的家园。这个上帝不是别人,就是我们自己的心智和双手。

精神是太阳,人不在奉献中燃烧,必在沉沦中腐烂。

请擦亮你的牌子

1996年4月23日

据中央电视台《焦点访谈》报道，广西田阳县通过党员学理论学党章活动，提高了党员干部的思想政治觉悟，使党员认清了自己的责任，增强了党性。过去工作闹情绪，曾向组织辞职的干部，又要回了辞职书，变得敢挑重担，敢为人先，带领群众又是植竹，又是修路。一条修了多少年也没修成的路，在党员的带动下，全村出动，三个月便修好了。做生意的党员亮出自己是共产党员的牌子，为群众服务。群众看到党员在变，都打心眼儿里高兴、拥护。购物的群众说，买党员的东西放心。

共产党员挂牌服务，这是多么值得称道的事，是对自己自警、自励的严格要求和鞭策。

曾几何时，我们有些党员淡忘了自己是共产党员，忘记了在鲜红的党旗下的庄严宣誓，忘记了党员的权利，更忘记了自己的义务。不仅不起模范带头作用，混同于群众，甚至有的连群众都不如，有利抢在前头，有危险、困难钻到后头。有的甚至滥用职权，腐化堕落，蜕化变质，成为党的肌体上的恶性毒瘤。凡此种种，群众议论纷纷，不仅严重影响了党的形象，玷污了党的旗帜，而且损害了党的威信，削弱了党的战斗力。这些人虽是少数，但危害极大。对此除以党纪、国法绳之之外，重要而迫切的是加强对党员的教育培养。

十年树木，百年树人。木秀于林，尚需剪枝防蛀，何况是人？古人说"仓廪实而知礼仪"，可现实中不知礼仪者却大有人在。素质的提高，与经济发展有密切的关系，但绝非同步发展。用建设有中国特色社会主义理论武装全党，教育人民，是党员教育工作的重中之重。"双学"活动，正是实现这一目标的实际步骤。

物以类聚，人以群分。每个人都在社会的舞台上扮演着自己的角色。社会的细密分工，使每个人都拥有属于自己的一块"牌子"。它既是一种对你社会角色的确认，也是对你社会责任的提醒。农民、工人、教师、军人、艺术家、公务员……五彩斑斓的社会不就是各色各样的人组成的吗？而共产党人就是社会的一个特别群体，分布于社会各阶层、各行业，同时又被一种崇高的理想信念和宗旨所凝聚，成为鲜红的党旗下的一群社会精英。

她一肩担着社会义务，一肩挑着党的政治责任。她的宗旨里写着：全心全意为人民服务。

共产党员的牌子价更高，值更重，是因为她凝结着人民的寄托，闪耀着民族的光彩。

敢于亮出自己的牌子，意味着敢于公开承认自己是人民的公仆，是为人民服务的工具；意味着敢于在阳光下接受主人的监督；意味着敢于履行共产党员光荣义务的自信和自豪。平心而论，这种举动是需要拿出一点勇气的。因为它意味着把心掏给群众，但也许恰恰是这一点，体现了共产党员亮出自己牌子的真谛所在。敢于显露自己的身份，本身就是一种自信的表现。是敢于承认自己、看重自己、珍爱自己的良好的心理反映。

亮出牌子，是为了维护牌子。是要以自己的行为擦亮牌子，是要让群众信任它，拥护它，凝聚在它的周围，感受它的温暖和光辉，在群众雪亮的眼睛里折射出牌子耀眼的风采。

亮出牌子，是诚心为人、诚心服务、诚心接受群众监督的坦然的举动。如果心有凄凄戚戚，身子底下有不可告人的残根败叶，就会缺乏行动的坦荡和正大，就会失去做人的光明和磊落。

其实，亮不亮出牌子，并不是问题的关键。而根本的是思想素质是否合乎党员的标准，行动上是否起到党员的先锋模范作用。正是因为有的党员，在困难面前，在紧要关头，在本该当先锋的时候，隐退了、消失了，混同于群众之中，逃避了群众的监督，才显出亮出你的牌子的必要和可贵。如果你是商人，做买卖有欺诈行为，人们一般会说，这真是个奸商。可你要是共产党员，群众就会说，你还是党员吗？为什么？这是群众对党有更深厚的信任和感情，当然会有更高的要求。群众不注意你商人的身份，而更关注你党员的本色。

共产党员就应该比一般人好一点，不是吗？何止好一点，应好得更多。

亮出你的牌子，虽是形式，但背后却有着深刻而丰富的内涵的支撑。

隐匿自己牌子的，不是牌子不响不亮，而是皮袍底下有好多"私"字作怪。

共产党员的牌子，该是最光荣、最响亮、最耀眼、最能吸引人的牌子，也是群众最信任、最喜爱的牌子。她蕴含着无私、先进、公正、信任、素质、能力和对美好事业的追求，代表着人民的最大利益。谁要是锈蚀她、污染她、亵渎她、破损她，那他本身就不是一个合格的共产党员，或者是乔装打扮钻进党的肌体的害群之马。群众不信任的不是共产党员，而是共产党员的败类、腐叶。没有美感的画，是乱画；走了调的音乐，可能就是噪音；变了味的党员，咋不招人唾骂？骂你事小，而你曾是党员，影响党的形象，问题就大了。如你明知故犯，性质就极其恶劣。

我们党6 000多万党员，每个党员都有爱护这块牌子的义务和责任。6 000多万，如果是6 000万颗人间的太阳，那我们何愁基业不固，事业不兴？我们不仅能在中国建立辉煌和美好，而且能给世界带来新的光明和希望。如果是6 000多万支蜡烛，散着热、发着光，以燃尽自己为代价、为光荣，那我们贡献给人类的，也许就不仅是光明和温暖，还有在丰富物质基础上，高尚的思想道德情操的绝世灿烂。

当然，共产党员也是人，是有血有肉、食人间烟火、有七情六欲的灵性动物。承认这一点，比不着边际地拔高到普度众生的神的地位要好得多、合理得多。说共产党员特殊，只能在多为人民谋利益上特殊。在党的利益、人民的利益与自己的利益发生矛盾时，有维护党的利益放弃个人利益的特殊权。

共产党员中出现蛀虫、腐败分子或其他种种，如健康的肌体要生病一样，有其环境、气候的因素，更有其自身抗体的因素。病，并不可怕，关键是要正视它，积极地采取办法诊治它。用科学思想消灭病毒，用党纪、政纪控制病灶，用国法之刀割除毒瘤。当然，对更多的人，是要加强预防、免疫，进行教育管理，使其健康发展，青春永驻。这是新的伟大的基础工程，是人民的福祉。

真正的共产党员是我们民族的精英。若梅，艰难的旅程，是掬出的一路清馨，洒落的一生美名。即使没有绿叶的簇拥，寒风中喷出的也是一腔热血的真诚，雪地里浇铸的也是醉人的风景。

共产党员，请把你的牌子擦亮。

大浪汹涌，你是中流砥柱；风狂沙暴，你是吹不倒的绿色营帐；冰天雪地，你是暖暖的炉火；困厄环绕，你是砍荆的刀、破冰的船；重压在身，你是挺直的脊梁、高山；迷雾沉沉，你就是升起在城头的喷焰的旗帜、灯盏……

牌子代表的是名声，是政治责任，是货真价实的品质。做人要讲究质量，而不是挂着羊头，卖着狗肉、腐肉。不亮自己牌子的，或者是谦虚，或者是底虚。谦虚之人，值得学习，因为他默默地做着共产党人该做的事，贻惠百姓，人民自会记着。他以自己的行动使党员的牌子更圣洁。底虚者，毕竟还能有未灭的良知，如知错而改，仍是值得欢迎的。

当你不知如何做的时候，当你无勇气正视自己的时候，请问问群众吧。群众是真正的智者，群众是最灵验的试金石。

对于那些不要面子，寡廉鲜耻砸我们牌子的人，我们就要摘了他的牌子，揭了他的面子，更要囚禁住他罪恶的肮手脏脚，让他们少贻害社会，少损害党的肌体。对于毒瘤，一定要割除，不可养痈遗患。

每个人都要像爱护自己的眼睛一样爱护自己的牌子。眼里揉不得沙子，牌子要不得污染、蒙灰尘。那牌子就是你安身立命的根本，是你的责任，是你操守的准绳，是反映你品质的名声。要保持牌子一生的响亮、光洁、耀眼，需要我们以崇高的精神，坚实的行动，以心灵中圣洁的素手，时时揩去蒙上的尘埃。共产党员该是人中最亮的牌子，最多、也该是最美的牌子，是亮晶晶、响当当、穿透时空得到广大群众首肯的名牌、金牌。因为她不是你炫耀的资本，而是你无私奉献的动因和结晶，是值得你花费一生心血去珍爱的品行。

擦亮你的牌子，提提你的神，永远记着你是一名共产党人。

草原之路

1994年8月8日　正镶白旗

北方的三月，春寒料峭。我随自治区赴农村、牧区工作团，来到锡林郭勒大草原南部的正镶白旗。在正镶白旗工作、生活、学习的近一年时间，自己看到、想到的一些问题，也时时萦绕心际，引起我痛苦的思考。似乎正镶白旗的一草一木、一人一事，都与我的心有着血肉联系。

草原上的自然路，弯弯曲曲，像一条黄练抖动着、延伸着。铺展开的绿色草原，因干旱，显得牧草稀疏。偶然看见低洼的地方，有葱葱的草长，心里即泛起一股股喜悦的浪。车在行进，不时看到近处一群膘情不好的牛羊，散漫在绿草甸上，聚首，啃草。远处隐约看见的牛羊，像撒在棋盘上的黑白子，在阳光的驱赶下，慢慢移动。正午的太阳照过来，车里闷热闷热的，而草原显得辽阔、清亮。路上坑坑洼洼多，坐在后座的人，不时因车的剧烈震动，发出啊呀啊呀的难受声。

我一路站着。

这是从正镶白旗开往正镶黄旗的班车。

看着路旁那稀疏而低矮的牧草，我的心在一阵阵吃紧。辛劳的牧民们怎样度过将要来临的冬季呢？现在的草场，草高不及1寸，仅可供羊吃，牛吃已相当困难。用网围栏围着的草库仑里，草也不及一拃高，根本无法打草。漫长而寒冷的冬天，等待着牧民和这些牛羊的将是什么呢？

经过十多年的牧区改革，牧区的社会经济发生了翻天覆地的变化，牧民的生活水平逐年提高，草原呈现出一派欣欣向荣的景象。但频繁发生的旱灾和白灾像一匹匹疯狂而饥饿的猛兽，不时给牧业生产造成严重威胁。破坏了生态系统就是毁坏了人生存的家园。再想恢复到原来的模样，已是难以想象。一时的破坏，永世的无缘无奈。面对脆弱的草原生态，只能在保护中恢复，在建设中保护。

来正镶白旗以后，一直有一个问题萦绕在我的心头，这就是正镶白旗为什么这么穷？

难道经历过四十多年的发展，它还在原地踏步，没有一点进步？以前我没有来过这里，对这里的情况及历史沿革不太清楚,但发展是绝对的。可是与自己看到过、经历过的许多旗、县相比,这里仍给人以荒凉、贫穷的印象。依一般经验,考察一个地区是否发展,宏观看建筑,微观看衣饰。

建筑,旗里像样的楼不多,好多居民还住着土筑的房子,而在苏木、乡、村、嘎查,砖木结构的房子就更少了。且屋里陈设简陋,所有皆为日常生活所必需,享受、观赏的东西几乎无有。

衣着方面,穿着朴素也好,土气也罢,且乡、嘎查的小孩子穿得更是旧而邋遢,使我不由地联想到20年前自己困厄的童年。穿着的好坏,消费水平的高低,衣着的讲究与否,都应在孩子身上表现出来。也可以说,考察了孩子的一切,也就了解了一个地区的情况。因为,当今的孩子,皆为独生,牧区许多也就是两个孩子。做父母的都把孩子当成心肝宝贝,吃、穿、住、用、行,都给孩子提供最好的。城里的孩子不仅如花似玉,更有养成"皇帝"者。所以说,看了孩子,就知道一切。孩子是考察一个地方的晴雨表。

但为什么这么多年过去,仍被"穷"字困扰呢?

看来,地理环境的制约是最主要的原因。人再有天大的本事,也不会在没有水分的地里种出富裕的金苹果。土地贫瘠，种地靠天雨，使收成微薄，更没有保障。荒漠、半荒漠草原，稀疏、低矮的牧草，勉强能养活成群的牛羊（全旗7 000亩草场，80万头牲畜，已属超载放牧）。对草场的过度放牧及人为破坏，造成沙化严重，形成恶性循环。再加遇上恶劣的天气，自然灾害频繁，更给牧民、农民雪上加霜。

草原啊，人口素质不高已成为制约发展的重要因素。突出表现在文化水平低，观念陈旧，一生囚困在千古不变的小农经营意识中，依赖自然，随遇而安。没有真正研究自然规律，去积极地创造条件、改变生产和生活环境，而是被动地依附。

有限的草场，无限膨胀的人口，是造成贫穷的又一根源。增加人口，就意味着增加一切开支，吃、穿、住、行，生活及生产资源无形地被切割、瓜分，同样的财富，被分流，被消耗。由于贫困，全旗有近600的适龄儿童无法上学，将失去受教育的机会。人，不经过培养，不仅变不成社会的财富，而且给贫困的地区，加大潜在的贫穷的砝码，将严重制约社会长远的进步。计划生育工作在牧区也应加强力度，引起各级领导的高度重视。同时也应使农牧民有高度的人口意识，重质量而不能图数量，这成为迫切的现实问题。

观念的陈旧，人口素质偏低，使他们失去了一次又一次振兴的机遇。在形成的穷困的圆轨上作无极限的自然振动与延伸。

过去已有的政策，无疑给牧区带来生机与活力。然而在目前东南沿海飞速发展、日新月异变化的今天，农村、牧区的现状，确应引起深刻的思考，既不能怨天尤人，更不能视而不见，而应面对现实，正视现实，采取切实的办法和更优惠的特殊政策，扶持农村、牧区的社会事业全面进步。

对于酒的态度，甚至也成了衡量富穷的一个间接标准。越是贫穷，对酒的消费越大，喝酒的度数越高。这里喝酒，有客观的气候原因，天太冷，变化无常，但主要还是人的因素。文化生活几近没有，好一点的牧户，通过小型风力发电机，勉强可提供照明和短时间电视机用电。这怕是唯一的文化了。乌兰牧骑的作用没有更好地发挥。作为文艺轻骑兵的乌兰牧骑，一是下乡的次数少，二是缺乏贴近生活、为牧民群众喜闻乐见的新剧目。在这种单调、孤寂的生活中，除了人与自然的对话，酒，无意中成了人们生活中的兴奋剂。没有客人，独饮；有了客人共酌；外面、上级来了人，更是以酒款待。酒，成了人们交际、庆祝、悲伤的黏合剂；酒，成了人们精神生活的麻醉剂；酒是寄托，酒是欢笑；酒是悲愤的血液；酒，更是无奈的叹息；酒是残害人身心健康的透明杀手。

然而，我们熟视无睹，错把它当成亲密的朋友。惊醒吧，我的兄弟。从现在开始，从我、你、他开始。酒，不是唯一表达诚意的方式。我赞成少喝点酒，适可而止，而不赞成滥饮、暴饮，以致损伤身心，贻误工作。我认为一个嗜酒如命的人是没有前途的。我也看见一个不到四十的汉子因饮酒中毒而失去劳动能力、麻木不仁，见酒即眼睛发亮。看到他，我的心在流泪。一个习惯的形成，是漫长的历史的沉淀。一朝一夕，恐怕难以改掉。但只要我们增强意识，认识其危害，坚持一朝一夕地转变，终有一天能改掉。当然，我希望早一天，哪怕早几小时、几分、几秒也好啊！

违背实事求是的长官意志也平添了贫穷的砝码。所谓长官意志，就是领导者的决策不从实际出发。毋庸讳言，其危害是严重的。从伊克淖尔苏木回来的路上，与那书记同行，看到一个林场，广袤的草地上，零星或成行地排列着北方榆，低矮、杂乱。他说，十五年的光景，连个橡材也没长成，这真不知道是为啥。既不是苗圃，也不是防护林。这里的草场原本很好，并没有沙化。这样一来，林不是林，草场不是草场。这明摆着是浪费了国家大量的资产。这是长官意志的典型表现。这种现象越多，对农牧民危害越大，国家损失越大。贫困地区的领导同志要注意这一点，富裕地区的同志更应注意这一点。要把有限的财力、人力、物力用在社会发展、人民生活急需的地方，办好事。不要自己心里想着这是办好事，结果不研究、不调查、不从实际出发，而办成错事，甚至坏事。这个危害可就大了。我们需要开拓型的干部，我们不需要脑子发热、想干啥就干啥的干部。我们的民族应该成熟，我们的用人政策也应该成熟。只有这样我们的民族才有希望，我们的事业才能发展。

诚然，造成正镶白旗穷困的原因是多方面的，既有历史的欠账，又有现实的根源，既有物的关系，又有人的因素。但穷总不如富裕好。我们只有认真地找到了"穷"的症结和病根，才有可能在千百种治疗方案中精选良方，对症下药，祛病健身，使正镶白旗尽快走向文明富裕。

心的甜蜜与诗意

低头吃草的羊　眼里只有草
她嚼碎了夏天的芬芳　又啃荒了秋天的夕阳
直到春天的花衣上长出蝴蝶

她不知　白雪的冬天　人要啃她

埋头干活儿的我 啃食祖先种植的五千汉字
字字都像乱奔的羊　我是牧羊的人

——《羊的感觉》

心的甜蜜与诗意

涂满口红的爱情　围着
那堆原始的火焰　在豪华的沙滩上
扭动生命的疯狂　把心里节节娇嫩的甘蔗
嚼成诱人的情埆

欢悲离合了多少年　依然一江
吹皱的新愁　醉了牵船的绿柳
红了月下的高楼　霓裳巨厦关不住
热咖啡淡淡的涩苦　一怀不朽的幽梦
酿制日月的光芒与醇厚

——《太阳下是生命的芬芳》

仿佛梦里的两个老人

2011年7月3日　雅加达

7月2日,晚,早早地泡了澡,就躺在床上。几天来,从北京到香港又到雅加达,旅途的困乏,身体的病痛,事务的繁忙,操不完的心。累了,就该睡。

躺在床上,还睡不着。辗转反侧,心似长草。只好翻看随身带的三联版《王蒙谈话录》。

王蒙好有意思,70多岁的老人,今年估计有80高龄了,临到老,更发出了异样而浓烈的光彩,语言含着人生浓烈的生活味儿,真正做到了倚老卖老,积蓄了一生丰腴的作料,随便一洒,便有喷香;随手一抽,便有珠玑;随眼一转,小小的夹缝间,便燃烧智慧的火焰,捧腹与会意间,引出多少对人生世间的慨叹。

总的看，支撑其话语体系和风格的，一是其不俗的生命经历，物化为生的睿智，信手拈来，即故事，即真实，即艺术；二是《红楼梦》的研而发，研之深之奇之细，发而有新有趣有理；三是老庄等古典营养的滋润、浸泡，入肉入骨入髓，有意无意，尽得真传，尽得风流。真的滋而润泽，老而不朽了。不朽即是壮年之心，青春之态，又以老做铺垫，剪去了轻佻的卖弄、无知的单纯、无历练的浅见，弥漫着风雨后的清醒、清新，地气的丝缕缠绕，阳光心韵里的乐中心酸，政治与艺术人生的无意搅拌，散发着生的丰富与光泽，况味盈盈，滋味难辨，看似清楚的脉络，摸是一团经纬交错的乱麻。

独特的人生，独特的语言，独特的思想。看尽红尘的烟味，咀嚼过血肉情感的伤痛，一切在浓烈中变淡，一切又在淡中变得浓烈。

生不过如此，官不过如此，财富不过如此，贫不过尔耳，伤害不过尔耳，一切不过尔耳。

唯有真，唯有爱，唯有对人生、社会的关照和责任的存留与迫切，多了真实的底色。调侃、逗乐、天上、人间、皇上、平民一锅烩了。王蒙先生啊，开心的老头。

在这千岛之国的印尼，一个人孤单到不知所措的时分，是你的字，伴着我，陪着我，一天一天过啊。谢谢，不朽的老头。

　　随后,进入梦乡。妈妈还是在那处老院子里,一个人忙忙碌碌。搭建一个简易的棚子。一头绵羊,独自把小树咬断了,一截一截的绿色,丢在地上。我赶快拉着她走开。说有两个人,不知咋的没了,还要打开让我们看,很忧伤的事呢,想看又并不敢看。平静的神态,好像生生死死是再自然不过的事了。

　　突然惊醒,回味了好长时间,真的又在梦的离奇里,看到了生我、养我、离我而去已四年的母亲。

　　妈妈,真的想你。人,怎么突然就走了,走了,就再也见不到了。

　　短暂的人生,我们该怎样活啊,怎样才有意义啊?

　　3号才知道,儿子与妻子回包头,看家人去了。怎么那么巧啊,冥冥之中,肯定有一个不灭的神秘的东西存在啊，团聚的时候，就我在国外。妈妈在人世外，你就托一梦，告诉儿子吗？谢谢妈妈。

一家人，永远是在一起的，人不在了，还有无尽的思念，不尽的感恩，时时节节，重复温新，成为生命中的温暖和支撑，一辈一辈，一代一代，藉此再往前走，生生息息的爱的繁衍、生的繁荣，构筑成历史、社会的真实。

唉，该说些啥呢？

李云迪钢琴音乐会印象

2012年6月3日　东京

　　掌声像雨点般落下来，很有节拍的透明、密集的雨线，在空中响亮地飘洒，又像有风横扫过一样，雨脚卷掀起一幕一幕美丽的雨帘。如果雨也分等级，那么此时的应是5级，雨中站着年轻的微笑着的李云迪。一身西装，频频颔首致意。

　　他那样静静地站着，鞠躬，又鞠躬。掌声，又疾风暴雨样，陡然增至8级，浇向他。淋湿了他的头发、睫毛、演出服，也淋湿了追照着他的像水银一样泄在地上的椭圆形灯光圈晕。那一双双注视着他的闪着幸福光芒的眼睛里，飞出了，一只只美丽的红、黄、紫的小蝴蝶，飘出了一瓣一瓣粉红的樱花，在空中飞舞。剧场弥漫着热烈、兴奋的气氛,像几百把注了热水排放好的各种色彩的南部铁器、制作精美的日式铁壶,又加了火,沸腾起来,飘散出七彩温润的蒸汽……

  一个美丽的少女,手捧着一大束鲜花,跑上舞台,献给了云迪,很高兴的样子,又急急跑了下去。在闪亮的光圈中央,怀抱鲜艳花朵的云迪和他的钢琴都站在兴奋的雨中,全身湿透。他再鞠躬,自然地返身,迈着轻盈的步伐,向旁边侧门后台的化妆间走去,观众目送着他那缀满音符的背影……前台上,卧着那架刚才还在演绎奇妙动听音乐的钢琴。现在,它仅是一个物件,是一个哑巴,是一个造型奇特的乐器,四条细腿,支撑着硕大扁平闪着奇光的身躯……

  剧场好大,好高,好空阔。再看,像一个巨型的音箱,椭圆形的剧场,四周是一排又一排由低到高的听众席座椅,抬眼看到二层楼上,也坐满了人,有观众,有听众。像我,不懂音瑟应该算观众,以看为主。

  正前方的两侧,有两幅巨型海报,画着云迪年轻、帅气、温和、雅静的艺术头像,上面写着"'感知中国·日本行'李云迪钢琴音乐会"字样。但因为剧场大而高,两幅海报看上去也成了小小的宣传画,倒是与剧场的色调、气氛挺和谐,也很协调。重墨渲染的云迪艺术像反而突显了出来,像一个呼之欲出的压缩成灵动旋律的高音符。

一层听众席每人开合不停的双掌间,有节奏地下着清脆的雨、兴奋的雨。二层楼上的掌声仿佛真如雨一般落到一层来,我还下意识地摸了摸为开幕式新买的西装,纯棉的高级名牌西装衣袖很温暖、很燥热,身后、眼前,一双双聚光灯似的眼睛,好像也在急切地等待着云迪再制造点什么、再发生点什么……

云迪刚出场的时候,像一股自然的清风落在舞台中央,也像一株特年轻的树,站在那里,向观众行礼,款款落座。见他调了调长方形座椅的高低,就见反着光的锃亮的皮鞋在脚踏板上晃动起来。而那双奇妙的手,魔力四射,如十个妙龄的健身姑娘,腰肢纤细颀长动作优美,在键盘上运动,一会儿轻抚,一会儿重压。十根点石成金的手指,在光滑平整、又凸凹不平的键面上翻、转、跳、跃、纵、横、仰、卧,把黑白相间的两个原色调和出美妙悦耳的乐曲……我干脆把眼睛闭上,充分调动两只耳朵的功能,这两只耳朵在声乐方面,一直也没有开发利用,试着发掘,看还有没有潜能,这可是两块从未耕种的处女地。

好像有汹涌的波涛,白浪翻飞,从远方奔涌而来,拍岸的声音,一声轰响,溅起丈高的水沫。渐渐地,空中的海鸟翔飞,不时传来带弯儿的金属般的鸣叫,天高云淡,渐渐地大浪退去，一波一波的小浪涌起，退下，又涌起，再退下，退下，海面渐渐地归于平静……残阳如血，一对恋人，举着花伞，在金色的沙滩上散步，拖长的背影叠映如诗……夜色悄悄地围拢过来……悄悄的、渐渐的没有一点声响的寂静……

月亮在远方升起来，月色铺满海上，不停闪亮的银光，像一群在水上翻转的白鱼，也洒满丛林的树梢，林中的小动物在嬉戏、觅食。海岸边，又一对漫步的恋人，牵着手，相拥着制造人间的幸福。星星们高兴地笑出声来，星光如点燃在海上的火苗，闪耀、燃烧，瞬间连成一片欢乐的波涛……

又，如春风抚摸树枝的娇嫩，一枝含羞的蓓蕾，曼妙的舞蹈，转身站在一片片正在舒展的绿叶之上。太阳明亮而温暖，照着，满天的清澈碧蓝，洁白游弋的云朵，是挂满风帆的邮轮。渐渐地，又一阵清风拂来，眨眼间，满树的苞儿绽放，霎时，一枝一枝繁卉，鲜艳欲滴，仿佛生命凝聚的力量，爆发了芬芳，黯然潜伏的企盼，绽出了希望，最美的颜色，比不过人心中燃烧的热望。

只见专注的弹奏者，全身心地凝神于起伏的琴键，仿佛所有的智慧、激情、思想，心中的火苗、流水、呼息、炉火纯青的技巧、功夫，一股脑儿全投注到键盘上，疑是把所有资金投入到变幻莫测的股市。这是生命的豪赌,键盘是他的战场,也是情场,他要漫步、奔跑、拼搏,他的力量、气质、美好,凝结成动听的音符。他把自己撕裂、拼装、组合,加、减、乘、除,多空争夺,做成了牛市,再生新的境界,脱胎另一个自我。声音与曲调,美与艺术,放大了他的形象。

手指在舞蹈,时而激越昂扬,时而雅静祥和,时而密如鼓点,时而悠扬绵长。雄壮者似英雄激战沙场,柔美者是女儿情久意长。果敢刚烈如断箭,柔软坚韧如丝绵。一群奔马驰过草原,一池秋水荷叶田田,旋转的气韵是胶着的命运的纠缠抗争,平静中起伏的一抹一抹的亮色,是回荡在山谷的清亮亮的女声,是山边雨后架起的七彩霓虹……

过眼的皆是浮云,未来有美好愿景,活着,有多少生命的沉重、丰饶、瑰丽、激动……

舞动的手指,如神州九号对接到天宫一号里失重的太空人,轻轻离开键面,似缓缓飘起的一股轻烟,轻柔的余音真切地弥漫在整个空间……一点杂声也没有,声音慢慢地飘上去,轻云一样在空中慢慢地散开……融化在寂静中……

云迪拿起白色的毛巾擦着额头上的汗水……

掌声又爆发出来，一直不停，云迪走回去，又返出来，鞠躬又鞠躬……再走回去，又返出来，一次一次谢幕；终了，又以一曲《社员都是向阳花》敬献，再鞠躬……热情的观众，才在不断的掌声中，离开了音乐会场。边走边高兴地交流着、议论着、满足地微笑着有序退场。

整个演出期间，除了美妙动听的音乐，就是热烈祝福的掌声。反正，我没有听到别的声音。音乐会气氛与听众的素质也与高雅的艺术相匹配，共生辉，相得益。

阳春配白雪，下里有巴人。各是各的味道。都给生活带来了享受，给生命增添了光辉、美好，不好分出高下。

音乐无国界，音乐家是有国家的。

谢谢你，云迪，为"感知中国"做的事情。

丝路花雨

2012年6月3日 东京

那天,真的下着雨,那是6月3日下午5点,东京六本木森大厦露天剧场,"感知中国·日本行"中国服装服饰表演的现场,中国新丝路模特表演队走台的当晚。

LED大屏幕,是一个制造瞬间梦幻的昙花。在"感知中国·日本行"的巨型字幕下,美丽而灵动的敦煌飞天,不知是从世间飞到天空,还是从寂寞仙境要回归凡间,正腾云驾雾,舒展着飘逸而长长的衣袖,如行云流水般,飘飞神思,俯首回望……

前两天,中国的女航天员刘洋乘坐神舟九号飞行器,到了太空,像回久违的外婆家省亲一样。后又走进了对接成功的天宫一号舱里。两次对接,两次成功。这是去年就搭好的舞台，多少人为搭建这个舞台，熬白了头，累花了眼，献出了一腔热血，两代青春，又有多少60后、70后、80后，冲在前沿，站在一线，用智慧和生命构建、组装、涂色、遥测。背景板是浩渺无边的自然星空，是有文字记载以来中华五千年文明的积淀与渴盼，特别是近代百年这个古老而文明的国度，遭受异人的欺凌与屈辱，激发民族尊严和创造活力的多重效用的迸发，也是改革开放三十年，励精图治，国力增强的支撑与见证。

失重的刘洋如轻风中荡漾在水中的芙蓉，在太空舞蹈，还有两名男士在认真伴舞。扔出一块饼干，人如鱼一样游过去，饼干跑到丝线里，抖出，又用嘴衔住。好美、好开心啊！

这是当今国际上最时尚的舞蹈，是中国人世世代代飞天梦最激动人心的现实版本，也是中国人强国梦的实践端倪。

今天，刘洋，是中华56个民族里最美丽的姑娘，是真正的飞天，她背负了多么昂贵的重量，又用青春的微笑，放飞着多么灿烂的梦想，此刻，轻松地自动漂浮的她，在声声开心的笑语中，飞升、翻身、跳跃、骑固定的自行车健身……

如果天空也有泪，那该是民族最幸福的泪；如果人心也有雨,不仅仅是馥郁的花雨,更是滋润中国人心田自信的雨,骄傲、自豪的雨,是结晶民族凝聚力、浇灌民族情感的强心雨……六十年已过,中国人不仅站立起来了,而且站到了蔚蓝的繁衍梦想的天上,与星星成了邻居,对话、嬉戏……

两个儿郎,一个娇女,演绎的飞天梦,走的也是古丝绸之路,从西域的河西走廊——酒泉,其实,是在内蒙古阿拉善右旗的"东方航天城",坐着美丽的火箭,一枚像庆贺、欢迎时用的巨型爆竹一样,系着喷吐着美丽火焰的红色丝绸的尾巴……像蘸着红墨的毛笔,神奇地飞向天空,去蓝色的宇宙,描绘中国人的智慧与激情……

因有刘洋这位小女生,此次飞天梦,涂满了母性的温柔色彩,格外引人关注,媒体的焦点一下子集中起来,全世界都在关心、议论着第一位走向太空的中国姑娘,仿佛这是一次温暖、浪漫的婚后旅行……而不仅仅是一次高端、生硬的科学探索……

此时在东京的细雨中,在高高的空中错落有致地垂吊着一颗巨大、五颗硕大的中国红灯笼。有潺潺流水环绕的圆形舞台上,人工设计得很是大气的"感知中国"背景板前,一群长得花眉俊样的中国姑娘,像一株株美丽的风姿招展的中国海棠树,正迈着曼妙的猫步,摆动着纤细的腰肢，举手、投足、走台，一招一式尽显中华女子神韵；转身、凝眸、亮相、定格，散发着青春气息和味道。美丽华贵的古代宫廷服饰的现代演绎，金龙、玉凤的爱情缠绵，呈现端庄、富丽、深厚的文化品位；时尚、现代的中华元素的抽象组合，展现简约、典雅、明快灵动的当代风情；多样、喜庆、欢快、缀满金银饰物的各民族服装、服饰，在姑娘、小伙子仿佛会说话的肢体变幻的诠释下，无不吐露出当代中国人对美好、幸福生活的追求，对民族、社会发展进步的喜悦与自信……

仿佛一群飞天，从中国大陆飞来，用中国桑蚕吐出的缕缕丝线织编的华服与现代造型及青春美丽组成的美的盛宴，呈现给毗邻而居的日本观众，是一场色彩与造型与意念构成的玫瑰般的梦幻仙境，是纯正的中华料理，尝一口，她会告诉你，生命的丰富，生活的多彩及美的享受，是友好情谊缔造的理想状态，是激情、浪漫的诗意的现实。

东京是时尚的舞台。北京姑娘们把中国人的自信、美好，以婀娜的身姿，多才多艺的表演，尽情抒发；纷繁有序的色彩与闲云野鹤的步态，营造着和平美好的景致和氛围。透明而不失风雅，古朴而透着高贵，繁茂而不是堆砌，衣袖、步态、神情中飘出的是天下华人心里的善良、友爱与真诚。

青春，本就是美。青春的心态，是迎接朝阳、创造神奇、构建未来幸福的蓝色土壤……仿佛从茫茫昆仑山的深处，从五千年文明的海洋，从纷繁、迷离、生机勃勃的当代生活，汲取了深厚、沁心、清丽、迷魂的气韵神风，诗情与画意，从天安门广场，飘到了海峡对岸太阳最早升起的岛上。现代中有深厚的底蕴，形式里有内涵的丰饶，举手投足揭示生命的秘密，欢声笑语坦呈真情实意的理性，雅静端庄，尽泄大国子女的风范美仪。

邻里和，子女美；国交恶，民遭殃。和平友好是历史的血与火中结出的生命鲜果。

中国姑娘们洒下的丝路花雨与东瀛日本正在飘着的细雨，无声地融合在一起，飘洒在东京的土地上。围着看

的一双双樱花样的眼睛，绽出芬芳的笑容，一阵一阵的掌声，像疾风把舞台的美吹到空中，和着日本的雨，又飘下来……过来欣赏的人越来越多，雨天剧场外有打着伞的，有穿着黄色雨衣的观众，越聚越多……我身边坐着的日本时尚界的权威女士，不停地用手机拍摄表演的镜头，男士是不停地点头，微笑，鼓掌……

我不知道他们是出于礼貌，还是真正的在欣赏，只知道他们一直在细细飘洒的雨中坐着，要么快乐，要么鼓掌，直到散场，拍照的闪光灯不停，欢声笑语不断……

刘洋把中国人的欢笑带向了太空，新丝路的姑娘们把花雨洒向了东京，都是让世界"感知中国"——一个是科技，一个是文化。据说这两个东西都很抽象，都没有国界，但又都很具体，都是人在演绎，都是人类可共享的福祉、美味……

创价大学里的"中国馆"

2012年6月8日 大阪

一直萦绕脑际、心里没有放下的,是创价大学师生浓郁而近乎滚烫的友好情谊,那种热烈、真诚的气氛,始终感染着我,纠缠着我。

将近一个星期过去了,日本的天,晴了又阴,绵绵细雨洒过,天又放晴,水漂洗过的天,如铺展开的蓝色的海洋,上面飘荡着羊群般的白云,一群又一群,游弋着啃食丛生的碧波宁静;红日挂在高空,热情而强烈的炫光从洁净的天空直射下来,人有点晃眼,睁不开眼的刺激眩晕,忘了涂抹防晒霜的白皙的胳膊与手腕及仰起的笑脸,好像有点灼伤的微痒、小痛。俄而,又濛濛雾气袭来,像撕开抛出去的杨花柳絮飞扬,在疾风中狂舞着,擦着脸庞快速地从保护得如此好的原始森林树木翠绿的枝头飞去……

总是想起老师、孩子们那一张张似曾相识的笑脸，用稚气的中文，说着充满真诚的欢迎词，像是从一朵一朵绽开的鲜花里，喷吐着中日友谊的芬芳、希望……如眼前山上这瞬间流逝的雾一样，一直温润着我的心，晒也晒不干……

那天站在富士山侧近的观景台上，等待云飞雾去，想看一看日本这座海拔3 776米，本意是"火山"，而印象里却是头顶积着白雪的圣岳。上山的途中，还晴空如碧，等到上得山去，却见四野皆被弥漫的雾气笼罩着，只看见山麓下，到处都是火山岩，几匹经过装饰的供游人坐骑的东洋大马，悠闲地站在水泥砌好的地上，等待观光客宠幸赐骑，也看到茂密的勾肩搭背拥挤在一起、又青翠欲滴的古松、古柏延伸着的林海……雾好浓重，像把空气浇铸了一样，使人发闷，憋得有点难受。

等待的感觉是漫长的，漫长也正是需要等待的耐心和坚守。任何事情都有一个过程，过程决定结果。过程不仅是时间的长短，更重要的是多种要素变化的可能。

好不容易来到富士山侧，不亲眼看一看这座美丽名山的真面目，实是于心不甘，可能空留遗憾。

好像过了好长时间，其实也就是半个多钟头，只见透亮放晴的远方,目及的碧蓝的空处,像有一股强大的劲风,推动着团团纠缠在一起的灰色云雾,向山顶方向移动,雾又急速地从面前飞过,能真切地看清是一缕一缕,如弹开的丝绒样水气湿重的雾丝。

云雾滚动着向前方裸奔而去,一团一团的雾气裹挟着从身上、头上越过,迷惑、惊诧间,渐渐地山顶的厚重的灰雾,变薄、变淡,成了过眼的烟云,飘散在茫无际崖的空中。空气的流动原是风,风是云凝聚的推手,也是云消雾散的锋利剪刀和冲散阵营的佩剑将军和动因。

像有人用手,轻轻揭开了盖头似的轻纱,花容月貌马上就呈现在眼前,一点一点,美丽的脸庞露了出来,先是半个山头暴露在光天化日之下,顿时,人们欢呼雀跃,争着拿起相机,以圣山为背景拍起照来。要把自己和大山熔在一起,叠映成新的风景。不同肤色的游人,也交映在不会说话的数码里。

渐渐地云雾消散尽的富士山上还有几道残留着的瑞雪。像乌发用资生堂的染发剂故意染白了几缕。原来,朦胧的雾气,是富士山刚才在洗头时,动作太大、乱溅起的泡沫香波……

这是六月的日本,曾积满白雪的美丽的富士山,雾儿融化殆尽,刚才在雾中沐浴过的山腰四周是茫茫云海和更苍翠的树木,深褐色的富士山,神圣静雅地矗立在云海中,面目端庄、淡静,注视着变幻莫测的云雾和芸芸看景的众生……

充满热情的同事们给我拍了好多照片,大伙儿还一起合影留念。兴未尽的还跑到专设的邮局,把印刷好的雪景富士山的明信片,花上百十日元(100日元兑8元人民币)加邮戳寄给中国的亲友,让他们也分享这份经过不易期盼和坚持后得来的欢乐。这是天空、白云、树木、高山织成的没有感情的自然美,对人的刺激和影响;也是潜伏着情绪化的人,强烈地期盼和等待后,得到心理满足的喜悦。环境的变化,影响了情绪,情绪的物化,产生了行动和结果。快乐也是最重要的事。

另一份欢乐是从另一座山,点燃的。创价大学是建在一座连几座的山上,说是山,其实也是平地隆起的大丘。孩子们就是欢快地长在山上的小树,天真、快乐的眼神就是流动的祥云……

自走进校门开始,一群穿着美丽整洁校服的孩子,站成两排,前面是女孩儿,后面是男孩儿,脸上就堆满纯真的笑。这种笑,一看,就能感觉到是内心真的高兴而溢到面部的兴奋的气息、光泽、色彩、形态。喜形于色,可能就是如此。

孩子们举着用日文写的"热烈欢迎"的横幅，红色的大字，写在洁白的布上，像雪地上点燃的一团团火焰，热情奔放，给人强烈的温暖和激动。师生和来宾，站在创价大学特意为纪念周总理种植的"周樱"树前，缅怀周恩来与池田大作深厚的友谊，崇敬他们为中日关系正常化所做的冒着生命危险的艰苦而大义的努力。

一个小女孩儿，带着日语的腔调，用中文，以抑扬顿挫而又稚嫩的童声致欢迎词，纯洁、美丽的语言，既像飘飞的樱花，一句一句带着音乐的芬芳，又像黏人的创可贴，贴向我们的耳际；那一朵一朵，不住绽开的新鲜、亮丽的色彩，涂染着所有在场的人的愉悦心情，像等待沐浴的温泉水上撒下的粉红花瓣。孩子始终在微笑中，介绍象征中日友好世代相传的"周樱"树的来历，并一起表演了歌曲合唱等节目。树在长高、长大，粗壮结实，绿叶茂盛。

我们一行就站在这棵"周樱"树下。仰头看看，仿佛不是一棵树似的感觉，她寄托着多少人的善良的心愿和希望，维系着几代人友好的情谊，是风霜雨雪里成长、又年年吐出多氧新绿的历史见证。

旁边立着的石碑上镌刻着"周樱"的红色铭文，以资永久的纪念。王部长即兴作了答谢辞：同学们用美妙的歌声和美好的诗篇表达了对中国人民的友好感情，"周樱"

不仅种植在创价大学的校园，也生长在两国人民的心田。希望青年一代把中日友好事业在新的世纪发扬光大，愿友好之树繁茂常青。

我站在部长身后，与聚拢过来的像欢快的小麻雀似的孩子们一起，在"周樱"树前合影留念。欢声笑语不断，每个人的脸上都挂着祥和的笑容，挤在一起，瞬间定格在一台一台照相机里，等待日后冲洗、放大、回忆。

此时，校园里天高云淡，小雨刚过，空气清新，异常温暖。孩子们其实是创价大学里挑选的一群优秀的喜爱中国文化的大学生。

校方的先导车，又引领着我们穿行在绿树环绕的盘山校路上。路，平整、干净，拐弯处还植置着修剪得好看的丛丛鲜花。

日本是个关注细节的国度，任何物件都有模有样，准确、精致、有用。人性化，化在服务、愉悦人和自然上。发达，可能就是所有细节的精致、文明；强大，可能就是资本、规则、科技、态度的先进。细节里有文化、有科技、有规矩、有态度、有人性、有资本、有成败。大而化之，常常是不了了之，毛主席说，世界上怕就怕认真二字。扯远了，再揪回来。81万平方米的创价大学，位于东京都八王子市郊，毗邻多摩丘陵绿意盎然的高丘。其建学精神是要成为人本教育的最高学府、新式大文化建设的摇篮、坚守人类和平的要塞。

一圈一圈地往上绕,校园葱绿、静谧,层层推向高处。车,停在学校本部大楼前,就见早已列成长队的学生兴奋地鼓着掌欢迎中国的贵宾,又是会心的微笑和热烈的掌声。在这种持续不断的热情中,乘梯来到了14层国际会议厅。创价大学的师生代表和中方人员坐满了会议室。这里举行的是向创价大学赠送中国主题图书和"中国馆"的揭牌仪式。会场安静无声,在几百双眼睛的注视下,部长和山本英夫校长拉下了系在素洁丝绸上的红色礼绳,共同揭开了丝绸覆盖下的牌匾。当由中国当代著名书法家欧阳中石书写的"中国馆"露出真容时,全场又一次响起了热烈的掌声。

几千本中国主题的图书,从此将在日本创价大学图书馆专设的"中国馆"安家落户,为日本学生甚至民众了解中国打开一扇有益的窗口。随后部长向创价大学师生发表了《深化中日友好　促进青年交流》的精彩演讲。

青年是未来,今天种下友好的种子,说不准哪一天就会在学生的心里萌芽,长成新的景致。山本校长说,此次设立"中国馆"对本校学生,特别是肩负日本未来的青年无疑是最好的礼物。

创价大学以创造生命价值为理念，致力于推进每个人的幸福和人类的和平友好事业，也是新中国成立后，第一批接受中国留学生的日本大学。参观校史展览时，得知，创价大学已与北大、清华甚至云南大学等国内几十所高等学府以及世界上百所大学建立了交流协作的关系，且互派留学生，相互学习，推动友好合作，为世界和平、繁荣尽力。

代表团一行，在师生热烈友好的欢送、惜别声中离开了创价大学校园。山本校长在像用古汉字写的"莺啼庵"，宴请中国贵宾。双方面对面，席地而坐，正宗的怀石料理，也算感知了日本的饮食文化。

友好在于真诚互动。礼尚往来，是国与国交往的基础。坐在莺啼庵，在主人的盛情招呼下，用筷子夹起一只油煎的脆黄小蟹，没来由地突然就想起了遣唐使、鉴真和尚，仿佛又回到了唐代的时光……

或许真的如老子所言，治国如烹小鲜，以史为鉴，才能更好地开辟未来……

雨

2009年8月2日　北戴河

是谁　用这种绵柔的哭声
把太阳里的火
浇灭　使我旧日的伤
无端地发痛

一片树叶压在泥上　沉重的爱
是昔日海棠树上的鲜艳

不爱是一纸的飘忽　爱是细碎的噬咬

雪

2010年1月3日

像有　一壶小酒　两个老友

红红的火苗　绿绿的春景
一
　盅
　　一
　　　樽
绵
　绵
　　的
　　　话
　　　　语

飘洒　彻夜不眠　天上地下人间
谈得世间一片纯白

好洁净　好温暖　好滋润　好亮堂

原来人生的丰年是这样孕育的啊

一株花的春天

2010年1月26日

乱石缝间

长着顽强的根

根的上面

是挺直的茎

茎的上面

是盛开的花

花的上端

是春天

春天的下面

是一群花

恬静的溪流

花的下面
是一丛茎
茎的下面
是一堆根
根的下面
是土地
土地的下面
是安宁

羊的感觉

2012年5月29日　北京

低头吃草的羊　眼里只有草
她嚼碎了夏天的芬芳　又啃荒了秋天的夕阳
直到春天的花衣上长出蝴蝶

她不知　白雪的冬天　人要啃她

埋头干活儿的我　啃食祖先种植的五千汉字
字字都像乱奔的羊　我是牧羊的人

有时羊群里跑进一些黑山羊、野盘羊
也一起赶着她们上山坡

吃青草　饮山泉　晒太阳

看到的人　比字多　也不知
人放牧我　还是我　放牧字

总想把这群羊赶到欧美的草滩上
也让尝尝鲜　据说那儿的人
皮肤白　头发黄　眼睛蓝
爱吃肉　爱啃骨头　爱游牧

羊在草原上散步　牧人还给她们唱歌

天是蓝的　云是白的　草是绿的
羊在草原上散步　鸟在蓝天里飞翔

羊如果不散步　会静卧着咀嚼
生活的美味
唉　反反复复也是草的滋味

羊吃着干净的青草　看上去
安宁、祥和又幸福

羊要是惊恐就奔跑　羊奔跑的时候
后面　要么有吃她的狼
要么有抽她的鞭　羊　只奔跑
从不哭闹、喊叫

她们是绵羊

我在人群涌动的时间里
也有这种感觉　只是
我的腿不跑　心在猛跑

我的皮长不出绒　肉也不好啃
不知为什么为什么也总是跑
不管顺风　抑或逆风
也不管下雨　还是沙尘

我在奔跑的时候　后面好像
也有怕　也听到一声一阵
肉痛的冰冷脆响

生命摔伤的那刻　用锋利的目光

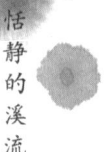

剪开尘封的日子　平静回望
那穿一身高档的天然彩色皮衣
两眼燃着骇人的蓝光　一直紧追不放
静静卧在身后的　原来是
一匹美丽诱人的雌狼

再细看　她身后的草丛　又
一群活泼可爱的小狼

那是自己似曾相识、多年宠爱
一只又一只
快速繁殖、精心豢养的梦想
和贪婪的欲望

唉　一声叹息穿透时空　也越过
放牧多年的坚硬山坡　远方
蓝天　白云　红日
树上一群又一群　飞翔的花鸟
吃着水果　喝着美酒　舞蹈鸣唱

想啊　想

羊在草原上散步　牧人还给她们唱歌

太阳下是生命的芬芳

2012年8月9日　北京

暖春

圣洁的夜晚有花静静地开

芬芳的母亲　用青春的美丽
咬紧分娩的苦痛　在珠泪的呼唤中
生产幸福　滴血的黎明　有腊梅的
暗香　浸泡二月

你是含苞的出水芙蓉
用淡淡的问候　把一池的火焰
点燃　碧蓝的夜空

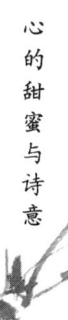

呢喃的繁星欢笑雀跃

寒冬孕育了生机　欲飞的花蕊上
都是振翅翱翔的甜蜜

温柔的风　一双双多情的玉手
用爱的液汁悄悄解开紧锁的冬天

流影

清风吹高了明月　几朵储梦的绿叶
紫蝶黄蜂翩潜　山花漫烂
暖了人间

放飞的季节　小河清流
男如针　女是线　日子的纺车
把繁忙嘈杂的街巷　织成生命多彩的欢歌
编绘　雄伟锦绣飘香的庙堂

演绎变幻的世间　一代又一代
骑着白马的君王　一人有一人
煮在怀里的梦想

山依旧　水在流　环球的门扉在村口
新闻上网大如牛　驮不动几多愁
儿女尽远游

生命永远是一只空着的酒杯

有的粗糙简单　有的精致华贵
有的芬芳四溢　有的平淡无味

初爱

涂满口红的爱情　围着
那堆原始的火焰　在豪华的沙滩上
扭动生命的疯狂　把心里节节娇嫩的甘蔗
嚼成诱人的情墒

欢悲离合了多少年　依然一江
吹皱的新愁　醉了牵船的绿柳
红了月下的高楼　霓裳巨厦关不住
热咖啡淡淡的涩苦　一怀不朽的幽梦
酿制日月的光芒与醇厚

寂寞

青春是一只匆匆的猎犬

远处的草地上　有回家的羊牛
袅袅升起的　炊烟和暮色

心事缀一枝孤寂的花

怒放　或者　含蓄
妩媚　抑或　婉约
都是精彩生命一次奢侈的宴会

在日落的黄昏　两瓣年轻的桃花
用蝴蝶的香齿细柔噬咬
欲望的浪漫与香甜

变奏

时间太旧了

像一块洗不掉颜色的幕布　拉开合上
郁紫的爱的美酒　才是

生生不息的梦溪　新雨的两岸

鸣声滴翠　杨柳依依

又引爆多少微笑的红菱　一朵

一朵炙人玫瑰　散发销魂的

光泽气息　寒泪和热汗

掀起生命涛声　注释春秋诗意

潜伏人心底的娇羞狐狼　像树丛中

静卧着等待时机的诱惑　心里纵火

眼前袅袅燃起梦幻景色　总想跋扈地横跨

重重紧封的命运栅槛

惊险的扑跃　伪似一支基金炒涨的股票

轻率　是一羽离弦的箭

射伤了你骑着的那匹高头大马

名利是燃着毒菌的美丽风景

静养

清晨的寺庙　钟声悠长

日子小心走过一座一座惊险的浮桥

空气轻薄如纸　路越高越是曲折
层层铺满风光的红木台阶　攀缘而上
挤满了　喘息登顶的游客
不分男女　不分老少　不分贵贱
熙熙攘攘的人流　黄白黑棕的肤色

洁净的白云　环绕金色小屋　在山的顶端
天的高处　时隐时现　金光灿烂

一池娇贵的莲花
美善鲜嫩　梵音浩荡　雾浓成雨

初悟

艳丽的夏天很快要过去

品尝是简单的惊喜　繁茂的情绪
惊心的记忆　浓烈的香气　分秒间以流逝
诉说真实的空虚

满街枯萎的花瓣　雨样飞落
多彩的目光熨烫着翻卷的裙裾

岁月如发　生活是齿　命的滋味　运的多姿
崭新的皱折又折　泡在感叹中无奈的瘦弱

香艳的红唇　咬碎
多少欢歌　又吞没多少
信誓旦旦的雄壮

一座一座耀眼的高山　喷焰后
变成寂寞的良田　空旷的沃野
转眼间　一片
无人耕种的荒园　丛生
杂草记忆华章

惊心

又是十年淹没了十年

那些鸿沟越淘越深　那些篱笆越织越多
现代　就是身近咫尺　神各一方

植一坡虚拟的苹果　铺一沟多情的纤网

让数字给日子把脉　与陌生人在云中筑爱

叹那些美丽的蜜蜂　一生忙碌

又两手空空　在深秋的霜风里

来不及纵情歌唱　就成群地消亡

像走进了另一个繁忙的工地　永不谢幕的

红火剧场

变异

鲨鱼般的航母　巡游异域蓝色的波涛

立在岸边的千年国度　斑斓富足

欲望的旋风扬起春天的沙尘

又一群乔装的强盗　蜂拥而至

举着美丽姣羞的茉莉花

深入沙漠　港口　城池　用装满火药的

美丽言辞　舔舐伤口　蝙蝠隐形战机

无声推演百年抢掠的逻辑　想啊　想

圆明园的梦幻　浪漫　美丽

是新生　还是摧毁
要和平　还是战争

多少子民如落叶化土为泥
灵魂的废墟上　真实的炮声
就是公平正义

精致的利己是弥漫的粉红毒液

轮回

一些旧事在闪耀后老去　又一些
迷人的新衣　在街市上流行

白天像雪　黑夜如墨　谁还想
欣赏橄榄枝的翠绿　闻一闻诗歌的香味

活是简单　活好又多么复杂　不易

今年　是哪一种色彩流行　又是
哪一种款式时尚　危机四伏的世界
涂抹人心的

是哪一种语言　哪一种颜色

迷茫的人心　无奈的期望
多少债务好像就有多少财富

人性

要　要　我还要
丛生的欲望的新芽
如锋利的齿刃
划伤了尊贵　剪碎了情意

生活　仿佛永远走不出去的沙漠

处处是逼人的火焰
时时是炙人的热望
搁浅在沙海里的一支支破船

划呀　划呀　划

在蒸腾的紫烟暮色　回想春梦里的

蓝田日暖　碧波荡漾

反省

累　真累　真的累啊

望着茫茫的大海　凝视掌纹里的河床
上游　流水清澈　下游　多沙干涸

那些跃起在龙门口的美丽红鲤
今夕又游弋在何方　寻寻再觅觅
天空有没有制定分水的规则

生活已若盛夏干涸的池塘
丰腴的傍晚　灯火辉煌　蛾虫翱翔
蛙声一片

信仰

来点雨吧　渴　渴　渴啊

生命总是起起伏伏　如急促的呼吸

膨胀无垠的戈壁　又若苦咸的热风

掠过几丛绿洲　又一片盐湖　无声地

匆匆流浪　那大片葱郁的胡杨林

那一峰一峰神圣的骆驼

载着沉重的信仰　在大漠的蒸煮里

静寂地跋涉　嘴唇间

干裂的渴望　是鸿雁飞归

秋天的苍茫

雨

来源于海　还是海

是雨做爱的温床

纯情　其实是　燃着的

一脉渴望　喷吐着爱恋的

一股清泉

惜时

沉重洪荒的中年凸起高原

想嘹亮地喊几声能飞出云雀的歌声

丹田沙化　嗓音缠发

再三地仰首振臂

一座战后的空城　草木深深

激情　已是一只远去的飞鸿

花香

沟壑纵横的日子　清风流淌

岸边的华屋　月光像婴孩的欢笑

秋水长长　流向了远方

夜空脸色忧伤

点点泪痕　是星星仍在爱巢里

孵化温暖的希望

嘭　又一轮沐浴在海中的

太阳　把大地浇灌得红润明亮

金光中奔跑的孩子

面向朝阳　歌声嘹亮

真相

细看　一直紧攥在手里的世界

杂乱成网　不明的风雨

改变着命运方向　有的漂浮

有的沉没　有的爬上车顶

在凶狠的浪尖上　用惊恐的长调

颤音放歌

天地潮湿　一片汪洋

人　本就在时间里泅渡

波峰浪谷原是自然景色

再不要哭泣　再不要悲伤

月亮正用温暖的白毛巾　仔细擦亮明天的

面庞　生命已是另一枝花

飘散另一种淡淡的芬芳　如根的思念

植入另一块土壤

本质

裹挟着沙石　树枝的黑夜　淹没了

大片长着麦苗的梦想
黑发用细细的秋风梳理着残霜
田上的豆叶托着圆圆的金黄

无常是常　无火甚火　唉

丰收后
一地杂乱的瓜秧
满院切碎的粉红高粱

习习凉风轻轻翻晒生命的月色
一腔热望　吹散霉变的卑微　琵琶声急
澄空飞起的雁群　从北向南　由远而近
淋湿高楼上　温柔的
彩窗　命比金贵　曾经的新娘

走进繁华的山谷　奔跑着古人狩猎的战马
黄花依恋岩石
灵动的小鹿　昂首站立在月儿
拉满的弓弦和水的中央　美丽的爱情
不老的渴望　哪儿才是家的方向

恬静的溪流

无奈

错　错　错啊

又一阵年轻的风刮过　恍惚中
想退回　年少的痴狂
让生命咀嚼简单的芬芳
才知　走过的日子叫从前

空空的蓝天飘过一叶美丽的云朵

流逝的韶光　是一坛烈性陈酿
何时启封　与谁共赏
邀来的月亮　一地不语的银光

没醉啊　真的没醉

风　摇晃着　从婆娑的树影里
走过

希望

生命总要萌芽　一切皆有希望

绿枝上　谁又在多情地歌唱
像美丽的小松鼠　正咬开
干硬的坚果

后记

2012年11月18日 北京

　　《恬静的溪流》在多位朋友的真诚协助下，修改、设计、插图、装帧、打印。

　　这些文字是我自己生活、工作过程中，受到一些物景的撩拨而燃起的思索的火苗，也有自己一直认真思考、萦怀不离的对生命本体的关照，还有对生活现实多种物事、人情的观看、感知、体察、回味而生出的认知、联想、想象的弱小稚嫩的花束。有的也是刚吐出的不知对错的鲜嫩新芽，也许永久不会绽放的思维的蓓蕾。也有对人生、社会、活动、自然实景粗浅的勾画描摹，因文字素描功底不够，像孩童般打发时间的练字练句而已，引逗自己一份在孤寂、迷茫中的开心。还有就是异域风土人情、江河山川的图绘，也都是走马观花、浅尝辄止，因着自己的少见多怪、孤陋寡闻，睹异物、异事、异景，好奇、新鲜、兴奋而引起的浮光掠影、一知半解的组装拼凑，并未进行精深而认真的翔实考证，只是一己点滴的感觉、感悟而成的文字。

想把她写得美一点、真一点、实一点，以使自己悦目、启心、启智。好多事可能早在命中注定了，但人也有主观能动的本性。不太安分的欲望、心灵，在不违背自然、社会规则的情况下，想在自己精神的房间，养几盆红花，植几株小树，挂一幅流动有声的山水画，偶尔也挂一幅自制的神思油画，或者如非洲坦桑尼亚用油漆涂抹的、色彩艳丽而不太讲究黄金分割、但也是一笔一笔认真构图、着色而成的富有原始风味、奇妙特色的丁克丁克画。

生命的卧室因有这些装饰物，闲暇变得充实。因为还得为植物浇水、施肥、剪枝、去枯叶、搬着晒太阳，愚钝变得敏锐；因为画怕虫蛀、怕潮湿、又怕蒙尘，人也勤奋了起来。差点儿不会写字的笔，渐渐好像有了灵气，又焕发出青春的神思与活力。

因有了这些字，心绪平静又安定，见人和气又微笑，做事多种方案直往出涌，生命的叶子变绿了，生活中多了另一种温暖和踏实，好像心里住着一位慈眉善目的菩萨，与自己身上的卑俗、粗野、懒惰、自私经常斗法。

她们与我的生活、做事，融在了一起，相互促进，成了生命的底色和光泽，呼吸和梦想，是生命、生活，深深浅浅的印记，证明我活着，活得挺好，有滋有味儿。这真的比喝酒好，喝酒过敏、头晕、肚痛，还得花钱看病。

多年以来，特别是近年来，忙里偷闲、时差失眠、茶余饭后能自己控制的时间就成了这一堆自认为有点意思的文字。这也是不想虚度光阴的我，对自己的经营、激励。

故乡的屋后，有一条从阴山山脉的最高峰——大青山的九峰山上流下来的小溪，历经崇山峻岭的跋涉，岩石、沙粒、泥土的过滤，清澈、透明地流向村里。这股清泉一年四季不停地流着，也流过了我家的门口。她滋养了周围的生命，也滋养了我。记得炎热躁动的夏日，伸手掬一把山上流下的泉水，凉凉的喝进肚里，顿觉甘甜、清爽，人也有了精神。即使是严寒的冬季，四周冰雪覆盖，她依然在冰层下顽强不竭地流动。一直想，那时的村里人，病少、长寿，可能与饮此溪水有关。因着儿时的记忆，故把这本小册子起名为《恬静的溪流》，以表达对故乡的眷恋，感谢生命源头的恩泽。

朋友们投入了大量的心血、汗水和时间，认真地插图、装饰，还提了中肯的修改意见。他们说，这本书传播的是希望，因为阅读，应该是快乐的事。

　　真诚地感谢为本书的出版付梓付出无数辛劳、智慧的朋友，这也是你们的女儿！真的谢谢！

图书在版编目（CIP）数据

恬静的溪流 / 张雁彬著. -- 北京：中国人民大学出版社，2013.1
ISBN 978-7-300-16753-4

Ⅰ. ①恬… Ⅱ. ①张… Ⅲ. ①随笔-作品集-中国-当代 Ⅳ. ①I267.1

中国版本图书馆CIP数据核字（2013）第000014号

恬静的溪流
张雁彬 著
Tianjing de Xiliu

出版发行	中国人民大学出版社
社　　址	北京中关村大街31号　　邮政编码　100080
电　　话	010-62511242（总编室）　010-62511398（质管部）
	010-82501766（邮购部）　010-62514148（门市部）
	010-62515195（发行公司）　010-62515275（盗版举报）
网　　址	http://www.crup.com.cn
	http://www.ttrnet.com（人大教研网）
经　　销	新华书店
印　　刷	涿州市星河印刷有限公司
规　　格	140mm×210mm　32开本　　版　次　2013年1月第1版
印　　张	12.125　插页2　　　　　　　印　次　2022年2月第4次印刷
字　　数	202 000　　　　　　　　　　 定　价　36.00元

版权所有　侵权必究　印装差错　负责调换